Frieden Schenker

Pilgern ohne Geld

Frieden Schenker

Pilgern ohne Geld

Roman

BoD Books on Demand, Norderstedt

Bibliografische Information der Deutschen
Nationalbibliothek
Die Deutsche Nationalbibliothek verzeichnet diese
Publikation in der Deutschen Nationalbibliografie;
detaillierte bibliografische Daten sind im Internet unter:
www.dnb.de abrufbar.

Herstellung und Verlag:
BoD Books on Demand, Norderstedt

ISBN: 97 837 5 1916646

Komm,
wir wollen die Zeit anhalten,
hier und jetzt sein.
Von Moment zu Moment
die Dichte des Lebens zu spüren,
Vergangenheit und Zukunft wie Ballast abstoßen
und die Gegenwart packen
wie einen auf die Erde gefallenen Himmel.
Wir haben nichts als diesen Moment.
Alles Leben und Lieben
muss jetzt geschehen.

Prolog

Der Abschied

Man sieht nur mit dem Herzen gut. Das Wesentliche ist für die Augen unsichtbar. (Antoine de Saint-Exupéry)

Es ist drei Uhr nachts. Die Stadt schläft, nur wir sind wach. Hand in Hand gehen wir schweigend durch die leeren Straßen. „Schau, da …", ruft Alexandra. Drei Kaninchen huschen aus einem Gebüsch über eine Wiese. Ich kann mich jetzt nicht freuen, bin traurig, möchte am liebsten losheulen. Ein schöner Traum geht zu Ende. Jetzt heißt es: aufwachen, wieder zurück in die kalte Wirklichkeit.

„Frieden", sagt sie, „du guckst so unglücklich. Versuche, nicht traurig zu sein, wenn ich weg bin. Du würdest mir damit weh tun."

Ich kann es nicht versprechen. Gegen meine Gefühle komme ich nicht an.

Werden wir uns wiedersehen? Und falls ja, wann? Ich weiß es nicht. Es ist eher unwahrscheinlich. Unsere beiden Leben sind zu verschieden. Sie ist eine berufstätige Frau, die heiraten und Kinder haben möchte. Ich bin ein Aussteiger ohne Geld, der nicht für Frau und Kind finanziell sorgen kann.

Auf dem Dortmunder Hauptbahnhof sitzen ein paar müde Nachtgestalten - die, die immer hier sind und sonst kein Zuhause haben. Ansonsten ist der Bahnhof leer und ausgestorben.

In fünf Minuten soll Alexandras Zug abfahren. Wir gehen auf den Bahnsteig. Auf der Anzeigetafel steht, dass der InterRegio von Hamburg nach Köln 20 Minuten Verspätung hat - 20 Minuten Aufschub für uns.

„Frieden, ich danke dir für alles. Es war eine wundervolle gemeinsame Zeit."

Sie zieht ihre Schuhe aus und stellt sich auf eine Bank. Alexandra ist 1,59 m, ich bin 1,78 m groß. Wir pressen unsere Körper eng aneinander und küssen uns. Ein letztes Mal spüre ich die Wärme ihres Körpers, fühle ihre weiche zarte Haut.

Die Zeit verrinnt unbarmherzig – tick, tack, tick, tack …

„Frieden, wir haben uns heute noch gar nicht begrüßt", sagt sie lächelnd.

Während unserer gemeinsamen Pilgerreise ist es zum Ritual geworden, dass wir den neuen Morgen begrüßen, indem wir uns umarmen und sprechen: „Ich grüße das göttliche Licht in dir." Zum letzten Mal grüßen wir das göttliche Licht in uns.

Als wir vor knapp 2 Wochen gemeinsam loszogen, hatte Alexandra eine Knöchelverletzung am Fuß. Während der letzten Tage spürte sie nichts mehr von dieser Verletzung. Jetzt fängt der Fuß auf einmal wieder an zu schmerzen.

Der Zug fährt ein. „Frieden, ich werde im Geist bei dir sein. Auch wenn wir körperlich voneinander getrennt sind, bleiben wir so immer miteinander verbunden."

Alexandra zieht ihre Schuhe an. Ich nehme ihren Rucksack. Sie steigt ein. Wir küssen uns ein letztes Mal und halten uns an den Händen, bis die Tür zuschlägt.

Der Zug fährt an. Alexandra presst ihr Gesicht an die Fensterscheibe, küsst die Scheibe und winkt mir zu. Langsam verschwinden die Lichter des Zuges in der Dunkelheit. Ich brauche eine Weile, um zu realisieren, dass ich jetzt allein bin, ganz allein. Meine Liebste ist weg, weit weg, und mit jedem Sekundenschlag weiter weg.

Der Traum ist aus. Ich taumele die Treppe hinunter und lasse meinen Tränen freien Lauf.

Aber nun von Anfang an. In den folgenden Kapiteln werde ich Euch erzählen, wie alles begann.

1. Teil – Mein Ausstieg

Auf der Suche

Der Mensch

Er opfert seine Gesundheit, um Geld zu verdienen.

Dann opfert er Geld, um seine Gesundheit zurückzubekommen.

Er ist so auf die Zukunft fixiert, dass er die Gegenwart nicht genießen kann.

Das Ergebnis ist, dass er weder die Zukunft noch die Gegenwart lebt.

Er lebt so, als würde er niemals sterben, und er stirbt so, als hätte er niemals gelebt.

(Dalai Lama)

„Sag ja zum Leben, sag ja zum Job, sag ja zur Karriere, sag ja zur Familie, sag ja zu einem pervers großen Fernseher, sag ja zu Waschmaschinen, Autos, CD-Playern und elektrischen Dosenöffnern.

Sag ja zur Gesundheit, niedrigem Cholesterinspiegel und Zahnzusatzversicherungen.

Sag ja zur Bausparkasse, sag ja zur ersten Eigentumswohnung, sag ja zu den richtigen Freunden, sag ja zur Freizeitkleidung mit passenden Koffern, sag ja zum dreiteiligen Anzug auf Ratenzahlung mit Hunderten von Scheiß-Stoffen, sag ja zu Do-it-yourself und dass du am Sonntag nicht mehr weißt, wo du bist.

Sag ja dazu, auf deiner Couch zu hocken und dir hirnlähmende Gameshows reinzuziehen und dich dann mit Scheiß-Junkfraß vollzustopfen.

Sag ja dazu, am Schluss vor dich hinzuverwesen, dich in deiner elenden Bruchbude vollzupissen und den missratenen Egoratten von Kindern, die du gezeugt hast, damit sie dich ersetzen, nur noch peinlich zu sein.

Sag ja zur Zukunft, sag ja zum Leben ..." (aus dem schottischen Film „Trainspotting" von Danny Boyle, 1996).

Ich hatte Ja gesagt zum Ja-Sagen. Und der Grund dafür? Es gibt mehrere Gründe:

1. Ich wusste es damals nicht besser.

2. Ich wollte nicht auffallen.

3. Meine Familie und meine Lehrer hatten mir jahrelang eingetrichtert, dass ich nur ein Mensch wäre, wenn ich etwas leiste – im Sinne der Konsumgesellschaft, versteht sich.

Deshalb war ich artig wie alle anderen Schlafschafe, ging brav zur Arbeit und nach der Arbeit einkaufen.

Doch manchmal – und später immer öfter - fragte ich mich: „Fehlt da nicht etwas? Gibt es nicht doch ein besseres Leben für mich? Was ist der Sinn meines Lebens?"

Ist es wirklich das: Jeden morgen früh aufstehen, zur Arbeit fahren, Dinge tun, die mir keine Freude machen, die mich nicht erfüllen und in denen ich keinen Sinn sehe? Und dann abends müde nach Hause kommen, die Familie bespaßen, abends vor dem Fernseher ein paar Bier trinken und irgendwann ins Bett fallen. Und schließlich das Wochenende, das immer viel zu kurz und am Ende auch nur öde ist, bis sich am Sonntagabend wieder die Depressionen und die Angst vor dem Montag und der neuen Woche einstellen.

Ich fürchtete mich davor, am Ende meines Lebens dahinzuvegetieren und mich zu fragen: „War das nun schon alles? Wofür habe ich eigentlich gelebt?"

Nach mehr als fünf Jahren im Hamsterrad der „Normalität" in meinem Leben sah ich die ersten Zeichen der Veränderung.

Es begann mit einem Tagesausflug nach Braunschweig. Mit meiner damaligen Ehefrau und ihrer Schwester fuhren wir nach Braunschweig. Die beiden Frauen verschwanden zum Einkaufsbummel in einem großen Kaufhaus. Da ich nicht gern in große Kaufhäuser gehe, vertrieb ich mir die Zeit auf der Fußgängerzone vor dem Kaufhaus.

Dort sah ich einen merkwürdigen Mann mit einer selbstgestrickten Jacke aus Schafwolle auf dem Boden sitzen. Er war recht groß, hatte lange Haare und einen Vollbart und sah ein bisschen aus wie eine Mischung aus Hippie und Jesus.

Hinter dem Mann hing ein großes Spruchband, ein bemaltes Betttuch mit der Aufschrift: „Wir sitzen und arbeiten hier nicht, weil wir Geld wollen, sondern ein Leben ohne Geld, Luxus, Ausbeutung und Gewalt – dafür verantwortlich leben, teilen nach Bedürfnissen, z.B. in selbstversorgenden Dörfern. Gespräche erwünscht".

Der Mann war damit beschäftigt, an einem Kleidungsstück zu nähen.

„Das ist ja interessant", dachte ich mir, „da sitzt endlich mal jemand, der kein Geld will, sondern nur reden möchte".

Die meisten Leute, die auf der Straße sitzen oder stehen, wollen etwas von uns – fast immer unser Geld.

Zunächst traute ich mich nicht, ihn anzusprechen, sondern beobachtete die Reaktion der anderen Leute auf der Straße.

Ein älterer Mann sprach ihn an: „Das geht doch nicht. Man muss doch arbeiten. Wovon wollt Ihr denn leben? Ohne Geld funktioniert das nicht. Jeder braucht Geld zum Leben."

„Doch, es ist möglich. Wenn man aufhört, miteinander abzurechnen und beginnt, nach Bedürfnissen zu teilen und sich gegenseitig zu beschenken. Jeder muss bei sich selbst anfangen. Wer darauf vertraut, bekommt auch alles zum Leben Notwendige geschenkt.

Wenn man jedoch Mitglied im Staats- und Geldsystem ist, macht man sich mitschuldig an großem Unrecht. Unser Staat ist auf Gewalt aufgebaut und setzt seine Interessen mit Gewalt durch. Das Geldsystem beruht auf der Abrechnung nach dem Recht des Stärkeren. Es ist dafür verantwortlich, dass Menschen in armen Ländern verhungern, dass die Reichen immer reicher, die Armen immer ärmer werden und dass die Natur zerstört wird. Die reichsten 86 Milliardäre besitzen mehr Geld als 3,5 Milliarden der ärmsten 50 Prozent. Die Mächtigen dieses

Systems führen Kriege in unserem Namen – für billige Rohstoffe und neue Absatzmärkte.

Wir wollen verantwortlich leben, wie eine gesunde Zelle im Organismus der Welt. Wir wollen nur unserem Gewissen folgen, wollen mit den Bedürftigen teilen, gewaltfrei leben und achtsam mit der Natur umgehen."

„Das ist ja alles nur schöne Theorie. Aber in der Praxis funktioniert das nicht. Wo bekommt Ihr denn euer Essen her, wenn Ihr kein Geld habt? Wenn Ihr kein Geld habt, habt ihr auch keine Krankenversicherung."

„Unser Essen retten wir aus den Abfällen der Überflussgesellschaft. Für unsere Gesundheit sind wir selbst verantwortlich. Wer bewusst lebt und sich gesund ernährt, hat auch nur ein geringes Risiko, krank zu werden. Für den Notfall gibt es befreundete Ärzte, die uns geschenkt behandeln würden. Wenn es Sie wirklich interessiert, wie wir leben, sind Sie herzlich eingeladen, uns zu besuchen. Hier ist ein Flugblatt, da steht alles drin: Wer wir sind, was wir wollen, wie wir leben und wie man uns erreichen kann."

Eine junge Frau, offensichtlich eine Studentin, kam dazu. „Das hört sich gut an", sagte sie, „Aber ich hätte nicht den Mut dazu, so zu leben."

Nachdem alle anderen weggegangen waren, fragte ich den Mann mit dem Spruchband nach einer Kontaktadresse. Ich würde mir diese Gemeinschaft gerne einmal ansehen.

Später geriet diese Begegnung wieder in Vergessenheit. Die großen und kleinen Probleme des Alltags beschäftigten mich mehr, als dass ich mir die Zeit nahm, um den Pilger aus der Fußgängerzone von Braunschweig und seine Gemeinschaft wirklich zu besuchen.

Dann kam die Scheidung. Meine Familie zerbrach, meine heile bürgerliche Welt bekam erste Risse. Die innere Einsamkeit, unter welcher ich schon lange litt, wurde nun auch zur äußeren Einsamkeit. Ein Jahr lang zog ich mich völlig zurück, hatte außerhalb meiner Familie und den Arbeitskollegen während der Arbeitszeit keinen Kontakt zu anderen Menschen.

Ein Hoffnungsschimmer war das *Taizé*-Gebet in der Laurentiuskirche einmal in der Woche.

In meine Heimatstadt Halle (Saale) kamen die Gesänge und Gebete aus *Taizé* zum ersten Mal im Jahr 1988 mit dem evangelischen Kirchentag. Ich las auf einem Plakat in der katholischen Moritzkirche: „Andacht mit Gesängen und Gebeten aus *Taizé*, jeden Donnerstag um 19.00 Uhr." Da ich neugierig war, ging ich hin und war sofort davon begeistert. Jeder ist willkommen, egal welcher Religion oder Nicht-Religion er angehört.

Das *Taizé*-Gebet beginnt mit einprägsamen Gesängen in verschiedenen Sprachen. Diese bestehen aus wenigen Versen, die sich immer wiederholen. Danach folgt eine Zeit der Stille. Nach der Stille kann jeder, wer möchte, ein Gebet sprechen – einen Dank, eine Fürbitte, was auch immer. Im Anschluss an die freien Gebete beten alle gemeinsam das Vaterunser. Das *Taizé*-Gebet schließt ab mit weiteren Gesängen und dem Segen.

Ich kann es schlecht mit Worten beschreiben, aber die Stille, die Gesänge und die Gebete gaben mir zumindest für eine kurze Zeit solch eine Erfüllung und Geborgenheit, wie ich sie vorher noch nie erlebt hatte. Während des Gebetes fühlte ich einen starken inneren Frieden. Meistens war der innere Frieden am nächsten Tag schon wieder verflogen.

Das *Taizé*-Gebet begleitete mich und später auch meine Frau bis 1990, also bis nach der Wende in der DDR. Später geriet es nach und nach in den Hintergrund, weil uns nun andere (weltliche) Themen mehr bewegten.

Erst in meiner Einsamkeit entdeckte ich das *Taizé*-Gebet wieder – ein Rettungsanker, der mir zumindest ein klein wenig Hoffnung brachte.

Später hatte ich diese Träume. Ich träumte, ich wäre in einem alten Haus auf dem Land mit einem Garten voller Apfelbäume. In diesem Haus lebte eine geheimnisvolle Jungfrau.

Normalerweise habe ich meine Träume schon am Morgen vergessen. Doch dieser Traum kehrte mehrmals zurück und bewegte mich auch noch Tage später.

Nach einem Jahr Einsamkeit zerbrach ich mein inneres Gefängnis, suchte und fand neue Freunde.

„Du musst dein Leben ändern, sonst gehst du langsam zugrunde", sagte ich mir. Doch zunächst suchte ich die Veränderungen im Außen. Ich wollte nur weg, ganz weit weg, ich wollte raus! Vielleicht ins Ausland gehen und dort arbeiten – Hauptsache weit weg von Deutschland, dorthin wo es schön warm ist, wo immer die Sonne scheint und wo die Menschen freundlich und fröhlich sind.

Doch mit dem Arbeitsplatz im Ausland hatte ich kein Glück. Nach einem halben Jahr Hoffen und Bangen war ich arbeitslos.

Die nächste Arbeit, die ich fand, war noch schlimmer. Mein neuer Arbeitsplatz war in Magdeburg. Ich wollte aber meine Heimatstadt Halle nicht verlassen. Also war ich gezwungen, jeden Tag von Halle nach Magdeburg und zurück zu fahren. Das bedeutete, morgens vor 5.00 Uhr aufstehen, mit dem Fahrrad zum Hauptbahnhof fahren und dann in den Zug nach Magdeburg steigen. Während der Dreiviertelstunde Zugfahrt konnte ich 40 Minuten schlafen – ein schwacher Trost. Am Magdeburger Hauptbahnhof stand mein zweites Fahrrad. Mit diesem fuhr ich dann zu meiner neuen Arbeitsstelle. Es folgte ein öder Arbeitstag - den ganzen Tag vor dem Rechner sitzen und Zahlenkolonnen hin und herbewegen – hab keine Ahnung, wozu das gut sein soll.

Die Arbeit machte mir keine Freude, das Arbeitsklima war schlecht. Es gab keinen Betriebsrat. Überstunden wurden nicht vergütet, aber es wurde erwartet, dass man regelmäßig länger blieb. Am Abend ging es auf dieselbe Weise wieder retour.

Gegen 19.00 Uhr war ich dann, wenn alles gut ging, wieder zu Hause. Um am nächsten Morgen nicht völlig übermüdet am Arbeitsplatz anzukommen, ging ich spätestens um 21 Uhr ins Bett. Da blieb keine Zeit mehr für Freunde und Freizeit. Für mich fühlte sich das wie Prostitution an, so als würde ich meine Seele an den Teufel verkaufen.

Nun wird der eine oder andere Leser vielleicht denken: „Was hat der nur? Das ist doch nicht so schlimm. Tausende Menschen fahren täglich lange Wege zur Arbeit, haben einen langen und anstrengenden Arbeitstag, und die Arbeit macht nicht immer Spaß."

Aber das ist Scheiße! Wir Menschen leben nicht, um zu arbeiten, wir arbeiten, um zu leben. Es ist ein Armutszeugnis für unsere Art, wenn wir ins Weltall fliegen können, Computer und Roboter bauen, aber selbst nicht artgerecht leben.

Wir wurden nicht geboren, um in gesichtslosen Städten dahinzuvegetieren und den ganzen Tag auf Bildschirme zu starren oder an einer Supermarktkasse zu stehen. Frage dich doch einmal, welche Arbeit macht denn wirklich Sinn? Welche Arbeit dient dem Leben? Die Arbeiten, welche dem Leben dienen, werden meistens nicht bezahlt. Eine Mutter, die ihre Kinder großzieht, wird nicht dafür bezahlt. Menschen, die aus Idealismus Bäume am Straßenrand pflanzen oder Gärten in Großstädten anlegen, bekommen kein Geld dafür.

Früher, als es noch den Sozialismus und die DDR gab, war unser Gefängnis klein und grau. Heute ist unser Gefängnis etwas größer, bunter und bequemer, und wir dürfen wählen, welche Farbe das Gefängnis hat. Aber es bleibt eben ein Gefängnis. Und vielen Menschen ist nicht klar, dass sich seitdem nicht viel geändert hat. Nur die Art und Weise der Unterdrückung ist viel raffinierter, so dass sie es nicht merken. Im Mittelalter gab es Folter und Hexenverbrennungen, während der Nazizeit Konzentrationslager und im kommunistischen China Umerziehungslager. Bei uns werden heute politische Gegner lächerlich gemacht, mit Prozessen überzogen, bis sie zahlungsunfähig sind oder sie werden entlassen. Das ist nicht ganz so grausam, aber genauso wirkungsvoll und eigentlich noch gefährlicher, weil schwerer durchschaubar.

Viele arbeiten ihr Leben lang, um sich Dinge zu kaufen, die sie nicht wirklich brauchen. Geh doch einmal in ein Kaufhaus und sieh dich um! Die meisten Dinge, die es dort zu kaufen gibt, braucht kein Mensch.

Lohnt es sich wirklich, für diese Dinge gegen deinen Nachbarn oder gegen deinen Arbeitskollegen zu konkurrieren – aus Angst um einen der wenigen schlecht bezahlten Jobs oder um einen Auftrag, der deiner Firma das Überleben sichert? Ja, man redet uns Angst ein. Wir sollen Angst haben um unseren Arbeitsplatz, Angst, die Raten für unser Reihenhaus nicht mehr abzahlen zu können, Angst davor, dass unsere Nachbarn mit den Fingern auf uns zeigen, Angst vor dem Arbeitsamt. Diejenigen, die versuchen, uns diese Angst einzureden, wollen lieber anonym bleiben. Sie sind stets freundlich, die Damen und Herren in den obersten Etagen. Aber sie sind nie greifbar, sie sind nie ansprechbar. Dabei leben sie selbst in ständiger Angst, ihren Reichtum und ihre Macht zu verlieren. Wegen dieser irren Angst schotten sie sich vor den „normalen" Menschen ab, da sind sie unerreichbar. Sie trauen niemandem über den Weg, nicht ihrer Sekretärin, nicht ihren Mitarbeitern, nicht ihrem Wachmann, nicht ihrer Putzfrau und nicht einmal ihrer Ehefrau.

Für die Drecksarbeit haben sie ihre Büttel – Polizisten, Anwälte, Richter, Fernsehclowns und Arbeitsvermittler im Arbeitsamt. Die merken nicht, dass sie auf der falschen Seite stehen. Und wenn sie es merken, dann haben sie Angst, es sich einzugestehen. Alle machen mit bei diesem teuflischen Spiel – und alle verlieren. Warum nur?

Während der friedlichen Revolution in der DDR 1989 haben wir DDR-Bürger den aufrechten Gang gelernt. Leider haben manche ihn schon wieder verlernt. Es wird Zeit, dass jetzt alle Bürger der BRD den aufrechten Gang lernen. Wir haben nichts zu verlieren, außer unsere Ketten!

Niemand braucht noch ein neues elektronisches Spielzeug! Was wir brauchen, ist eine neue Beziehungskultur, in der ich meine Gefühle zeigen kann, ohne dass ich Angst haben muss, verletzt zu werden.

Es blieben mir nur die Depressionen und meine Träume. Aber lange würde ich das nicht mehr aushalten. Verzweifelt suchte ich nach einem Ausweg. Mein Ziel war es, frei und selbstbestimmt zu leben und zu arbeiten. Ich sehnte mich nach Menschen, die mich verstehen, ich sehnte mich nach Liebe, Zärtlichkeit und menschlicher Wärme. Ich suchte nach dem Land, wo die Zeit nicht drängt. Ich wollte nicht auf bessere Zeiten warten, wollte mich nicht auf ein Leben nach dem Tod vertrösten lassen, sondern ich wollte das verlorene Paradies noch in diesem Leben finden.

Ich hatte auch schon darüber nachgedacht, in ein Kloster zu gehen. Aber das größte Problem für mich dort wäre das Zölibat. Keine Frauen und keinen Sex mehr – da würde ich früher oder später wieder depressiv werden. Also musste eine andere Lösung her.

Und die andere Lösung kam. Eine Freundin riet mir: „Warum siehst du dich nicht nach einer alternativen Gemeinschaft um?"

Auf diese Idee war ich allein noch nicht gekommen.

Es gab sogar eine Art „Reiseführer" für alternative Gemeinschaften in Deutschland. Das Buch nennt sich „Eurotopia – Leben in Gemeinschaft" und existiert bis heute.

*

Ausbruch

Wer aus dieser Welt, wie sie uns vorgeführt wird, ausbrechen will, der muss so tun, als gäbe es sie nicht bei sich selbst. Und dann muss er leben, sein Leben leben, und darf sich durch nichts davon abbringen lassen. Jegliche Versuchung, ihr die Hand und den Geist anzubieten, endet im Nebel dieser Lügen und regt die Ich-Erhöhung bis ins Entsetzlichste an. Wer nicht werden will wie die, der sollte nicht werden wie die. (Hannah Arendt)

Ich begann, den alternativen „Reiseführer" zu studieren und machte mir eine Liste der Gemeinschaften, die ich besuchen wollte.

Nummer eins auf meiner Liste war das *Lebensgut Pommritz* in der Oberlausitz in Sachsen.

Am gleichen Ort gab es noch ein zweites alternatives Projekt – die „Naturfriedenszone". Die „Naturfriedenszone" war nicht so bekannt wie das Lebensgut und stand deshalb eher in dessen Schatten. Hier lebte, sozusagen als Einsiedlerin, eine einzige Frau. Sie nannte sich „Tamura".

„Tamura" lebte ohne Geld, nur von Kräutern und Früchten.

Ich war neugierig sowohl auf das Lebensgut Pommritz als auch auf die „Naturfriedenszone" und machte mich auf den Weg nach Pommritz.

An einem sonnigen Augusttag stieg ich aus der Regionalbahn Dresden – Görlitz. Der Haltepunkt

Pommritz befindet sich einen knappen Kilometer außerhalb des Dorfes Pommritz. Eine Hügellandschaft mit Feldern und Streuobstwiesen breitete sich vor meinen Augen aus.

Auf dem Weg zum *Lebensgut Pommritz* kam ich an einer Streuobstwiese voller Apfelbäume vorbei. Auch im Dorf gab es viele Obstbäume.

Das Lebensgut war nicht zu übersehen. Es erstreckt sich auf mehr als der Hälfte der Fläche von Pommritz. Auf einer Wiese vor dem Hauptgebäude wurde an einem Strohballenhaus gearbeitet.

Ich hatte mich telefonisch im Lebensgut zu einem „Kennenlern-Wochenende" angemeldet. Etwas verloren suchte ich nach einem Ansprechpartner, kam an einem Ziegenstall vorbei und landete schließlich in der Küche.

Hier saßen einige Jugendliche und eine Frau im mittleren Alter und schnippelten Gemüse.

„Hallo, ich heiße Edgar", stellte ich mich vor, „Ich möchte gern eure Gemeinschaft kennenlernen und hatte mich für dieses Wochenende angemeldet."

„Ich bin Tanja. Wenn du magst, kannst du uns beim Gemüse schnippeln helfen. Um 13.00 Uhr gibt es Mittag. Am Nachmittag, gegen 16.00 Uhr machen wir eine Führung durch das Gelände. Und um 18.00 Uhr gibt es Abendessen. Im ersten Stock, im zweiten Zimmer rechts, ist noch ein Bett frei. Da könntest du schlafen. Die Toiletten sind auf dem Gang."

Beim Gemüseschneiden erfuhr ich so nach und nach einiges über das Leben im Lebensgut. Zum *Lebensgut*

Pommritz gehören ein ökologischer Landwirtschaftsbetrieb und ein Bildungszentrum für Kultur- und Sozialökologie.

Zu dieser Zeit lebten im Lebensgut ca. 50 Leute, Familien, alleinerziehende Frauen mit Kindern und Einzelpersonen. Arbeit gab es in der Gärtnerei, in der Tischlerei, in der Bäckerei, in der Käserei und in der Landwirtschaft.

Für seinen Lebensunterhalt muss jeder selbst aufkommen. Wer hier leben möchte, muss einen monatlichen Festbetrag für Unterkunft, Strom, Wasser, Heizung und Essen bezahlen.

Wie ich später erfuhr, bezogen viele der „Ökos", wie sie von den anderen Pommritzern genannt wurden, Arbeitslosengeld. Das Lebensgut bekam außerdem noch jede Menge staatlicher Subventionen vom Land Sachsen – in Form von Geld und in Form von kostenlosen Arbeitskräften. Letztere wurden nämlich dem Lebensgut im Rahmen von Arbeitsbeschaffungsmaßnahmen unentgeltlich zur Verfügung gestellt.

Eine Gemeinschaft als Modellversuch für neue Lebensformen, die Arbeitslose ausbeutet, deren Bewohner aber selbst auch teilweise von staatlicher Unterstützung leben, erschien mir widersprüchlich. Was, bitte schön, soll daran alternativ zur kapitalistischen Gesellschaftsordnung sein?

Also ging ich erst einmal weiter zur Naturfriedenszone von „Tamura".

Nur ein paar hundert Meter vom Lebensgut, in einer Seitenstraße, fand ich die Naturfriedenszone – ein altes baufälliges Umgebindehaus, mehr als 100 Jahre alt. Umgebindehaus nennt man Häuser, bei denen der Dachstuhl auf hölzernen Stützen ruht. Das Erdgeschoss steckt eigenständig unter bzw. zwischen diesen Stützen, wird sozusagen „umgebunden".

Die Eingangstür war unverschlossen. Im Gang standen Kisten mit Äpfeln. Eine enge Treppe führte hinauf zum Obergeschoss. Dort stand ein kleiner Tisch mit einer Spindel, daneben Körbe voller Schafwolle. Die beiden Zimmer im Obergeschoss waren eng, muffig und finster. Durch die kleinen Fenster fiel nur wenig Sonnenlicht. Keine Menschenseele zu sehen.

Ich ging wieder hinunter. Strom gab es im ganzen Haus nicht. Immerhin befand sich im Untergeschoss neben der Tür ein Wasserhahn. Wie ich später erfahren sollte, wurde das alte Haus über eine „vergessene" Wasserleitung von einem ca. 1 km entfernten alten Brunnen mit Wasser versorgt. Da der Brunnen höher als der Wasserhahn gelegen war, konnte das Wasser nur mittels Schwerkraft, also ohne Strom zu verbrauchen, in die Naturfriedenszone fließen.

Eine Art Plumpsklo befand sich hinter dem Haus.

Zum Garten hin gab es eine zweite Tür. Ich trat hinaus und fand einen etwas verwilderten Garten voller Obstbäume. Mitten auf der Wiese, zwischen Kräutern und Apfelbäumen, saß eine junge Frau, vielleicht Anfang zwanzig, und aß Äpfel. Ihr langes dunkelbraunes Haar wurde von einem lila Band zusammengehalten. Sie trug einen langen Rock und Kleider, die aus einem Mittelaltermarkt stammen könnten. Das musste „Tamura" sein.

Mein Traum kam mir wieder ins Bewusstsein: der Garten, das alte Haus, die Äpfel – und inmitten der Äpfel eine geheimnisvolle Jungfrau. Nun war es kein Traum mehr, sondern Realität! Sofort war ich wie gebannt von der Magie dieses Ortes. „Hier möchte ich leben.", war mein erster Gedanke. Manche Dinge kann man nicht rational erklären, sie geschehen einfach – so wie jetzt.

„Hallo, ich bin Edgar aus Halle. Ich hatte dir geschrieben, dass ich komme", sagte ich zur Begrüßung.

„Hallo, ich bin Tamura. Magst du Äpfel?" Ich setzte mich zu ihr und nahm einen Apfel. „Ich war erst im Lebensgut. Die machen ein Kennenlern-Wochenende. Aber eigentlich wollte ich hierher. Ich muss später nochmal rüber zum Lebensgut, mir einen Schlafplatz organisieren."

„Wenn du willst, kannst du hier übernachten. Falls du mit dem zufrieden bist, was du hier vorfindest."

„Ach, ich habe keine großen Ansprüche. Solange ich einen trockenen Platz für meinen Schlafsack finde, reicht mir das vollkommen."

Irgendwie war ich froh und erleichtert, hier in diesen einfachen Verhältnissen und nicht im Lebensgut übernachten zu können.

„Wie bist du zu diesem Haus und zu diesem Leben hier gekommen?", fragte ich „Tamura".

„Tamura", die mit bürgerlichem Namen Birgit heißt, erzählte mir, wie sie auf dem Deutschen Katholikentag in Karlsruhe 1992 den Aussteiger „Öff!Öff!" kennengelernt hatte.

„Das ist ja ein bescheuerter Name! „Öff!Öff!", das hört sich so an, wie ein Schwein grunzt", fiel mir dazu ein.

„Öff!Öff!" lebte als Pilger ohne Geld auf der Straße und erzählte ihr von seinen Ideen, vom Teilen nach Bedürfnissen und von der gewaltfreien Weltrevolution.

Die Abiturientin Birgit, die bis zu diesem Zeitpunkt ganz stinknormal bürgerlich-spießig gelebt hatte, war sofort von dem Pilger „Öff!Öff!" und seinen radikalen Ideen begeistert.

Es dauerte noch eine Weile, bis sie sich traute, selbst so radikal zu leben. Im zarten Alter von 19 Jahren schmiss sie ihr Abitur in die Tonne und schloss sich „Öff!Öff!" und seinen Ideen an. Die beiden fanden nicht nur idealistisch, sondern auch körperlich zueinander und wurden ein Paar. Aus Birgit wurde „Tamura". Ihre Eltern fanden das überhaupt nicht lustig und brachen schließlich den Kontakt zu ihrer Tochter ab. Als Begründung für ihren „Ausstieg" sagte sie: „Ich will mich nicht für materielle Dinge krummbiegen lassen, sondern als ein gerader Mensch, als ein ehrlicher, aufrechter Mensch, durchs Leben gehen und mit meinem Gewissen in Einklang leben."

Aus „Tamura" und „Öff!Öff!" und zwischenzeitlich noch anderen Mitstreitern wurde die „Bewegung von

Menschen, welche nur noch Geschenke miteinander austauschen", kurz genannt, die „Schenkerbewegung". Es gibt vier Grundsätze, welche die „Schenkerbewegung" vereint:

1. Man wird nur glücklich, wenn man seinem Gewissen folgt.

2. Das bedeutet, insgesamt verantwortlich leben zu wollen – wie eine gesunde Zelle im Organismus der Welt.

3. Es beginnt mit gewaltfreiem Teilen (einander Beschenken) unter Menschen.

4. Wer das ernst meint, muss bei sich selbst anfangen und das so konsequent tun, dass es wirklich im Ganzen eine Lösung ergeben soll – d.h. man kann nicht konsequent genug sein.

„Das mit dem Schenken funktioniert so", erklärte mir Tamura, „Wir Menschen bekommen doch auch alle wirklich wichtigen Dinge geschenkt: unser Leben, die Luft zum Atmen, das Wasser in den Flüssen und Seen, die Pflanzen, die in der Natur, im Garten oder auf dem Acker wachsen, und vieles mehr. In einer guten Familie wird ja auch alles geschenkt: die Kinder müssen ihren Eltern kein Geld für Unterkunft, Essen und Trinken bezahlen. Wenn wir die Menschheit als eine Familie ansehen, dann beschenken sich die Mitglieder dieser Familie untereinander. Das heißt aber nicht, dass der- oder diejenige, dem ich etwas geschenkt habe, mir nun wieder etwas als Gegenleistung zurückschenken muss. Das wäre ja dann schon wieder eine Art Tauschgeschäft, also eine Abrechnung. Ich vertraue darauf, dass mir dann, wenn ich etwas brauche, dieses auch wieder geschenkt wird. Und das kann dann von jemand ganz anderem kommen, zum Beispiel von jemandem, dem ich noch nie etwas geschenkt habe. Verstehst du, was ich meine?"

„Ja, ich glaube schon. Wenn ich jemandem etwas schenke, gehe ich sozusagen in Vorleistung und vertraue darauf, dass mir auch alles, was ich brauche, geschenkt wird. Aber das kann doch nur funktionieren, wenn die Menschen bewusst sind und sich gegenseitig vertrauen."

„Um dieses Bewusstsein und Vertrauen aufzubauen und zu fördern, versuchen wir als „Schenker", das vorzuleben. Dafür machen wir auch „Bewusstseinsarbeit" als Pilger auf der Straße."

Irgendwo hatte ich das doch schon einmal gehört. Da fiel mir wieder der Pilger in der Fußgängerzone von Braunschweig ein. Richtig, das musste er sein – dann war das „Öff!Öff!", dem ich damals begegnet war.

Die ersten Jahre begleitete „Tamura" ihren neuen Freund „Öff!Öff!" immer öfter auf seinem Pilgerleben auf der Straße.

Im Jahr 1998 bot ein Bauunternehmer aus der Oberlausitz der „Schenkerbewegung" ein altes, verfallenes Haus in Pommritz zur unentgeltlichen Nutzung an.

Das Haus war von den Behörden als „unbewohnbar" erklärt worden. Für einen Abriss fehlte dem Eigentümer aber das Geld. Später sollte ein Unterstützerverein der

„Schenkerbewegung", der „Verein zur Förderung des Schenkens", das Haus kaufen. Zu diesem Kauf kam es jedoch nie, weil der Eigentümer mehrere Male nicht zum vereinbarten Termin beim Notar erschien.

So entstand die „Naturfriedenszone". „Tamura" zog in das verfallene Haus ein. Mit Hilfe von „Öff!Öff!" und anderen Unterstützern wurde es notdürftig bewohnbar gemacht.

Die Naturfriedenszone sollte ein Selbstversorgungsprojekt werden. Das Leben in der Naturfriedenszone war für „Tamura" eine Herausforderung. Das größte Problem war, dass es keinen funktionsfähigen Schornstein und keinen Ofen gab. In der Praxis bedeutete das für „Tamura", im Winter bei bis zu minus 20 °C Außentemperaturen in kalten Räumen zu sitzen, eingewickelt in dicke Decken. Gelegentlich konnte sie sich im benachbarten Lebensgut aufwärmen.

Auch die angestrebte Ernährung von veganer Rohkost erwies sich in der Praxis als schwierig. „Tamura" ernährte sich ausschließlich von gesammeltem Obst und Wildkräutern. Was im Sommer und im Herbst noch relativ einfach war, wurde ab spätestens Januar zu einem Drahtseilakt. Die gesammelten Äpfel mussten vor Frost und Mäusen geschützt werden und außerdem noch bis Anfang Juni reichen. Erst dann gab es in Form von Erdbeeren und Johannisbeeren wieder neues frisches Obst. Wildkräuter gab es im Winter auch nur sehr spärlich.

„Im letzten Winter habe ich sehr gefroren", gestand mir „Tamura", „Manchmal musste ich sogar hungern, weil so viele Äpfel verfault sind."

Die Erzählungen von „Tamura" über das Leben in der Naturfriedenszone dämpften meinen Enthusiasmus über das Leben ohne Geld doch erheblich. Eigentlich hatte ich mir mein neues alternatives Lebens anders vorgestellt, als in einem muffigen alten Haus zu hungern und zu frieren. Ich überlegte, wie ich hier einigermaßen menschenwürdig leben könnte.

Als Übergangsstation kam nun doch wieder das *Lebensgut Pommritz* ins Spiel.

Am Nachmittag ging ich wieder hinüber zum Lebensgut und unterhielt mich mit verschiedenen Leuten. Auf jeden Fall bräuchte ich Geld, wenn ich im Lebensgut Pommritz leben wollte. Die einfachste Möglichkeit wäre es, Arbeitslosengeld zu beantragen, so wie viele andere „Lebensgütler".

Am nächsten Tag half ich „Tamura" im Garten. Während der Arbeit fragte ich sie, wie ich hier mitleben könnte: „Tamura, ich möchte gerne aussteigen und in Pommritz leben, sowohl in der „Naturfriedenszone" als auch im Lebensgut. Ein totaler Ausstieg, so ohne Geld und ohne Heizung, wäre für mich zu hart – zumindest am Anfang. Vielleicht könnte ich erst einmal beim Lebensgut anfangen und mich in der „Naturfriedenszone" so nach und nach immer mehr einbringen. Später, wenn ich mich an das Leben hier gewöhnt habe, kann ich mir ja überlegen, ob ich dann ohne Geld leben will."

„Das ist eine gute Idee. Ich könnte einen starken Mann für die Arbeit am Haus und im Garten gut gebrauchen. Du kannst es ja mal im Lebensgut versuchen. Vielleicht findest du dort eine auch passende Frau für dich. Du hast doch sicher schon gehört, dass im Lebensgut die „freie Liebe" gelebt wird? Im Volksmund wird das Lebensgut deshalb auch „Liebesgut" genannt."

Das hörte sich doch schon viel besser an: Auf die „sanfte" Weise aussteigen und dann noch die Aussicht, eine Partnerin zu finden, gaben mir neuen Mut und Zuversicht.

Die Rückkehr nach „Babylon", in den real existierenden Kapitalismus, war ein heftiger Kulturschock für mich. Nach meinem ersten Ausflug in die Welt der alternativen Gemeinschaften erschien mir das normale „bürgerliche" Leben noch unerträglicher. Ich empfand den unnützen Lärm und die Enge der Großstadt als viel belastender als je zuvor.

Zunächst zögerte ich, den entscheidenden Schritt zu wagen. Erst einmal besuchte ich noch andere alternative Gemeinschaften, zum Beispiel das Zentrum für experimentelle Gesellschaftsgestaltung in Belzig (Brandenburg), eine Wagenburg in Haina (Thüringen) und Zarnekla, die Zweite – eine kleine Ökogemeinschaft in der Nähe von Demmin (Vorpommern).

Da alle diese von mir besuchten Gemeinschaften nicht meinen Vorstellungen vom neuen alternativen Leben entsprachen, entschied ich mich für eine Kombination aus Lebensgut und Naturfriedenszone in Pommritz.

Für meine Familie in Halle war meine Entscheidung, „auszusteigen" ein großer Schock. Ich stieß auf Ablehnung und Unverständnis. Das Verhältnis zu meinen Eltern war seitdem stark belastet. Aber mein Entschluss stand fest. Ich kündigte mein Arbeitsverhältnis. Das Arbeitsamt verhängte eine dreimonatige Sperrzeit über mich, das heißt, es gab drei Monate kein Geld.

Diese Sperrzeit brachte mich auf eine neue Idee: „Wenn ich jetzt schon drei Monate kein Geld bekomme, dann kann ich auch gleich anfangen, ohne Geld zu leben."

Um den Kopf frei zu bekommen, beschloss ich, eine Woche zu fasten. Das bedeutet, nichts essen, nur trinken. Es war nicht das erste Mal. Ich hatte schon einmal eine Woche gefastet. Das Fasten ist eine gute Möglichkeit, sich körperlich und geistig zu reinigen und um spirituell zu wachsen. Am Anfang lassen die Kräfte schnell nach und man friert leichter. Die Gedanken kreisen dann sehr oft um Essen, vor allem, wenn andere Leute in meiner Gegenwart essen oder wenn ich Essen rieche. Ich bemerkte sehr schnell, dass es nicht der Hunger war, der mich quälte, sondern die Erinnerung an das Essen.

In diesem Zustand beschloss ich, „Öff!Öff!" und sein Gemeinschaftsprojekt, das Haus der Gastfreundschaft in Dargelütz (bei Parchim, Mecklenburg) zu besuchen. Als Kompromiss fuhr ich mit der Bahn nach Magdeburg und übernachtete dort bei einer Bekannten. Am nächsten Tag, einem sonnigen Oktobertag, stieg ich in die S-Bahn nach Wolmirstedt, einem Vorort von Magdeburg. Ab dort sollte mein Abenteuer Ausstieg beginnen. Ich stellte mich am Ortsausgang von Wolmirstedt an die Bundesstraße in Richtung Norden und hielt den Daumen in den Wind. Es war schon ziemlich lange her, seit ich das letzte Mal per Anhalter gereist war, meistens im Urlaub im Ausland oder zu DDR-Zeiten als Jugendlicher.

Nach ca. einer halben Stunde Warten hatte ich Glück. Ein Lastzug hielt an.

„Wo soll's denn hingehen?"

„In Richtung Norden, nach Mecklenburg."

„Steig ein. Bis Perleberg kann ich dich mitnehmen."

Ich erzählte dem Fahrer: „Ich will nach Parchim in das Haus der Gastfreundschaft, eine alternative Gemeinschaft. Die leben dort ohne Geld, ohne Strom und ohne fließendes Wasser."

Der war ein wenig verunsichert. Als ich in meiner Hosentasche nach meiner Uhr kramte, fragte er mich: „Was hast du denn da – ein Messer?"

„Nein, keine Angst, ich bin ganz harmlos. Das ist nur meine Uhr. Die habe ich immer in der Hosentasche."

In Perleberg verließ mich das Glück. Ich stand über eine Stunde vergeblich am Ortsausgang der Bundesstraße in

Richtung Ludwigslust. Niemand hielt an. Irgendwann rief mir dann jemand auf der Straße zu: „Wo willst du denn hin?"

„Nach   Parchim."
„Versuche es doch einmal auf der Landstraße in Richtung Berge. Das ist der kürzeste Weg nach Parchim."

Tatsächlich, dort hatte ich etwas mehr Glück. Ein Jugendlicher mit einem Cabrio hielt an: „Wenn du willst, kann ich dich bis Wüsten-Varnow mitnehmen."

Natürlich hatte ich keine Ahnung, wo Wüsten-Varnow ist. Aber ein Stück in meine Richtung war es. Hauptsache, ich kam endlich von Perleberg weg.

Leider hatte ich mich zu früh gefreut. Er ließ mich an einem Abzweig mitten auf der Landstraße heraus. Weit und breit war keine Ortschaft in der Nähe und auch keine Stelle, an welcher man problemlos anhalten konnte. Die Straße war auch kaum befahren.

Also beschloss ich, zu laufen. Ich fand einen Waldweg und lief ziellos in den Wald hinein. Hauptsache, von dieser blöden Stelle wegkommen.

Völlig überrascht war ich, als mir in dieser gottverlassenen Gegend mitten im Wald eine alte Frau mit einem kleinen Pferdewagen begegnete. „Darf ich ein Stück mitfahren?", fragte ich.

„Ja, gerne." Es war fast wie im Märchen, ein Wunder. Ich stieg auf den kleinen Wagen. Im Schritttempo zuckelten wir auf einem schmalen Weg durch den Wald bis ins nächste Dorf, nach Bresch. Dort fragte ich mich durch: „Wie komme ich von hier weiter, in Richtung

Parchim?"

„Oh, bis nach Parchim ist es aber noch weit. Zuerst musst du nach Berge fahren. Von dort fährst du über Grenzheim, Pampin und Drefahl nach Marnitz. In Marnitz kommst du dann auf die Bundesstraße. Die führt direkt nach Parchim."

Mangels Mitfahrgelegenheiten musste ich weiterlaufen, bis nach Berge, dem nächsten Dorf. Ab dort gab es wieder eine stärker befahrene Straße gen Norden.

Nach mehr als einer Stunde Fußmarsch hielt ein Auto auf der Straße an. Ich konnte bis nach Marnitz zur Bundesstraße nach Parchim mitfahren.

Von Marnitz nahm mich ein Lastzug bis kurz vor Parchim mit. Ab jetzt lief es gut. Ein Vater, der mit seinem Sohn zu McDonalds gefahren war, lud mich zum Mitfahren ein. Er sagte: „Du hast Glück. Heute habe ich meinen sozialen Tag. Ich lasse dich am Ortsausgang in Richtung Dargelütz raus."

Von hier waren es nur noch 6 km bis Dargelütz. Und ich hatte weiter Glück. Eine russische Familie brachte mich direkt in die Alte Dorfstraße Nr. 6 in Dargelütz, kurz bevor es zu dämmern begann. Ich hatte es geschafft! Ich stand vor dem Haus der Gastfreundschaft.

Vier alte, weiß verputzte Backsteinhäuser bildeten eine Art Reihenhaus. Das erste Haus, direkt an der Straße gelegen, war Haus Nr. 6, das Haus der Gastfreundschaft. Die hinteren drei Häuser waren arg verfallen und unbewohnbar. Der Putz bröckelte von der Hauswand am

Haus Nr. 6. Vor dem Haus gab es drei Badewannen mit Regenwasser – die Wasserversorgung. Auf dem Hof standen viele halbfertige Fahrräder. Die Kinder aus der Nachbarschaft spielten hier.

An den Fahrrädern schraubte ein großer bärtiger Mann mit Zopf und Stirnband. Er hatte einen Bauarbeiterhelm auf und trug einen Arbeitsanzug. Es war „Öff!Öff!", der Pilger, dem ich vor vielen Jahren in der Fußgängerzone von Braunschweig begegnet war.

„Hallo, bist du „Öff!Öff!?"

„Ja, der bin ich. Herzlich willkommen im Haus der Gastfreundschaft."

„Ich bin Edgar. Wir hatten uns geschrieben. Ich hatte angekündigt, hierher zu kommen. Und nun bin ich da."

„Öff!Öff!" hatte mir vorher schon per Brief empfohlen, keine Wertsachen mitzubringen. Außerdem hatte er mich vor den Ratten gewarnt, die sich im ganzen Haus ausgebreitet haben. In einer kleinen Kammer unter dem Dach konnte ich meinen Schlafsack auf einem Matratzenlager ausbreiten.

Die Toilette bestand aus einem Eimer mit einem umgebauten Stuhl darüber, in einem kleinen Verschlag.

Im Haus gab es keinen Strom und kein fließendes Wasser, aber zumindest Kachelöfen – besser als in der Naturfriedenszone in Pommritz. Die Kachelöfen wurden mit Holz beheizt. Im Gang standen Holzstiegen mit halb vergammeltem Obst und Gemüse. Es roch muffig im Haus. Einigermaßen gemütlich war es in der Veranda, wo man sitzen konnte.

Zwei Gäste hielten sich zu diesem Zeitpunkt im Haus der Gastfreundschaft auf. Dieter, ein junger Mann mit Igelhaarschnitt, sprach nicht viel und zog sich in sein Zimmer zurück. Der andere Gast war gerade unterwegs.

Ich saß bei Kerzenlicht mit „Öff!Öff!" im großen dunklen Aufenthaltsraum. „Öff!Öff!" erklärte mir: „Da du mich noch nicht kennst, gleich am Anfang mal so eine Art Gebrauchsanweisung für meine Person: Ich will nicht viel reden, sondern am liebsten nur noch Fragen beantworten. Denn ich bevorzuge eine Kultur der Stille anstelle von oberflächlichem Lärm und Geschwätz.

Kultur ist etwas anderes, als auf eine Party zu gehen und sich zu betrinken oder auf einer Disko rumzuhopsen und sich irgendwelchen Glitterkram anzuziehen. Ich halte viel von echter Kultur.

Ich war in Schulzeiten nie tanzen, habe auch die zu enge Berührung mit weiblichen Wesen als zu gefährlich zu dem Zeitpunkt erachtet, weil ich denke, dass da Reife dazugehört.

Wir Menschen machen einen Führerschein fürs Autofahren, aber zum Beispiel für enge Beziehungen oder Familiengründungen – da haben sie sozusagen einen Freifahrtschein.

Wie gesagt, ich war ein Außenseiter, hatte in dem Sinne keine Freunde. Ich habe es immer für bodenlos dumm gehalten, zum Beispiel anzufangen zu rauchen oder Alkohol zu trinken. Ich habe immer gedacht, es gehört doch sehr viel dazu, sich um eines vermeintlichen Spaßes willen immer mehr selbst zu zerstören, sich selbst zu vergiften. Kein anderes Lebewesen würde ohne Zwang derartigen Irrsinn praktizieren. Ich war aufmüpfig in anderer Weise. Ich glaube nicht, dass pubertierender Trotz den Menschen weiterbringt, womit man einfach austobt, was man da an Protestpotential in sich hat. Ich glaube, dass man überlegen sollte, wo man sinnvoll etwas verändern kann. Es muss möglich sein, in Freiheit zu teilen, und es muss möglich sein, durch das Teilen die Voraussetzung freier gemeinsamer Entscheidungen herbeizuführen.

Die Probleme sind erst gelöst, wenn die Masse an Menschen anfängt, über Verantwortung nachzudenken und lernt, auch wirklich nicht einfach für den eigenen Schutz auf Gewalt zu vertrauen, sondern die Gewalt zu brandmarken, weil sie das Zusammenleben der Menschheit versaut."

„Wie bist du denn dazu gekommen, solch ein Leben hier zu führen?"

Da ich ihm ja nun eine Frage gestellt hatte, sah er sich gezwungen, zu reden, um mir diese zu beantworten. Die Antwort auf meine Frage fiel dann doch etwas länger aus. Er erzählte mir ausführlich seine und die Geschichte der „Schenkerbewegung". Auch wenn diese Geschichte etwas länger ist, möchte ich sie an dieser Stelle dem Leser nicht vorenthalten. Sie ist nämlich wichtig, um die Zusammenhänge zu verstehen:

„Öff!Öff!", der mit bürgerlichem Namen Jürgen heißt, hatte katholische Theologie studiert. Er hatte seine

Studienabschlussarbeit über *Mahatma Gandhi* geschrieben und nahm das Evangelium und die Lehren Jesu Christi sehr ernst, ernster als es der katholischen Kirchenobrigkeit lieb war. Jürgen wollte nach dem Vorbild des heiligen Franz von Assisi leben und versuchen, die Bergpredigt von Jesus in die Praxis umzusetzen. Wer die Bergpredigt und Leben und Lehren von Franz von Assisi wirklich ernst nimmt, muss logischerweise das kapitalistische Staats- und Geldsystem ernsthaft in Frage stellen. Denn dieses kann nur funktionieren, indem die Gebote von Jesus aus der Bergpredigt im Neuen Testament auf das Gröbste mit Füßen getreten werden. Ein System, welches nach ständigem Wachstum verlangt, kann nur durch die Vernichtung von Geschöpfen und durch regelmäßige Gewalt erhalten werden. In einer räumlich begrenzten Welt führt unbegrenztes Wachstum unweigerlich an seine Grenzen. Dass diese Grenzen längst überschritten sind, sollte selbst jedem Schulkind klar sein.

Wie gesagt, sahen die Kirchenoberen die radikalen Ansichten Jürgens als sehr bedrohlich an.

Kurz vor Ende seines Studiums wurde Jürgen zu seinem Prälat bestellt. Dieser sagte dann zu ihm: „Hochachtenswert, Ihr Einsatz für Gewaltfreiheit, Ihre Begeisterung für Gandhi etc. – aber die Kirche sucht Priester, die den Menschen beistehen bei den tausend kleinen Sorgen und Nöten ihres Alltagslebens, als Staatsbürger, Geldverdiener, treusorgende Familienväter…"

Kritik am Staat und am Geldverdienen sei nicht erwünscht: „Herr Wagner, wenn Sie diese radikalen Ideen weiterverfolgen, sind Sie zum Priesteramt nicht geeignet!"

Worauf Jürgen entgegnete: „Und was hätte Jesus dazu gesagt?"

„Das ist an dieser Stelle nicht relevant. Es geht um das Priesterbild der Kirche."

Jürgen hatte die Wahl zwischen Gehorsam gegenüber dem Bischof oder Gehorsam gegenüber seinem eigenen Gewissen. Er entschied sich nach Erlangung seines Diploms dafür, mit Jesus und ohne die Kirche zu gehen.

Sein Weg führte ihn auf die Straße, als „Pilger für den Frieden" ohne Geld und Ausweispapiere. Jürgen, der sich nun „Öff!Öff!" nannte, verschenkte sein Geld und schickte seine Ausweispapiere an den Bundespräsidenten zurück mit folgender Erklärung:

„Sehr geehrter Herr von Weizsäcker,

da ich es nicht weiter mit meinem Gewissen vereinbaren kann, Mitglied in einem System zu sein, welches auf Ausbeutung aufgebaut ist und seine Interessen mit Gewalt durchsetzt, erkläre ich hiermit meinen Austritt aus diesem Staat …"

Worauf der Bundespräsident antwortete:

„Sehr geehrter Herr Wagner,

ich habe Ihr Schreiben vom … mit Ihrer Austrittserklärung erhalten. Gemäß Artikel 16 Grundgesetz der Bundesrepublik Deutschland ist ein Austritt eines deutschen Staatsbürgers aus der Bundesrepublik ohne Änderung der Staatsangehörigkeit nicht möglich. In der Anlage finden Ihren Personalausweis und Ihren Reisepass ..."

Darauf schrieb „Öff!Öff!" zurück:

„Sehr geehrter Herr von Weizsäcker,

wenn die Bundesrepublik Deutschland meinen Austritt aus diesem Staat nicht akzeptiert, dann erkläre ich hiermit einseitig meinen Austritt aus der Bundesrepublik Deutschland. In der Anlage finden Sie meinen Personalausweis und meinen Reisepass ..."

Die Idee, als „Friedenspilger" unterwegs zu sein, kam von einer Frau aus den USA – *Peace Pilgrim*.

Zum Teil allein, zum Teil mit Unterstützern, wanderte „Öff!Öff!" ohne Geld durch das Land - sozusagen als Nachfolger *Peace Pilgrims* oder auch als Nachfolger Franz von Assisis. Er predigte auf der Straße zu denen, die es hören wollten, vom Teilen nach Bedürfnissen und von der gewaltfreien Weltrevolution.

Wie schon erwähnt, lernte er 1992 auf dem Deutschen Katholikentag in Karlsruhe seine spätere Freundin und Mitstreiterin Birgit alias „Tamura" kennen, die ihn immer öfter auf seinen Pilgerreisen begleitete.

Ein Wendepunkt im Leben beider war die Begegnung mit Gustav. Während einer anarchistischen Veranstaltung auf dem Unigelände von Frankfurt (Main) saß der Pilger „Öff!Öff!" als Mahnwache mit einem Plakat über Liebe, verantwortliches Leben und gewaltfreier Weltrevolution vor dem Eingang, als ein Betrunkener auf ihn zu wankte.

Mit Blick auf „Öff!Öff!"s Plakat rief er: „Das ist richtig" und legte sich schlafen. Nach einigen Stunden, als der Mann seinen Rausch ausgeschlafen hatte, kamen die beiden ins Gespräch. „Ich heiße Gustav", sagte der Mann, „tut mir leid, dass du mich in solch einem Zustand angetroffen hast. Ich wohne in Mecklenburg, in der ehemaligen DDR. Früher, zu DDR-Zeiten, bin ich schon mit dem politischen System nicht klargekommen. Ich fühlte mich eingesperrt und bevormundet. Als dann die Wende kam, hoffte ich, dass die Menschen nun beginnen, offen und kritisch zu denken und zu reden. Und ich hoffte, dass unsere Gesellschaft mehr wirklich menschlich wird. Aber keine meiner Hoffnungen wurde erfüllt. Im Gegenteil. Wir werden genauso unterdrückt wie früher. Nur merkt man es jetzt nicht mehr so leicht, weil die Art der Unterdrückung subtiler geworden ist. Kennst du den Unterschied zwischen DDR und BRD?"

„Nein, erzähle!"

„In der DDR wussten 87 Prozent, dass sie verarscht werden.

In der BRD merken 87 Prozent immer noch nichts.

Jedenfalls leide ich seit längerer Zeit an Depressionen. Und wenn ich die nicht mehr aushalte – naja, dann gebe ich mir eben die Kante, so wie heute."

Die beiden blieben miteinander in Kontakt. Später begleitete Gustav „Öff!Öff!" sogar auf einigen seiner Pilgerwege. Beim Pilgern erzählte Gustav „Öff!Öff!": „Ich besitze ein altes Haus in Dargelütz. Weißt du, wo das ist?"

„Nein, weiß ich nicht."

„Dargelütz ist ein Ortsteil von Parchim. Und Parchim ist eine Kreisstadt im Südwesten von Mecklenburg. Ich schaffe das nicht mehr, mich um das Haus zu kümmern, weil ich zu oft krank bin. Wenn du willst, kannst du mit deiner „Schenkerbewegung" da ein alternatives Projekt aufbauen. Ich verkaufe es dir für eine Mark."

„Lieber Gustav, ich danke dir für dein Angebot. Aber als „Schenker" lebe ich ohne Geld und kann deshalb auch kein Haus kaufen. Außerdem lehnen wir „Schenker" den materiellen Besitz von Grundstücken und die Unterzeichnung einklagbarer Verträge ab. Ich bin ja aus diesem Staat ausgetreten, weil er auf Gewalt und Ausbeutung aufgebaut ist. Deshalb kann ich auch keine Verträge, die sich auf die Gesetze dieses Staates berufen, unterschreiben. Statt gewaltfreien Rechten gibt es für uns nur ein alternatives Verständnis von Verbindlichkeiten und Besitz. Anstelle von willkürlichem Privateigentum könnte ich mir eine Gewissenserklärung mit sogenannten moralischen Nutzungsrechten vorstellen."

Nach langem Hin und Her vereinbarten die beiden schließlich folgendes: Gustav überließ das Haus in Dargelütz „Öff!Öff!" und seinen Mitstreitern zur unentgeltlichen Nutzung auf unbestimmte Zeit. Dies wurde in einer gemeinsamen „Gewissens-Erklärung moralischer Nutzungs-Rechte" auf einem Flugblatt festgehalten.

In der Praxis bedeutete das: die moralischen Nutzungsrechte für das Haus wurden auf „Öff!Öff!" und die Schenkerbewegung übertragen. Aber nach staatlichem

Recht und Gesetz gehörte das Haus immer noch Gustav, der auch weiterhin die Grundsteuern dafür bezahlen musste.

Damit begann der Aufbau des „Hauses der Gastfreundschaft" in Dargelütz. Die Idee dazu kam von der *Catholic Worker Movement* aus den USA.

Nach den Anfangsjahren des Lebens auf der Straße gab es nun zum ersten Mal einen festen Rückzugsort für die „Schenkerbewegung".

1994 besuchte „Öff!Öff!" zusammen mit „Tamura" und Gustav zum ersten Mal das Haus in Dargelütz. Es war in einem erschreckenden Zustand. Das Dach war undicht und der Schornstein kaputt. An den Wänden breiteten sich Schimmel und Wasserflecken aus. Von den Behörden der Stadt Parchim wurde das Haus als unbewohnbar deklariert.

Aber „Öff!Öff!" und „Tamura" ließen sich nicht abschrecken. Bald darauf zogen die beiden mit ihren wenigen Habseligkeiten in das marode Haus ein. Ein Freund brachte mit einem Transporter ein paar Bretter mit. Die wurden dann als Zwischendecke im Dachboden eingebaut. Mit viel Einfallsreichtum machten sich „Öff!Öff!" und „Tamura" daran, das Haus bewohnbar zu machen. Aus Sperrmüll, Kleidercontainern und Schrottcontainern wurden Werkzeug, Baumaterial, Kleider und später auch brauchbare Fahrradteile organisiert. Für Lebensmittel gingen die beiden „containern". „Containern" oder auch „Mülltauchen" bedeutet, dass man an die Abfallcontainer von Lebensmittelgeschäften geht und sich dort alles, was noch essbar ist, herausholt. In Deutschland sind alle Lebensmittelgeschäfte gesetzlich verpflichtet, Waren, deren Mindesthaltbarkeitsdatum abgelaufen ist, wegzuwerfen. In der Praxis werden aber auch z.B. Bananen, deren Schale fleckig aussieht, weggeworfen oder Paprika, wenn eine von drei eingeschweißten Paprikaschoten eine weiche Stelle hat. Diese Praxis der Lebensmittelgeschäfte machen sich die „Mülltaucher" zunutze und „retten" die weggeworfenen Lebensmittel. Leider wird das „Mülltauchen" nicht von allen Lebensmittelgeschäften gern gesehen. Es gab schon Einzelfälle, in denen „Mülltaucher" wegen Diebstahl angezeigt und zu Haftstrafen verurteilt wurden. Man muss sich dies einmal auf der Zunge zergehen lassen! Die Vernichtung von noch brauchbaren Lebensmitteln ist aus moralischer Sicht ja an sich schon ein Skandal. Aber jemanden, der Lebensmittel vor der Vernichtung rettet, noch als Dieb anzuzeigen, zeigt die ganze Menschenverachtung dieses Systems! Es wird so argumentiert, dass der Müll ja auch dem Lebensmittelgeschäft gehöre, und demzufolge wäre die unbefugte Mitnahme des Mülls Diebstahl.

Zum Glück für „Öff!Öff!" und „Tamura" gab es in der 5 km entfernten Kreisstadt Parchim aber auch Lebensmittelgeschäfte, die ihre „abgelaufenen" Lebensmittel der neugegründeten Gemeinschaft freiwillig zur Verfügung stellten oder es zumindest tolerierten, wenn sie deren Abfallbehälter „heimsuchten".

Aus Fahrradteilen wurden neue Fahrräder und aus Holzteilen Betten und Möbel gebaut.

Später fand „Öff!Öff!" einen alten Fahrradanhänger. Damit konnten Baumaterialien und Lebensmittel aus der Stadt transportiert werden.

Problematisch war die Wasserversorgung. Denn in der Dorfstraße Nr. 6 gab es weder Wasser- noch Stromanschluss. Die Stadtwerke Parchim hatten das leerstehende Haus von der Trinkwasser- und Stromversorgung abgetrennt. Und ohne Geld besteht auch keine Aussicht, dass wieder Wasser oder Strom fließen werden.

„Öff!Öff!" versuchte, über aufgestellte Badewannen und notdürftig geflickte Dachrinnen, das Regenwasser vom Dach aufzufangen.

Zum Glück waren einige der Kachelöfen im Haus noch halbwegs intakt. Am Anfang wurde mit gesammeltem Holz aus dem Sperrmüll geheizt.

„Öff!Öff!" war der Ansicht, dass sie noch zu wenig Mitstreiter für das Haus der Gastfreundschaft hätten. Deshalb müsse er weiter als Pilger auf die Straße gehen, um zusätzliches „Personal" zu rekrutieren.

So blieb „Tamura" alleine in Dargelütz. Einer jungen Frau wird eher Hilfe angeboten als einem „unzivilisiert" aussehendem Mann. Die Parchimer Schulküche stellte bald darauf ihre Reste „Tamura" zur Abholung bereit. Und auch ein Lebensmittelmarkt bot ihr an, regelmäßig die „abgelaufenen" Lebensmittel abzuholen.

Da „Tamura" wesentlich mehr Essen bekam, als sie selbst brauchte, verteilte sie die überschüssigen Lebensmittel an Dorfbewohner aus Dargelütz. Im Dorf gab es einige sozial schwache Menschen, die Mühe hatten, sich und ihre Familien über die Runden zu bringen.

Von einem Entsorgungsbetrieb in Parchim kam ein Angebot, altes Holz von Baustellen und abgerissenen Häusern kostenlos auf den Hof in Dargelütz zu liefern. Dieses Holz wurde als Bauholz und zum Heizen verwendet.

„Öff!Öff!" kam anfangs nur gelegentlich für eine Woche im Haus der Gastfreundschaft vorbei.

In den folgenden Jahren gelang es „Öff!Öff!" tatsächlich, weitere Mitstreiter für ihr Projekt zu gewinnen. So konnte er im Winter 1995/96 zum ersten Mal für längere Zeit in Dargelütz bleiben.

Das Leben im Haus der Gastfreundschaft war ein harter Überlebenskampf. Nicht wegen dem fehlenden Komfort, sondern vor allem wegen den Mitbewohnern und Nachbarn.

Die Bedürftigen im Haus der Gastfreundschaft wurden von „Tamura", „Öff!Öff!" und zeitweiligen anderen idealistischen Weggefährten „Gäste" genannt. Diese „Gäste" waren sehr oft Drogenabhängige, Alkoholiker, psychisch Kranke oder Kriminelle. Sie waren keinesfalls dankbar dafür, dass sie hier kostenlos wohnen und essen durften. In regelmäßigen Abständen verwüsteten manche „Gäste" die Inneneinrichtung, zerschlugen Fensterscheiben und Öfen oder entwendeten Werkzeug. Es gab häufig Schlägereien. Auch „Öff!Öff!" wurde mehrfach körperlich angegriffen und einmal lebensgefährlich verletzt. Hinzu kamen Überfälle von Jugendbanden und Neonazis auf das Haus der Gastfreundschaft.

Für „Tamura" als junge Frau war so ein Leben auf Dauer schwer zu ertragen. Sie selbst bezeichnete es als „soziale Hölle". Deshalb war sie froh, als sich 1998 die Gelegenheit ergab, in Pommritz mit der „Naturfriedenszone" ein neues „Schenker"-Projekt zu wagen – dieses Mal ein Selbstversorgerprojekt.

So führten die beiden von nun an eine Fernbeziehung: „Öff!Öff!" im „Haus der Gastfreundschaft" in Dargelütz und „Tamura" in der „Naturfriedenszone" in Pommritz – 420 Kilometer entfernt. Wegen dem akuten „Personalmangel" in den Projekten der „Schenkerbewegung" konnten sie nur sehr selten zusammen sein.

„Die Gesellschaft, in welcher wir leben, ist ein Mörderbande", erklärte mir „Öff!Öff!", „Dieses System zerstört die Umwelt, entwurzelt die Menschen, führt Kriege im Namen seiner Bürger und ist dafür verantwortlich, dass auch heute noch Menschen verhungern. Solange du am Staats- und Geldsystem teilnimmst, bist du auch für diese ganzen Übeltaten mitverantwortlich."

„Ein komischer Vogel ist das", dachte ich mir. „Erst erzählt er mir, dass er eigentlich nichts sagen will. Und dann labert er mich zu, dass ich verkehrt lebe."

„Vor ein paar Wochen war ich bei Tamura in Pommritz", erzählte ich, „Ich plane, in das *Lebensgut Pommritz* einzuziehen und gleichzeitig Tamura bei der Arbeit zu helfen."

„Das hört sich gut an. Tamura kann Unterstützung in der Naturfriedenszone in Pommritz gut gebrauchen. Vor allem an dem baufälligen Haus muss viel gemacht werden. Die Balken der einen Außenwand sind morsch und müssen abgestützt werden. Das wäre eine Aufgabe für dich. Wie du vielleicht mitbekommen hast, ist es im Haus der Gastfreundschaft zur Zeit etwas ruhiger als sonst. Ich schätze mal, dass ich die nächste Zeit hier ganz gut allein klarkomme. Das war nicht immer so. Vielleicht hat dir Tamura schon ein paar Geschichten erzählt ..."

„Ja, sie hat so etwas angedeutet. Aber erzähle mir bitte mal, was hier so los war. Ich möchte es gern aus erster Hand hören."

„Öff!Öff!" erzählte mir von den Überfällen, von den mutwilligen Zerstörungen und von der Gewalt unter den Gästen. Ich war schockiert. Trotzdem faszinierte es mich, dass es mit dem Haus der Gastfreundschaft in Dargelütz einen Ort gibt, wo jeder anklopfen darf und bedingungslos aufgenommen wird. Niemand fragt, warum, wieso, woher. Es gilt nur das Wort, der Appell an das Gewissen. Selbst ein Gast, welcher wochenlang nur faul auf der Matte herumhängt, bekommt hier regelmäßig zu Essen und ein warmes Bett. Etwas Vergleichbares gibt es nirgendwo sonst in Deutschland, auch nicht im Obdachlosenasyl.

Nach einer knappen Woche begab ich mich voller Zukunftspläne auf den Rückweg in meine Heimatstadt Halle.

Zunächst probierte ich, in Halle mit möglichst wenig Geld über die Runden zu kommen.

Ich untersuchte die Abfallcontainer der nahegelegenen Lebensmittelgeschäfte nach verwertbarem Obst und Gemüse. Das wurde gar nicht gern gesehen. Als ich gerade den Container des größten Supermarktes in der Innenstadt durchsuchte, ging an der Rampe die Tür auf, und eine Mitarbeiterin des Marktes fragte mich: „Was haben Sie denn hier zu suchen?"
„Ich suche nach verwertbaren Resten."

„Das ist nicht gestattet. Bitte verlassen Sie das Gelände!"

Weil ich auf legale Weise tagsüber nicht an die Lebensmittelreste kam, war ich gezwungen, konspirativ zu handeln. Nachts schlich ich mich wie ein Dieb an die Rampe. Als ich den Container öffnete, staunte ich. Da waren Obst und Gemüse im Überfluss: Bananen, Weintrauben, Birnen, Tomaten, Paprika und Gurken – kaum zu fassen, was die alles wegwerfen! Natürlich hatte ich große Angst, entdeckt zu werden. Bei jedem verdächtigen Geräusch zuckte ich zusammen. Es war ein komisches Gefühl, als ich zum ersten Mal in den versifften Abfallcontainer kroch, um das „abgelaufene" Obst und Gemüse herauszuholen. In der bürgerlichen Gesellschaft wurde ich immer so erzogen, dass man so etwas doch nicht macht - das ist doch eklig, das machen nur Obdachlose. Jetzt war ich auch einer von den „Unberührbaren".

Später erfuhr ich, dass manche Supermärkte auch handfeste Gründe hatten, ihre Abfallcontainer gegen unerwünschte Besucher abzusperren. Leider gibt es einige Vollidioten unter der Bevölkerung. Bei einem anderen Lebensmittelgeschäft in Halle überraschte ich ein paar Jugendliche dabei, wie sie aus Langeweile und Blödheit Tomaten gegen die Wände warfen. Ich hatte eine Riesenwut auf diese Jugendlichen. Durch solche geistigen Blindgänger wird die Arbeit der anständigen „Mülltaucher" sehr erschwert und das „Containern" in Verruf gebracht.

Ich selbst gab mir die größte Mühe, meinen „Arbeitsplatz" ordentlich und sauber zu verlassen.

Meine Wohnung glich zeitweise einem Obst- und Gemüseladen.

Gleichzeitig begann ich, meinen Haushalt aufzulösen und mein Hab und Gut zu verschenken. Als ich an meinem letzten Tag in Halle in meiner leeren Wohnung saß, wurde ich dann doch etwas wehmütig. „Auf was hast du dich da nur eingelassen?", dachte ich, „Was wird aus mir, wenn das Leben ohne Geld nicht funktioniert?"

Ein wenig Angst hatte ich schon. Aber nun gab es kein Zurück mehr.

In Pommritz

Man muss sich unaufhörlich von der Klippe stürzen, damit einem Flügel wachsen. (Ray Bradbury)

Im November 1999 zog ich mit den wenigen Sachen, die ich noch besaß, nach Pommritz in die „Naturfriedenszone" zu „Tamura".

Ich bezog ein kleines Zimmerchen im oberen Stockwerk des baufälligen Hauses. Sicher wird jetzt der eine oder andere Leser denken: „Na, wenn der zusammen mit einer jungen Frau auf engstem Raum lebt, da läuft doch was zwischen den beiden."

Dem war nicht so. „Tamura" war die Lebensgefährtin von „Öff!Öff!", und ich respektierte das. Wir schliefen in getrennten Zimmern.

Zunächst führte ich ein Doppelleben. Ich half im benachbarten Lebensgut Pommritz beim Holzhacken und auf dem Bau.

In der „Naturfriedenszone" half ich bei der Apfelernte, sammelte Nüsse und Kräuter. Wegen des recht schnell hereinbrechenden Winters und der kurzen Tage waren Mauerwerksarbeiten im Haus nicht mehr möglich. Ich verschob sie auf nächstes Frühjahr. Die Apfelvorräte in Haus und Keller mussten regelmäßig kontrolliert und faule Äpfel aussortiert werden. Außerdem wurden die Äpfel von den Mäusen bedroht. Die essen nämlich auch gerne Äpfel. Deshalb lagerten wir die Apfelkisten auf

Tischplatten aus Plastik, welche wiederum auf Holzkisten aufgebahrt waren. Das war nötig, damit die Mäuse nicht an den Apfelkisten hochklettern konnten. Auf den glatten Plastikplatten konnten sie sich nicht festkrallen und somit auch nicht in die Apfelkisten klettern.

Unsere Walnussvorräte hingen wir auf dem Dachboden in Netze an der Decke.

Da die Tage kurz waren, gingen wir zeitig zu Bett. Gelesen wurde im Bett bei Kerzenschein, eingewickelt in dicke Decken.

Den Kontakt zu meiner Familie und zu meinen Freunden hielt ich per Brief - mit geschenkten Briefmarken - und gelegentlich auch per Telefon. In Pommritz gab es am Bahnhof eine Telefonzelle. Im Jahr 2000 konnte man sich noch in einer Telefonzelle anrufen lassen. Einmal in der Woche wartete ich pünktlich um 18.00 Uhr in der Telefonzelle auf etwaige Anrufe aus der Heimat.

Zum Glück gab es im Haus keine Ratten, dafür umso mehr Mäuse. Die wurden nachts aktiv und rannten zwischen den Brettern der Holzdielen herum. Am Anfang konnte ich wegen des Lärms, den die Mäuse nachts veranstalteten, oft lange nicht einschlafen. Obwohl ich Tiere sehr mag, habe ich die Mäuse wirklich gehasst. Es gab auch keine Katze in der Naturfriedenszone. Die passte nicht in das vegane Rohkostkonzept.

Eine große Herausforderung war die Kälte. Wie schon im 2. Kapitel erwähnt, gab es im gesamten Haus keine Heizung. Ich schlief in meinem Schlafsack, umgeben von einem dicken Federbett. Wenn ich mich ins Bett legte, dauerte es eine Viertelstunde, bis mir langsam warm wurde. Schlimm war es nur, wenn ich mitten in der Nacht aufs Klo musste. Dann hieß es aufstehen, hinaus in die Kälte und Dunkelheit und dann frierend wieder zurück ins Bett.

Noch schlimmer war das Aufstehen am Morgen. Es gab nichts, womit ich mich aufwärmen konnte, außer durch Arbeit. Schon aus diesem Grund besuchte ich regelmäßig das Lebensgut.

Doch auch diese Möglichkeit zum Aufwärmen sollte nicht lange bestehen bleiben. Im Lebensgut Pommritz gab es einige Leute, die der „Schenkerbewegung" ablehnend gegenüberstanden. Ihnen war es ein Dorn im Auge, dass ich regelmäßig das Lebensgut aufsuchte. Noch schlimmer war für einige „Lebensgütler", dass ich auf dem Komposthaufen des Lebensgutes nach Lebensmittelresten suchte und diese dort auch reichlich fand. Die angeblich so alternativen „Ökos" warfen genauso viel Essen auf den Müll wie die „Normalos". Es war für einige „Lebensgütler" peinlich, dass ihnen diese Verschwendung durch mich indirekt vor Augen geführt wurde.

Als ich mich wieder im Lebensgut aufhielt, wurde ich angesprochen: „Kommst du bitte mit zur nächsten Montagsrunde? Wir müssen etwas Wichtiges mit dir bereden."

Im Lebensgut gab es eine „Montagsrunde", eine Art Plenum, wo wichtige Dinge besprochen wurden. Mit einem unguten Gefühl setzte ich mich am nächsten

Montag in die Runde. Wenn die mich zur „Montagsrunde" bitten, dann konnte das nicht Gutes bedeuten. Und so war es auch: Iris, die Wortführerin, brachte die Sache auf den Punkt: „Entweder, du wirst einer von uns und ziehst bei uns ein – und bezahlst auch dafür – oder du hast hier nichts mehr zu suchen."

Ich empfand das als total ungerecht: „Wochenlang habe ich für euch umsonst gearbeitet, habe mich von euch ausbeuten lassen. Und dafür schmeißt ihr mich jetzt raus."

Uwe, mit dem ich oft zusammengearbeitet hatte, nahm mich in Schutz: „Ich finde es peinlich für unsere Gemeinschaft, wenn wir Edgar jetzt so behandeln. Er hat wirklich viel für uns gearbeitet."

Die anderen schwiegen eine Weile. Dann fragte mich Iris: „Wie ist deine Entscheidung: ziehst du bei uns ein oder bleibst du bei Tamura?"

„Dann bleibe ich bei Tamura und ziehe mich hier zurück."

Die „Ökos" sind halt auch nicht besser als die „Normalos". Da hätte ich es ja sogar in meiner letzten Firma noch besser gehabt, da hatte ich wenigstens Geld für meine Arbeit bekommen.

Unsere „Fürsprecher" im Lebensgut, u.a. der Philosoph und Lebensforscher Maik Hosang, waren zu diesem Zeitpunkt nicht anwesend. Enttäuscht zog ich mich aus dem Lebensgut zurück.

„Tamura" kommentierte meinen Rauswurf aus dem Lebensgut so: „Nun hast du auch deine Erfahrung mit dem Lebensgut gemacht. Die Lebensgütler geben selber zu, dass sie eine Gemeinschaft von Menschen ohne gemeinsame Ideale sind. Das ist bei denen alles sehr willkürlich. Es wird nur nach persönlicher Sympathie und Antipathie entschieden, nicht nach verbindlichen Grundlagen. Ich habe manchmal den Verdacht, der Biedenkopf hat das Projekt nur gefördert, um zu beweisen, dass alternative Gemeinschaften langfristig nicht funktionieren."

Mein Leben wurde nun noch härter und einsamer. Ich muss gestehen, manchmal sehnte ich mich nach meinem bürgerlichen Leben in Halle zurück.

Als Gesprächspartnerin blieb mir nur „Tamura". Unsere Gesprächsthemen waren neben unserer Arbeit in der „Naturfriedenszone" vor allem Ernährung und Spiritualität. „Tamura" begeisterte sich zu dieser Zeit für das Konzept der *Lichtnahrung*. Sie war davon überzeugt, schrittweise immer weniger zu Essen zu brauchen, bis sie schließlich ganz ohne feste Nahrung auskommen würde. Stolz berichtete sie mir dann zum Beispiel: „Ich vertrage jetzt auch keine Nüsse mehr, nur noch Äpfel und Wildkräuter. Du siehst, ich entwickle mich immer mehr in Richtung *Lichtnahrung*."

Einerseits war auch für mich der Gedanke, nichts mehr essen zu müssen, faszinierend. Vor allem wegen der großen Freiheit, die ich dadurch für mich dann hätte: Keine lästige Sorge mehr um das Essen und nie mehr arbeiten, um zu essen – mal ganz abgesehen von der vielen Zeit, die ich dann für andere Dinge hätte. Aber erstens war ich sehr skeptisch, ob es wirklich funktioniert. Mehrere

Menschen, die das ausprobiert hatten, waren bei dem Versuch gestorben. Und außerdem esse ich viel zu gerne, um darauf dauerhaft zu verzichten.

Mir fiel schon die Ernährungsumstellung auf vegane Rohkost schwer. Meine Mahlzeiten bestanden aus Äpfeln, Walnüssen und Wildkräutern. Als der erste Schnee fiel, mussten wir die Vogelmiere unter dem Schnee hervor kratzen. Von der Ernährungsumstellung bekam ich regelmäßig Blähungen. „Tamura" sagte dazu nur: „Das sind alles Entgiftungserscheinungen."

Aber sie selber nahm immer mehr ab.

Ein Jahr später, als sie endlich merkte, dass da etwas gründlich schiefläuft, ließ sie sich von einem befreundeten Naturheilpraktiker untersuchen. Der stellte fest, dass sie total unterernährt war und dass sie akuten Vitamin B12-Mangel hatte. Er sagte ihr auch, wenn sie so weiter mache, würde sie in absehbarer Zeit ihre Zähne verlieren und schließlich sterben. Sie kam völlig schockiert von der Untersuchung zurück. „Ohne Zähne, nein dann möchte ich nicht mehr leben", sagte sie mir unter Tränen.

Dieser Schock war heilsam für „Tamura". Sie stellte ihre Ernährung konsequent um und rettete dadurch ihr Leben und ihre Gesundheit. Als sie ihre Erfahrungen und Erlebnisse mit ihrer veganen Rohkosternährung später in einer Rohkostzeitschrift veröffentlichte, bekam sie wütende Drohbriefe. Offensichtlich wollte man in der „Rohkostszene" weiter Illusionen pflegen und die Wirklichkeit ausblenden.

Aber zurück zum Winter 2000 in der Naturfriedenszone.

Ich sah mein Leben in der Naturfriedenszone als eine Art Selbsttherapie an. Hier war der richtige Ort dafür, hier gab es keine Ablenkungen mehr, hier konnte ich meinen seelischen Schmerz nicht mehr betäuben. Es gab keinen Spaß mehr, keine Reisen, nicht einmal mehr Essen als Ablenkung oder Betäubung. Alle äußeren Reize waren auf ein Minimum reduziert. „Erst wenn diese Therapie erfolgreich abgeschlossen ist, beginnt mein Leben neu", beschloss ich, „Keine Flucht!"

Da ich mich im Lebensgut nicht mehr aufwärmen konnte, ging ich tagsüber oft in den Bahnhof Pommritz. Dort gab es noch einen kleinen beheizten Warteraum, wie es sie zu DDR-Zeiten auf vielen Bahnhöfen gab. Nach der deutschen Wiedervereinigung wurden die meisten Bahnhofsgebäude verkauft, abgerissen oder man ließ sie verfallen. Zum Glück für mich schien auf dem Bahnhof Pommritz die Zeit stehen geblieben zu sein. Im Warteraum des Bahnhofs saß ich dann eine ganze Weile, genas die Wärme und schrieb Tagebuch oder Briefe oder las in einem Buch.

„Tamura" hatte über ihrem Bett ein Gestell aus Weidenzweigen gebaut und darüber Decken aus Schafwolle gespannt. Sie nannte es ihren „Dom". Abends saßen wir dort oft zusammen bei Kerzenlicht, eingewickelt in dicke Federbetten, erzählten oder beteten zusammen.

Wegen der Isolierung durch die Decken konnten wir so die Wärme der Kerzen und unsere Körperwärme für uns nutzen.

Die Winter in der Oberlausitz haben es in sich – polnisches Kontinentalklima. Die Temperaturen fielen auf bis zu minus 20 °C. Im Haus herrschten Temperaturen kurz unter dem Gefrierpunkt. Mit Decken und Kerzen versuchten wir, die Apfelvorräte vor dem Erfrieren zu bewahren. Mehrmals schlief „Tamura" sogar im „Apfelraum", um die Äpfel mit ihrer Körperwärme zu wärmen. Diese waren schließlich unsere Überlebensversicherung und mussten bis zum Sommeranfang reichen.

Auch die Wasserleitung im Haus war eingefroren. Mit Kerzen versuchten wir, die Wasserleitung wieder aufzutauen. Um ein erneutes Einfrieren zu verhindern, wollte ich das Wasser abstellen und suchte nach dem Hauptabsperrschieber. Was ich in der Dunkelheit fand, war aber nur ein Blindstopfen. Dieser riss bei meinem ersten Versuch, daran zu drehen, auch noch ab. Ein Wasserstrahl ergoss sich in unser Haus und drohte, den Keller und damit einen Teil unserer Apfelvorräte zu überfluten. Ich war wie gelähmt vor Schreck. „Jetzt ist alles aus!", war mein erster Gedanke. „Tamura" rannte zum Lebensgut, um Hilfe zu holen. Holger und Hugo, die uns wohlgesonnen waren, kamen mit Taschenlampen und Werkzeug. Mit gemeinsamen Kräften konnten wir den Wasserfluss stoppen und einen provisorischen Pfropfen in den Stutzen einsetzen. Wir hatten Glück - der Schaden an den Äpfeln hielt sich in Grenzen.

Auch der kälteste Winter ist irgendwann einmal zu Ende. Wir atmeten auf. Als die wärmende Märzsonne die Naturfriedenszone aus dem Winterschlaf aufweckte, zog auch in meiner Beziehung zum Lebensgut Tauwetter ein.

Im *Lebensgut Pommritz* herrschte ein permanenter Mangel an Arbeitskräften. Die Mehrzahl der „Lebensgütler" zog es vor, sich auf die eine oder andere Weise vor körperlich anstrengenden Arbeiten zu drücken. Zum Beispiel war die Mannschaft beim samstäglichen Holzhacken für den zentralen Holzvergaserofen, der „Holzaktion", regelmäßig unterbesetzt. Irgendwann wurde der Arbeitskräftemangel so krass, dass die Wärmeversorgung gefährdet war. Außerdem standen im Frühjahr wieder dringende Renovierungsarbeiten an den Gebäuden an. So kam es, dass Martin mich ansprach: „Edgar, hättest du Lust, uns mal wieder beim Holzhacken zu helfen? Wir bräuchten dringend Verstärkung bei der Holzaktion. Im Gegenzug lade ich dich zum Essen im Lebensgut ein. Und als mein Gast darfst du natürlich so lange im Haus bleiben, wie du möchtest."

Eine Woche später kam Uwe und fragte: „Du, wir brauchen jemanden auf dem Bau. Könntest du uns bei der Arbeit helfen? Kannst natürlich bei uns essen."

Auf diese Weise kam ich doch wieder in das Lebensgut und bekam lecker Essen, so viel ich wollte.

„Tamura" hatte wenig Verständnis für meine Ernährung: „Aus dir wird wohl nie ein richtiger Rohköstler. Du bist so was von inkonsequent. Was du dir im Lebensgut immer alles an „Suchtnahrung" in dich rein stopfst ..."

Für mich war es eine Wohltat: endlich wieder frisches selbstgebackenes Brot, gekochte Kartoffeln und leckeres Gemüse essen! Möglicherweise verdanke ich meine Gesundheit während dieser Zeit nur den „Inkonsequenzen" aus dem Lebensgut und meiner täglichen Walnussration. Den Rohkostsalat, den ich „Tamura" vom Lebensgut mitbrachte, verschmähte sie allerdings auch nicht.

Auf mich wirkte „Tamura" manchmal zu verbissen und zu dogmatisch mit ihrer Rohkost-Ideologie. Ihr fehlte damals die Lockerheit und Gelassenheit. Im Gegenteil - „locker-flockig" war bei „Tamura" ein Schimpfwort. Für sie war ich wohl viel zu „locker-flockig", zu verfressen und zu inkonsequent.

Mit dem einziehenden Frühling begann auch meine Bautätigkeit in der Naturfriedenszone. Wie „Öff!Öff!" schon angedeutet hatte, drohte eine Außenwand einzustürzen. Die Balken mussten mit einer gemauerten Hilfskonstruktion gestützt werden. Ich hatte bis dahin noch keine Maurererfahrung. Aber das nützte nichts, jetzt musste ich ran. Mit Ziegelsteinen aus Abbruchhäusern und Lehm und Kies aus dem Lebensgut machte ich mich an die Arbeit. Die Mauer hielt.

Außerdem beseitigte ich die Winterschäden, z.B. an den Fenstern. Die mussten neu verkittet werden, damit nicht so viel Wärme verloren ging.

Bei einem unserer täglichen Gespräche bemerkte „Tamura": „Eigentlich klingt der Name „Naturfriedenszone" doch nicht so schön. Das hört sich so nach „Zone" an. Vielleicht sollten wir einen besseren Namen für unser Projekt hier aussuchen. Was hältst du von „Friedensgarten"?"

„Hört sich gut an, jedenfalls viel besser als „Naturfriedenszone".

„Wenn wir gerade bei den Namen sind, willst du dir nicht auch einen neuen Namen zulegen? Ich heiße ja auch nicht mehr „Birgit" und Öffi nicht mehr „Jürgen". Mal ganz ehrlich, „Edgar" hört sich nun nicht gerade so schön an. Lass mich mal überlegen, was passt denn gut zum „Friedensgarten"? ... Ich hab's: „Frieden"! Wäre das nicht ein passender Name für dich?"

„Warum nicht? Wenn es gut zum „Friedensgarten" passt."

Und so nannte ich mich seitdem nicht mehr „Edgar", sondern „Frieden". Kritiker warfen mir öfter vor, ich sei gar nicht so friedlich, wie der Name „Frieden" vortäuscht.

Mit Sorge betrachteten wir die stetig schwindenden Apfelvorräte. Als der Mai sich dem Ende entgegen neigte, war im Keller nur noch ein letztes Fass voller Äpfel übrig. Doch Gott hielt seine schützende Hand über uns. Kurz bevor wir den letzten Apfel aufgegessen hatten, waren die ersten Erdbeeren im Garten reif. Die mussten wir nun mit Argusaugen bewachen. Denn mitten durch unseren Garten floss ein Bach. Der wiederum zog die Spanische Wegschnecke in Massen an. Jeder Gärtner kennt das Thema „Spanische Wegschnecke". Diese ekligen braunen Nacktschnecken wurden dank der Globalisierung durch importiertes Gemüse aus Spanien nach Mitteleuropa eingeschleppt. Wegen ihrem ungenießbaren Schleim haben sie bei uns keine natürlichen Feinde und konnten sich deshalb ungehindert verbreiten. So auch im Friedensgarten in Pommritz. Es war ein Kampf um das nackte Überleben. Wir mussten die halbreifen Erdbeeren pflücken, bevor sich die Schnecken ans Werk machten. All unsere Versuche, Tomaten oder Salat anzubauen, fielen der Schneckeninvasion zum Opfer. Ich gebe gerne zu, dass ich die Nacktschnecken am liebsten alle umgebracht hätte. Aber „Tamura" meinte: „Gewaltfreiheit gilt auch für Tiere. Außerdem, wenn du die Schnecken tötest, dann kommen sie in noch größeren Scharen zurück."

Also beließen wir es dabei, die Schnecken abzusammeln und möglichst weit weg vom „Friedensgarten" zu bringen – in der Hoffnung, dass sie nie mehr den Weg zu uns zurückfinden mögen.

Nach diesem harten Kampf ums Überleben wusste ich mein tägliches Essen noch mehr zu schätzen. Die meisten Großstadtmenschen haben überhaupt kein Bewusstsein dafür, woher ihre Nahrungsmittel überhaupt kommen. Viele meinen ja allen Ernstes, Obst und Gemüse, Käse und

Fleisch kommen eben aus dem Kühlschrank oder bestenfalls aus dem Lebensmittelmarkt.

An einem Abend im Mai – ich lag schon im Bett – klopfte es an der Tür. Alfred, der im Grundbuch eingetragene staatsrechtliche Eigentümer unseres Hauses, trat ein. Er war schon ein wenig angetrunken. „Tamura" empfing ihn: „Hallo Alfred. Wie geht es dir? Was führt dich her?"

Alfred hielt sich nicht mit langen Vorreden auf, sondern kam gleich zur Sache: „Ihr habt 24 Stunden Zeit, hier auszuziehen." Ich war total schockiert. Nach den Strapazen des harten Winters soll nun alles vorbei sein? Wo sollen wir denn hin? Ins Haus der Gastfreundschaft, zu den Alkoholikern und Kriminellen?

Zum Glück kannte „Tamura" Alfred schon ein wenig und konnte ihn beruhigen: „Nun erzähl doch mal, Alfred, warum sollen wir ausziehen? Was willst du denn mit dem alten Haus machen?"

„Ich brauche Geld, ich bin völlig abgebrannt. Wenn ich das Grundstück verkaufe, dann bin ich wieder flüssig."

„Aber der Verein zur Förderung des Schenkens hat dir doch ein Angebot gemacht, das Haus zu kaufen. Warum bist du denn damals nicht zum Notartermin erschienen?"

„Ich hatte dringende andere Termine. Weißt du, wenn man eine Baufirma hat, dann geht manchmal alles drunter und drüber, und ich weiß gar nicht mehr, was ich zuerst machen soll. Ich bin total überarbeitet und ausgebrannt. Und ich habe große finanzielle Sorgen."

„Wenn du willst, dann schreibe ich dem Lukasz eine Karte. Er wird dann einen neuen Termin beim Notar für den Hauskauf vereinbaren. Aber dann musst du auch zu dem Termin erscheinen."

Alfred ging gar nicht mehr darauf ein, sondern erzählte „Tamura" von seinen Sorgen und Nöten: „Ich bin völlig am Ende, ich kann nicht mehr. Habe seit 48 Stunden nicht geschlafen. Das kotzt mich alles nur noch an. Die Firma läuft schlecht. Meine Kunden bezahlen ihre Rechnungen nicht. Jetzt habe ich einen Riesen-Schuldenberg. Alles muss ich alleine machen. Das halte ich nicht mehr lange durch. Ich bin völlig ausgebrannt." „Tamura" war für ihn so eine Art Therapeutin, bei der er seine Probleme abladen konnte. „Tamura" hörte geduldig zu, bis Alfred dann irgendwann eingeschlafen war.

Am nächsten Morgen war er verschwunden. Das Thema Hausverkauf hatte er gar nicht mehr erwähnt, auch nicht, dass wir ausziehen sollen.

Ich war erleichtert. „Tamura" sagte nur: „Das ist so seine Art, sich bei mir auszukotzen. Er war schon mehrmals hier und wollte, dass ich ausziehe."

Mir wurde an dieser Stelle schmerzlich bewusst, an welch seidenem Faden unsere Existenz im Friedensgarten hing.

Was noch erschwerend hinzukam, war, dass Alfreds Mutter auf dem Nachbargrundstück gegenüber wohnte. Sie konnte uns überhaupt nicht leiden und wollte uns so schnell wie möglich von dem Grundstück weg haben. In regelmäßigen Abständen kam sie an den Zaun und regte sich über uns auf. Zum Beispiel sagte sie: „Haut endlich ab! Ihr habt gar kein Recht, hier zu wohnen. Das Haus ist baupolizeilich gesperrt. Es hätte schon längst abgerissen werden müssen. Ich kann den Alfred nicht verstehen. Warum hat er uns das nur angetan, solches Dreckspack in seinem Haus wohnen zu lassen! Macht, dass ihr wegkommt, wir wollen euch hier nicht haben!"

Sie hätte das Grundstück am liebsten für sich und ihre Nichte gehabt.

„Tamura" und ich versuchten, jedes Konfliktpotential mit Alfreds Mutter zu vermeiden und ihr möglichst wenig Anlass zur Kritik an uns zu geben. Zum Beispiel entfernten wir das Unkraut in der Nähe des Grundstückszauns und deckten den Komposthaufen immer ordentlich ab. Dieser stand nämlich an der Grenze zu Alfreds Mutters Grundstück.

Mit dem Sommer kamen die Kirschen, und mit den Kirschen kam eine paradiesische Zeit. In Pommritz gab es eine nicht mehr genutzte Streuobstwiese voll mit Kirschbäumen. Außerdem hatten wir im Garten einen großen Kirschbaum. Wir saßen auf den Bäumen und aßen, bis uns die Zähne wehtaten. Als Ausgleich zu den vielen süßen Kirschen aßen wir Wildkräuter. Die gab es im Sommer reichlich.

Pommritz und seine Umgebung waren gesegnet mit Früchten. Nach den Kirschen wurden die Johannisbeeren und die Maulbeeren reif. Auf dem Gelände des Lebensgutes gab es mehrere Maulbeerbäume. Die weißen und schwarzen Früchte dieser exotischen Bäume sind ausgesprochen lecker.

Es folgten Mirabellen, Pflaumen und Birnen. So hart wie der Winter war, so schön war der Sommer in Pommritz. Ich wanderte durch die nahegelegenen Wälder und schlief so manche Nacht unter freiem Himmel.

Im Sommer bekamen wir auch öfter Besuch. Es waren meistens Leute aus der Rohkost-Szene. Einer von diesen Rohkost-Leuten war David. Im Winter war es ihm in Deutschland zu kalt. Dann verdrückte er sich nach Spanien oder sogar noch weiter weg, bis nach Guatemala. Dort fand er auf den Plantagen reichlich Obst zum Essen. Da er ansonsten sehr anspruchslos war und meistens im Freien schlief, kam er so mit sehr wenig Geld aus.

David war hochbegabt, kreativ und handwerklich sehr geschickt. Er spielte mehrere Musikinstrumente. Von ihm lernte ich, Körbe aus Weidenzweigen zu flechten und Kerzen aus Wachsresten zu ziehen. Die meisten Weidenkörbe im Friedensgarten hatte David geflochten. Ich hatte große Achtung vor seinen Handwerkskünsten.

Aber so geschickt und kreativ er auch war, seine Schattenseite war die Unberechenbarkeit. Mit David konnte man keine Verabredungen treffen. Er sagte dann nur: „Alles ist im Fluss. Wenn ich Lust habe, dann komme ich, wenn nicht, dann nicht."

An einem Sommerabend legte sich David in den Apfellagerraum im Friedensgarten zum Schlafen. Um die für ihn passende Stimmung zu erzeugen, zündete er mehr als zehn Kerzen an. Kerzen waren bei uns im Friedensgarten sehr knapp. Wir bekamen sie meistens von Freunden geschenkt. Deshalb gingen wir äußerst sparsam damit um. „Tamura" regte sich völlig zu Recht darüber auf, dass David hier ohne Not einen großen Teil unserer Kerzenvorräte verheizte: „Hör mal David, so geht das nicht. Wir haben nicht so viele Kerzen, dass wir uns solch eine Verschwendung erlauben können. Du brauchst doch keine zehn Kerzen auf einmal."

„Doch, die brauche ich. Sonst fühle ich mich hier nicht wohl. Außerdem kann ich ja wieder neue ziehen. Es ist doch meine Sache, wie viele Kerzen ich anbrenne."

„Das ist nicht deine Sache. Hier im Haus bin ich der Chef!"

„Geh Alte, verpiss dich, hau ab! Du hast mir gar nichts zu sagen!"

Auch ich fand es unangemessen, wie sich David hier verhielt. Aber ich überließ es „Tamura", sich mit ihm auseinanderzusetzen. Wenn sie hier die Chefin war, musste sie sich auch mit solchen Konflikten auseinandersetzen. Nach den „Schenker"-Grundsätzen der Gewaltfreiheit hatte „Tamura" keine Handhabe, David wegen seines Verhaltens hier rauszuwerfen. Es blieb ihr nur der Appell an das Gewissen. Davon ließ sich David aber nicht beeindrucken.

Zum Glück beließ es David bei der einmaligen Provokation mit den Kerzen letzte Nacht. Am nächsten Abend beschloss er, im Freien zu übernachten. Auch ich wollte das schöne Wetter nutzen, um draußen zu schlafen.

So begaben wir uns beide mit unseren Schlafsäcken auf ein benachbartes Feld. Von dort hatten wir einen besonders schönen Blick auf den Sternenhimmel. Der war in Pommritz prächtig, weil es wenig „Lichtverschmutzung" durch künstliches Licht gab.

Am Nachmittag hatte mir David im Wald seine selbstgebaute Hütte aus Zweigen und Laub gezeigt. Beim Weg durch den Wald zu der selbstgebauten Hütte entdeckten wir eine Schutzhütte für Wanderer. Sie stand offen. Was wir nicht wussten: wie wichtig diese Schutzhütte für uns werden sollte.

David war mächtig stolz auf seine Rohkosternährung. Angeblich reichten ihm ein paar Beeren am Tag als Nahrung aus. Während wir in einer Mulde im Feld auf unseren Schlafsäcken lagen und den Sternenhimmel bewunderten, umkreiste mich ein Mückenschwarm. Komischerweise ließen die Mücken David in Ruhe und belästigten nur mich. David hatte eine Erklärung dafür: „Siehst du, das kommt von deiner schlechten Ernährung. Bei mir findest du keine einzige Mücke."

Es war nach Mitternacht, als wir von heftigen Donnerschlägen geweckt wurden. Ein Gewitter war direkt über uns. Wir hatten keine Zeit zu verlieren. Es konnte jeden Moment anfangen, in Strömen zu regnen. So schnell wir konnten, packten wir unsere Schlafsäcke zusammen und rannten in den nahegelegenen Wald. Den Weg im Wald konnten wir nicht verfehlen. Im Minutentakt erleuchteten die Blitze den Wald taghell. Wenige Minuten, nachdem wir die Schutzhütte erreicht hatten, begann der

Wolkenbruch. Welch ein Glück, dass wir die am Nachmittag entdeckt hatten!

Am nächsten Morgen, als wir aufwachten, schien schon wieder die Sonne.

Auch die darauffolgende Nacht verbrachten wir auf dem Feld, dieses Mal ohne Gewitter.

Als ich am nächsten Morgen aufwachte, stand die Sonne schon hoch am Himmel. David war verschwunden. Dafür kam ein riesiger Mähdrescher auf mich zu. Ich sprang auf, packte meine Sachen unter den Arm und rannte, was ich konnte. Nach diesem Erlebnis verzichtete ich auf weitere Übernachtungen auf dem Feld.

Nach dem entbehrungsreichen Winter wollte ich im Sommer auch einmal etwas für mich tun. Immer nur in Pommritz zu sein, das war für mich zu eintönig. Eine Frau hatte ich auch im Lebensgut nicht gefunden. Irgendetwas fehlte also immer noch zu meinem Glück. Schon immer verspürte ich den Drang, wegzufahren, möglichst weit weg. Vielleicht war es auch eine Flucht vor mir selbst, vor der Einsamkeit. Deshalb fuhr ich nun öfter mit meinem Fahrrad weg, einmal sogar bis ins benachbarte Tschechien.

„Tamura" fand das nicht so gut und fuhr mich an: „Bist du nur hier, um Urlaub zu machen?"

Ich empfand das als ungerecht. Viele Monate hatte ich hier viel gearbeitet, sowohl im „Friedensgarten" als auch im Lebensgut. „Wenn ich jetzt einmal etwas für mich persönlich mache, dann steht mir das zu", fand ich.

Mit dem Herbst kam die arbeitsreichste Zeit des Jahres. Tonnen von Äpfeln mussten geerntet und eingelagert werden. Im Lebensgut Pommritz und in der Umgebung gab es ausgedehnte Streuobstwiesen voller Apfelbäume. An denen durften wir uns frei bedienen.

Ausgerüstet mit einer Leiter und einem Handwagen zogen wir durch die Wiesen und arbeiteten oft bis zum Sonnenuntergang.

Um das Obst haltbarer zu machen, versuchten wir, es zu trocknen. Eigens für diesen Zweck hatten wir aus Zweigen eine Art Trocknungsapparat gebaut. Das war ein Holzgestell, welches im Freien in der Sonne aufgestellt wurde. Wir legten das in Scheiben geschnittene Obst zum Trocknen auf den Apparat. Leider waren wir nur bei den Äpfeln erfolgreich. Wir versuchten, auch Kirschen oder Birnen zu trocknen. Aber die verschimmelten nach wenigen Wochen trotz Trocknung.

Bei dieser Gelegenheit möchte ich anmerken, dass eine hundertprozentige Selbstversorgung praktisch nicht möglich war. Ein großer Teil des geernteten Obstes und Gemüses wurde von uns weder gepflanzt noch wuchs es in unserem Garten. Das meiste stammte aus fremden Gärten, stillgelegten oder noch genutzten Streuobstwiesen oder Pflanzungen. Uns wurde erlaubt, von diesen Früchten zu ernten, weil die Besitzer es dank Überflussgesellschaft nicht nötig hatten, ihre eigenen Bäume selbst abzuernten, sondern lieber im Lebensmittelgeschäft einkauften.

Taizé-Treffen in Warschau

Stille ermöglicht dem Ton das Sein. Sie ist der unmanifeste Anteil, der jedem Geräusch zutiefst angehört, jeder Note, jedem Lied, jedem Wort. Das Unmanifeste ist in dieser Welt als Stille gegenwärtig. (Eckhart Tolle)

Zum ersten Mal begegnete ich Alexandra beim *Taizé*-Jugendtreffen in Warschau zum Jahreswechsel 1999/2000. Seit 1979 organisiert die ökumenische *Communauté de Taizé* im Rahmen des Pilgerwegs des Vertrauens auf der Erde in europäischen Metropolen Jugendtreffen mit bis zu 100.000 Jugendlichen. Die Pilger sind die Jugendlichen, die sich mit Bussen und Sonderzügen auf den Weg in diese Städte machen.

Mein bürgerliches Leben befand sich zu diesem Zeitpunkt im Auflösungsstadium. Ich hatte einen großen Teil meines Hausrates bereits verschenkt, lebte schon überwiegend in der „Naturfriedenszone" in Pommritz und besaß nur noch wenig Geld. Ein letztes Mal wollte ich mir eine Reise ins Ausland und ein *Taizé*-Treffen gönnen, bevor ich ganz ohne Geld lebe. „Vielleicht lerne ich da ja auch jemand kennen", war eine vage Hoffnung in mir. Mit dem wenigen Geld, was ich noch besaß, stieg ich im Dezember 1999 in den Sonderzug nach Warschau.

In der Nähe des Warschauer Hauptbahnhofes befand sich das Organisationsbüro für das diesjährige Europäische Jugendtreffen. Dort wurden wir

Neuankömmlinge auf die Warschauer Gemeinden und dann in den Gemeinden wiederum auf die Gastfamilien aufgeteilt. Im Gegensatz zu den Europäischen Jugendtreffen in westeuropäischen Ländern musste in Warschau niemand in Schulen oder Sporthallen schlafen. Es gab sogar mehr Gastfamilien, die Gäste aufnehmen wollten, als Gäste.

Ich kam, zusammen mit einem Schweizer, zu einer Gastfamilie im Stadtteil Praga auf der rechten Seite der Weichsel, einem Plattenbauviertel mit zweifelhaftem Ruf. Die Wohnungstüren in den Wohnblocks waren mit bis zu drei Schlössern gesichert, wegen der Kriminalität in diesem Teil der Stadt. Aber unsere polnische Gastfamilie war sehr lieb und gastfreundlich. Die Eltern sprachen nur polnisch, aber ihre beiden attraktiven Töchter, Dorota und Justyna, konnten gut Englisch. Bei Bedarf übersetzten sie dann für ihre Eltern. Wir beiden Gäste wurden von unseren Gastgebern mit Unmengen von Essen verwöhnt.

Den Silvesterabend verbrachten wir in unserer Gastgemeinde. Kurz vor Mitternacht versammelten wir uns zum gemeinsamen Gebet. Anschließend wurde gefeiert – auf dem „Fest der Nationen", mit Musik und Spielen. Erst am Silvesterabend bekam ich mit, dass sich Dorota und Justyna für uns beide interessierten. Ich fand Justyna, die Jüngere, sympathischer. Aber trotz aller Sympathie passierte nicht viel zwischen uns. Wenigstens tanzten wir am Abend miteinander. Später schrieben wir uns gelegentlich Briefe, auf Englisch, versteht sich.

Da ich an den nachmittäglichen Gruppentreffen kaum teilnahm, lernte ich unsere Gesprächsgruppenleiterin erst am letzten Tag kennen. Sie war einen Kopf kleiner als ich, blond, mit langem Haar und Sommersprossen. Es war Alexandra. Alexandra stammte ursprünglich aus Schlesien, zog mit ihren Eltern nach Deutschland und lebte zum Zeitpunkt unserer ersten Begegnung in Stuttgart. Ich fand sie sofort sympathisch. Sie war so natürlich, selbstbewusst und direkt, zugleich aber auch locker und frech. Ihrem Charme konnte sich niemand entziehen. Ich bewunderte sie für all dies.

So ziemlich kurz vor dem allgemeinen Abschied kamen wir beiden ins Gespräch. Da ich in größeren Gruppen meistens zurückhaltend bin, kam sie auf mich zu und sprach mich an: „Du warst doch auch in meiner Gruppe. Warst aber sehr zurückhaltend und hast kaum etwas gesagt. Wo kommst du denn her und was machst du, wenn du zu Hause bist?"

„Ich stamme ursprünglich aus Halle an der Saale in Mitteldeutschland. Wirst du vielleicht nicht kennen. Aber jetzt lebe ich ohne Geld in der „Naturfriedenszone" in der Oberlausitz. Wir machen Selbstversorgung, leben von Äpfeln und Kräutern."

„Wahnsinn, das hört sich ja spannend an. Lebt ihr so wie früher, in der Natur? Davon habe ich schon immer geträumt, so richtig frei sein und natürlich leben. Kann ich euch mal besuchen und mir ansehen, wie das praktisch funktioniert?"

„Ja gerne. Da würde ich mich sehr freuen. Ich schreibe dir meine Adresse auf, da kannst du mir schreiben. In unserem Dorf gibt es auch eine Telefonzelle, die kann man anrufen. Jeden Donnerstag um 18.00 Uhr stehe ich da und warte auf Anrufe. Die Nummer schreibe ich auch dazu. Schreibst du mir auch deine Adresse auf?"

So tauschten wir unsere Adressen aus.

Unsere kurze Begegnung war für mich so beeindruckend, dass ich sie nie vergessen werde.

Nun hatte ich gleich drei Frauen in Warschau kennengelernt. Eine von ihnen sollte eine bedeutende Rolle in meinem weiteren Leben spielen. Aber davon ahnte ich zu diesem Zeitpunkt noch nichts.

Zum ersten Mal als Pilger auf der Straße

Ich bin ein Pilger, ein Wanderer.

Ich gehe, bis mir Unterkunft angeboten wird, ich faste, bis mir Essen gegeben wird. Ich frage nicht danach – man gibt es mir ungefragt. Die Menschen sind gut!

Ein Funken Güte ist in jedem, der Funken ist da, egal wie tief er vergraben sein mag.

Er wartet nur darauf, unser Leben herrlich zu regieren. Ich nenne ihn die gottzentrierte Natur. (Peace Pilgrim)

Im Sommer 2000 entschloss ich mich zum nächsten großen Sprung ins kalte Wasser. Ich wollte zum ersten Mal als Pilger auf der Straße leben.

Ein Pilger ist ein Wanderer mit einer bestimmten Absicht. Eine Pilgerreise kann zu einem bestimmten Ort führen, sie kann aber auch für eine bestimmte Sache unternommen werden. Meine Pilgerreisen bezogen sich auf Frieden, Versöhnung, Gerechtigkeit und auf ein Leben im Einklang mit unserer natürlichen Umwelt. Außerdem wollte ich auf diese Weise unsere kleine Gemeinschaft bekannt machen.

Meine großen Vorbilder beim Pilgern waren der heilige Franz von Assisi und *Peace Pilgrim*.

Eine Pilgerreise dient der eigenen geistigen und seelischen Reifung, der Begegnung mit Gott und der Begegnung mit den Menschen unterwegs.

Im Mittelalter zogen die Pilger aus, so wie die Jünger Jesu gesandt wurden – ohne Geld, ohne Essen, ohne entsprechende Kleidung. Ich war mir dieser Tradition bewusst. Ich nahm kein Geld auf meinen Pilgerreisen an und besaß nur das, was ich bei mir trug.

Ein Pilger wandert betend. Es ist für ihn eine gute Gelegenheit, mit vielen Leuten in Kontakt zu kommen und sie vielleicht anzuregen, auf ihre Art und Weise etwas für den Frieden zu tun – für den Frieden mit sich selbst, mit ihren Mitmenschen und mit ihrer Umwelt.

Ein Pilger verlässt sich ganz auf Gott. Alles, was er braucht – Essen, Trinken, Unterkunft – wird ihm geschenkt. Entweder, es wird ihm das, was er benötigt, von den Menschen unterwegs geschenkt oder von Gott. Das bedeutet, er findet es in der Natur – zum Beispiel einen Platz zum Schlafen, Wasser, Früchte oder Kräuter – oder er findet es in den Abfällen der Überflussgesellschaft. Ich bitte alle diejenigen meiner Leser, denen das Wort „Gott" nicht gefällt, um Verzeihung. Sie können es für sich selbst gerne durch „Universum", „Vorsehung" oder was auch immer ersetzen. Für mich, der ich in einer christlichen Tradition aufgewachsen bin, ist es angemessen. Bei dieser Gelegenheit möchte ich anmerken, dass die „Schenkerbewegung" eine weltanschaulich offene Gemeinschaft ist. Obwohl „Öff!Öff!" und „Tamura" sich beide als Christen verstehen, sind Menschen jeder Weltanschauung - auch Atheisten - eingeladen, sich der „Schenkerbewegung" anzuschließen.

Meine erste Pilgerreise führte mich zum Deutschen Katholikentag nach Hamburg. Verglichen mit dem, was

„Öff!Öff!" und „Tamura" auf ihren Pilgerreisen erlebt hatten, war dies sicherlich eine Lustreise. Vor allem, weil Kirchentagsbesuche in „Öff!Öff!"s Erzählungen meistens sehr entspannt und wenig entbehrungsreich waren. Aber für mich, der in Sachen Pilgern völlig unerfahren war, war selbst solch eine Pilgerfahrt schon eine große Herausforderung. Während einer halben Woche wollte ich mich mit einem Spruchband auf die Straße setzen – als eine Art Mahnwache, um Zeichen zu setzen, Denkanstöße zu geben und mit interessierten Menschen ins Gespräch zu kommen. Auf dem Spruchband stand: „Wer träumt noch von einem Leben ohne Gewalt, Ausbeutung, Geld und Konsum? Ich lebe deshalb als Pilger ohne Staat und Geld. Ziel: Armenfamilien und selbstversorgende Dörfer. Gespräche erwünscht." Das Spruchband stammte von „Öff!Öff!". Es war in Bezug auf mich selbst nicht 100% korrekt. Ich lebte zwar ohne Geld, besaß aber einen Personalausweis und war deshalb noch weiterhin Mitglied im Staats- und Geldsystem – zumindest nach der Logik von „Öff!Öff!". Doch ich konnte mit diesem Kompromiss gut leben.

Auch muss ich gestehen, dass ich nicht von Dargelütz nach Hamburg gelaufen bin und dass ich während der Katholikentage eine Unterkunft in Hamburg hatte. Von Dargelütz nach Hamburg fuhr ich per Anhalter mit dem Auto und übernachtete in der Diakonischen Basisgemeinde „Brot und Rosen". Die Diakonische Basisgemeinde „Brot und Rosen" in Hamburg gehört zur deutschen *Catholic Worker*-Bewegung (siehe

Anmerkungen *4). In ihrem „Haus der Gastfreundschaft" finden Menschen, die ohne gültige Einreisepapiere nach Deutschland eingereist sind, Unterschlupf. Das Projekt wird aus Spenden finanziert. Außerdem wird die Gemeinschaft von der Hamburger Tafel großzügig mit Nahrungsmitteln versorgt. Eine Verbindung zur „Schenkerbewegung" gab es vor allem über die *Catholic Worker*"-Bewegung, zu welcher sich sowohl die Diakonische Basisgemeinde als auch die „Schenker" zugehörig fühlten. Auch wenn es nicht in allen Dingen Übereinstimmung zwischen uns gab, bin ich den Leuten von „Brot und Rosen" sehr dankbar für ihre Gastfreundschaft.

Am ersten Tag meiner Pilgerreise nach Hamburg setzte ich mich mit meinem Spruchband in die Mönckebergstraße. Die Mönckebergstraße in Hamburg ist eine der wichtigsten Einkaufsstraßen von Hamburg. Sie ist für Privatfahrzeuge gesperrt. Nur Busse und Taxis dürfen auf ihr fahren. Es kostete mich zunächst große Überwindung, so vor aller Öffentlichkeit mit einem Plakat auf der Straße zu sitzen.

Meine erste Begegnung in der Mönckebergstraße war die mit der Polizei. Eine Polizeibeamtin sprach mich an: „Guten Tag. Haben Sie eine Genehmigung, das hier aufzuhängen?"

Das Aufhängen von Plakaten oder Spruchbändern im öffentlichen Raum war schon für „Öff!Öff!" und „Tamura" immer wieder ein Grund für Auseinandersetzungen mit der Staatsmacht gewesen.

„Nein, habe ich nicht", antwortete ich, „Aber im Artikel Nr. 20 der Allgemeinen Erklärung der Menschenrechte steht:

Das Demonstrationsrecht als Bestandteil der Versammlungsfreiheit ist essentiell für jede Demokratie. Indem die Allgemeine Erklärung der Menschenrechte das Versammlungsrecht garantiert, gebietet es den Staaten nicht nur, diese Versammlungen zu dulden, sondern legt den Staaten auch die Pflicht auf, die Versammlung, soweit erforderlich, erst zu ermöglichen, etwa durch das Zurverfügungstellen öffentlicher Plätze oder ggf. auch durch ausreichenden Schutz vor Gegendemonstranten.

Auch im Grundgesetz der Verfassung der Bundesrepublik Deutschland steht in Artikel 8 (1):

Alle Deutschen haben das Recht, sich ohne Anmeldung oder Erlaubnis friedlich und ohne Waffen zu versammeln."

„Aber im Grundgesetz, Artikel 8, Absatz (2), steht auch:

Für Versammlungen unter freiem Himmel kann dieses Recht durch Gesetz oder auf Grund eines Gesetzes beschränkt werden.

Das, was Sie hier machen, fällt unter Sondernutzung der Fußgängerzone. Und für die Sondernutzung der

Fußgängerzone ist in Hamburg eine Genehmigung erforderlich. Also, wenn Sie keine Genehmigung zum Aufhängen dieses Plakates haben, entfernen Sie es bitte!"

„Wo kann ich denn solch eine Genehmigung erhalten?", fragte ich.

„Die können Sie gegen eine Gebühr bei der Stadtverwaltung beantragen. Aber das dauert in der Regel mehrere Tage."

Durch die Einschränkung des Versammlungsrechts in Artikel 8, Absatz (2) wird dem Staat die Tür zu jeder Art von Willkür weit geöffnet. In der Praxis bedeutet dies, dass jede Stadt seine eigenen Vorschriften hat, wer wann wo und wie demonstrieren darf oder nicht. Sehr oft werden unerwünschte Demonstrationen oder Protestaktionen gewaltsam mit dem Verweis auf bürokratische Hürden beendet. Zum Beispiel dürfen in vielen deutschen Städten keine Plakate ohne vorherige Genehmigungen im öffentlichen Raum aufgehängt werden. Auf diese Weise werden spontane Demonstrationen oder Mahnwachen sehr stark erschwert – eine klare Menschenrechtsverletzung. So sieht also die vielgerühmte Meinungsfreiheit in der westlichen „Demokratie" in der Praxis aus!

Ich beugte mich der Staatsgewalt und entfernte mein Spruchband.

Auf dem Rathausplatz, wo die Auftaktveranstaltung des Deutschen Katholikentages am Nachmittag stattfinden sollte, versuchte ich erneut mein Glück. Der Rathausplatz stand unter der Verantwortung des Katholikentages. Hier hatte die Polizei an diesen Tagen nichts zu sagen. Aber auch die Kirche wollte meine Mahnwache nicht dulden.

„Was wird denn das hier?", fragte mich ein Kirchentagsordner, „Haben Sie eine Genehmigung, Ihr Plakat hier aufzuhängen?"

„Nein, ich habe keine Genehmigung."

„Dann entfernen Sie es bitte!"

In der DDR hatten die christlichen Kirchen die gewaltfreie Revolution eingeleitet. Leider ist selbst in der ehemaligen DDR von diesem Geist nichts mehr übrig, geschweige denn auf dem Gebiet der „alten Bundesländer".

Aber ich gab nicht auf. Ich band mein Spruchband auf der einen Seite an einen Laternenmast und hielt es an der anderen Seite fest. Die Ordner ließen mich nun in Ruhe.

Gegen Abend füllte sich der Platz. Auch mein Spruchband fand Aufmerksamkeit. Ich wurde öfter angesprochen. Die häufigsten Fragen bezogen sich auf praktische Dinge: „Was passiert, wenn ihr mal krank werdet?"

„Wir sind selbst verantwortlich für unsere Gesundheit. Indem wir uns gesund ernähren und gesund leben, beugen wir einem großen Teil der Krankheiten vor. Die allermeisten Krankheiten sind verhaltensbedingt, zum Beispiel durch Unachtsamkeit, ungesunde Ernährung, Bewegungsmangel, Schlafmangel, Alkohol- oder

Tabakkonsum. Und dann gibt es alternative Heilmittel, z.B. Heilkräuter, Fasten oder viel Schlaf, die meistens helfen. In ganz seltenen Notfällen, wenn gar nichts anderes mehr hilft, würden wir uns an befreundete Ärzte wenden, die sich bereit erklärt haben, uns im Notfall geschenkt zu behandeln. Es geht uns nicht darum, in allen Dingen 100% konsequent zu sein. Vertretbare Ausnahmen und Kompromisse wird es immer geben."

In diesem Zusammenhang erinnerte ich mich daran, dass „Öff!Öff!" bei Zahnschmerzen schon früh zu Seitenschneider und Kombizange gegriffen und den betreffenden Zahn in Stücke gebrochen hatte. Mit den Zahnstümpfen hatte er dann weiter gekaut – so in etwa wie es viele Menschen in den ärmeren Ländern dieser Erde auch tun. Ich muss ehrlicherweise zugeben, dass mich der Gedanke an eine solche Zahnbehandlung doch sehr abschreckte. Bis zu diesem Zeitpunkt hatte ich selbst keine Probleme mit meinen Zähnen. Und ich betete dafür, dass es auch so bliebe.

Oder: „Könnt ihr euch auch vorstellen, dass Kinder in eurer Gemeinschaft leben?"

„Das Thema Kinder in einer Gemeinschaft ohne Geld, Strom und fließendes Wasser ist ein heikles Thema. Denn schließlich können es sich kleine Kinder nicht selbst aussuchen, ob sie so leben wollen oder nicht. Und dann kommt das Thema Schulpflicht in Deutschland dazu. Entweder müssten wir mit unseren Kindern die Schule verweigern und dadurch mit dem Gesetz in Konflikt kommen. Oder wir gründen selbst eine Schule wie die Gemeinschaft „Zwölf Stämme" oder die „Amish People" in den Vereinigten Staaten von Amerika. Es gäbe auch immer noch die Möglichkeit, alternative Schulen wie die Montessorischule oder Waldorfschule in Anspruch zu nehmen. Dort gibt es das Solidaritätsprinzip, wo sich das Schulgeld nach Einkommen und Vermögen richtet. Wer viel verdient, bezahlt viel. Wer wenig verdient, bezahlt wenig. Und nach dieser Logik weitergedacht: wer gar nichts verdient, bezahlt auch gar nichts. Aber dann bliebe für uns der Gewissenskonflikt, dass unsere Kinder in einer alternativen Schule von den besserverdienenden Eltern subventioniert würden.

Auf absehbare Zeit und unter den gegenwärtigen Umständen erscheint es mir als wenig empfehlenswert, mit kleinen oder schulpflichtigen Kindern in der „Gemeinschaft der Schenker" zu leben. Zu einem späteren Zeitpunkt, wenn selbstversorgende Dörfer Wirklichkeit werden, sieht die Sache schon ganz anders aus. In Russland gibt es die Gemeinschaft „Ökopolis Tiberkul" des selbsternannten Messias Wissarion. In Sibirien, in der Nähe des Sees Tiberkul, leben in 35 Dörfern bis zu 5.000 Menschen. Sie leben vegetarisch, teilweise sogar vegan. Es gibt keine Drogen, keinen Alkohol und keinen Tabak in der Gemeinschaft. Geld spielt meistens nur beim Grunderwerb eine Rolle. Ansonsten lebt die Gemeinschaft weitgehend autark von Selbstversorgung, auch mit eigenen Schulen. Abgesehen von dem Personenkult um den Gemeinschaftsgründer Wissarion, ist diese

Gemeinschaft in Sachen selbstversorgende Dörfer ein großes Vorbild für uns."

Ein häufiges Argument meiner Gesprächspartner war auch: „Es können doch nicht alle Menschen so leben wie ihr."

„Sicher können unter den gegenwärtigen Bedingungen nicht alle Menschen von geretteten Lebensmitteln der Supermärkte leben. Selbst wenn sämtliche weggeworfenen Lebensmittel in Deutschland gerettet und wiederverwendet würden, würde es nicht für alle reichen.

Auch eine Selbstversorgung für alle Bürger ist gegenwärtig in Deutschland nicht möglich. So viel Land steht gar nicht zur Verfügung. Schon heute muss ein großer Teil der in Deutschland verbrauchten Nahrungsmittel aus dem Ausland importiert werden. Ein großer Schritt in die richtige Richtung wäre es, wenn es in jedem Dorf wieder einen Laden mit regionalen Produkten und eine Gaststätte geben würde – so wie in der DDR vor der Wende. Oder man könnte in den Städten Parkplätze und Rasenflächen in Gärten mit Obst und Gemüse umgestalten. An den Wegen und Straßenrändern könnten Obstbäume gepflanzt werden.

Es geht mir nicht darum, dass jetzt sämtliche Bürger der Bundesrepublik Deutschland aussteigen und so wie wir leben. Das ist einfach unrealistisch. Wichtig ist mir, Zeichen zu setzen und Denkanstöße zu geben. Jeder muss selbst überlegen, was er oder sie bei sich ändern kann und welche kleinen oder großen Schritte er oder sie machen kann, um bewusst zu werden, sein Leben zu vereinfachen, verantwortlicher zu leben oder auch nur der kapitalistischen Megamaschine Sand ins Getriebe zu streuen."

Schön wäre es auch gewesen, wenn ich durch das Pilgern neue Mitstreiter für die „Schenkerbewegung" gewinnen könnte.

Grundsätzlich gab es viel Zustimmung, vor allem für unsere Grundsätze. Die meisten Gesprächspartner stimmten mit mir darin überein, dass die kapitalistische Wachstums- und Konsumgesellschaft krank und unmenschlich ist. Aber in letzter Konsequenz konnte sich auch niemand vorstellen, ohne Geld, ohne Strom, ohne Krankenversicherung und ohne fließendes Wasser aus der Wand zu leben.

Ich war nicht der einzige Pilger mit einem Plakat auf dem Katholikentag. Zu meiner großen Freude und Überraschung lernte ich einen Mann kennen, der ein Plakat mit der Aufschrift: „Rom betrügt uns alle. Jetzt ist Erlassjahr." mit sich trug.

„Was bedeutet das denn, was auf deinem Plakat steht? Kannst du mir das mal erklären?", fragte ich ihn.

„Das Erlassjahr ist ein Gebot der *Tora*. Alle 49 Jahre sollten die Juden ihren Untergebenen sämtliche Schulden erlassen, ihnen ihr Erbland zurückgeben und die Schuldsklaverei aufheben. Das haben sie aber leider nie gemacht. Die heutigen Jünger der westlich-neoliberalen

Wachstumsreligion werden solch einen Schuldenerlass unter keinen Umständen zulassen - „sozialistisches Teufelswerk". Ein weiteres, allgemein bekanntes Beispiel für „sozialistische" Elemente im Judentum kennst du vielleicht - die Kibbuzim in Israel. Das sind selbstversorgende Gemeinschaften auf dem Land. Die gibt es zum Teil noch heute, wenn auch nicht mehr so konsequent wie in den Gründerjahren."

„Das ist ja interessant. Übrigens, ich heiße Frieden."

„Ein schöner Name. Hast du den dir selbst gegeben?"

„Ja. Ist noch gar nicht lange her."

„Ich heiße Hartmut und komme aus Hagen."

Wir schlossen schnell Freundschaft und teilten unsere geschenkten Vorräte untereinander. Es war eine große Erleichterung, nicht mehr allein auf dem Platz zu stehen, sondern jemanden bei sich zu haben, der auf meine Sachen aufpasste, wenn ich z.B. mal auf Toilette musste.

Später am Abend erfuhr ich von einem Kirchentagsbesucher, dass noch ein weiterer Pilger nach unserem Verständnis beim Katholikentag erwartet würde. Dieser Pilger nannte sich Bruder Winfried. Ich schrieb mir seine Kontaktadresse auf. Wie ich später erfahren sollte, war der aber gar nicht auf dem Katholikentag in Hamburg.

Am nächsten Tag lief ich zum Hamburger Messegelände. Dort fanden die meisten Veranstaltungen des Katholikentages statt. Vor dem Haupteingang zur

Messe hängte ich mein Spruchband zwischen zwei Fahnenmasten. Der Pilger Hartmut gesellte sich wieder zu mir. Hier ließ uns die Polizei in Ruhe.

Der Tag verlief wesentlich angenehmer als mein erster Pilgertag. Sehr viele Kirchentagsbesucher lasen den Text auf meinem Spruchband. Einige sprachen mich an oder setzten sich zu mir. Es gab viele Fragen, viele interessante Gespräche und wenig Langeweile. Außerdem bekamen wir beide reichlich Essen geschenkt.

Auch den darauffolgenden Tag verbrachte ich mit Pilger Hartmut vor dem Haupteingang des Messegeländes.

Am letzten Abend fand in einer der Messehallen das Abschlussgebet mit Gesängen aus *Taizé* statt. Bei dem Gebet waren auch mehrere Brüder aus der Gemeinschaft von *Taizé*. Ich hatte mich mit meinen Gastgebern von der Diakonischen Basisgemeinde „Brot und Rosen" zum Abschlussgebet verabredet. Drei Leute aus der Basisgemeinde sangen mit im Chor.

Wie groß war meine Überraschung, als nach dem Gebet Alexandra vor mir stand und mich umarmte: „Frieden – ist das schön, dich wiederzusehen! Du, ich muss gleich wieder weg, habe leider keine Zeit. Bist du morgen noch hier?"

„Ja, natürlich."

„Dann besuche ich dich morgen hier an der gleichen Stelle. Versprochen. Ich freue mich. Bis morgen."

Und tatsächlich – sie kam. Alexandra war neugierig: „Frieden, erzähle mir über mehr über deine Pilgerreisen! Was ist die „Gemeinschaft der Schenker"?"

Ich begann, ihr alles zu erzählen. Alexandra hörte geduldig zu. Sie war fasziniert von unseren Idealen und von der Vorstellung, als Pilger auf der Straße zu leben. Vor allem die Freiheit beim Pilgern faszinierte sie – das Leben im „Hier und Jetzt". Als gläubige Katholikin wollte sie das ausleben, was Jesus im Matthäusevangelium des Neuen Testamentes (Kapitel 6, 25 bis 34) predigte:

„Darum sage ich euch: Sorgt nicht für euer Leben, was ihr essen und trinken werdet, auch nicht für euren Leib, was ihr anziehen werdet. Ist nicht das Leben mehr wert als die Speise? Und der Leib mehr denn die Kleidung? Seht die Vögel im Himmel an: sie säen nicht, sie ernten nicht, sie sammeln nicht in ihren Scheunen; und euer himmlischer Vater ernährt sie doch. Seid ihr denn nicht viel mehr denn sie? Wer ist aber unter euch, der seiner Länge eine Elle zusetzen möge, ob er gleich darum sorgt? Und warum sorgt ihr für die Kleidung? Schaut die Lilien auf dem Feld, wie sie wachsen: sie arbeiten nicht, auch spinnen sie nicht. Ich sage euch, dass auch Salomo in aller seiner Herrlichkeit nicht bekleidet gewesen ist wie derselben eins. So denn Gott das Gras auf dem Feld also bekleidet, das doch heute steht und morgen in den Ofen geworfen wird, sollte er das nicht viel mehr euch tun, o ihr Kleingläubigen? Nach solchem allem trachten die Heiden. Denn euer himmlischer Vater weiß, dass ihr das alles bedürft.

Trachtet am ersten nach dem Reich Gottes und nach seiner Gerechtigkeit, so wird euch solches alles zufallen.

Darum sorgt nicht für den anderen Morgen, denn der morgende Tag wird für das Seine sorgen. Es ist genug, dass ein jeglicher Tag seine eigene Plage habe."

Alexandra wollte sich mit größtem Vertrauen in das Leben fallen lassen. Sie wollte auf die unterste Ebene unserer Gesellschaft kommen, in Obdachlosenheimen schlafen und mit diesen Leuten das Leben teilen. Sie wollte von den Armen lernen und ihnen Licht bringen – und einfach bei dem Ganzen ein Stück Abenteuer erleben.

„Frieden, ich möchte gern einmal mir dir zusammen pilgern gehen", bat mich Alexandra. Davon hatte ich schon immer geträumt: zusammen mit einer schönen Frau zusammen als Pilgerpaar durch das Land zu ziehen. Natürlich war da bei mir auch eine ganze Menge Egoismus mit dabei – das gebe ich gerne zu. Ich hatte so lange allein gelebt und sehnte mich nach körperlicher Liebe, menschlicher Nähe und Zärtlichkeit.

Als nächstes plante ich, zum sächsischen Kirchentag nach Freiberg in Sachsen zu pilgern. Aber da hatte Alexandra keine Zeit. Während dieses Zeitraumes wollte sie mit einer Reisegruppe nach *Taizé* fahren. Alexandra war in Sachen *Taizé* sehr aktiv. Sie leitete das wöchentliche *Taizé*-Gebet in ihrer Heimatstadt Stuttgart und organisierte regelmäßig Fahrten nach Burgund zur Gemeinschaft von *Taizé*.

Aber bald würde sich schon wieder eine Gelegenheit zum gemeinsamen Pilgern finden. Da waren wir uns beide sicher. Bis dahin blieben wir in Kontakt, schrieben uns Briefe und telefonierten gelegentlich.

Im Haus der Gastfreundschaft

Wer das Böse ohne Widerspruch hinnimmt, arbeitet in Wirklichkeit mit ihm zusammen! (Martin Luther King)

Nach ungefähr einem Jahr Selbstversorgerleben im Friedensgarten zog ich im Herbst 2000 nach Dargelütz ins Haus der Gastfreundschaft um. Das hatte mehrere Gründe:

Der erste Grund war ein Hilferuf von „Öff!Öff!". Der *„Verein zur Förderung des Schenkens"* kaufte zum Spottpreis von einer symbolischen Mark die benachbarten Reihenhäuser Alte Dorfstraße Nr. 7, 8 und 9 von der *Landgesellschaft Mecklenburg-Vorpommern.* Dieser *„Verein zur Förderung des Schenkens"* ist ein Unterstützerverein von Leuten, die die „Schenkerbewegung" in ihrer Arbeit unterstützen wollen, aber selbst nicht so radikal wie „Öff!Öff!" und „Tamura" leben wollen. Die Hauptaufgaben dieses Vereins sind, Öffentlichkeitsarbeit für die Sache der „Schenkerbewegung" zu machen und Grundstücke „freizukaufen". Grundstücke „freikaufen" bedeutet, dass die gekauften Grundstücke für Projekte der „Schenkerbewegung" zur Verfügung gestellt werden. In diesem Fall sollten die gekauften Häuser Alte Dorfstraße Nr. 7, 8 und 9 samt Außenflächen das Haus der Gastfreundschaft vergrößern und vor allem mehr Rechtssicherheit für das Projekt schaffen. Vor dem Kauf der benachbarten Grundstücke war „Öff!Öff!" staatsrechtlich gesehen von der Gnade Gustavs abhängig.

Gustav war der im Grundbuch eingetragene Eigentümer. In der Vergangenheit hing der Fortbestand des Hauses der Gastfreundschaft schon einmal am seidenen Faden. Als nämlich die geschiedene Ehefrau von Gustav plötzlich Ansprüche auf das Haus ihres Ex-Ehemanns erhob. Sie hatte nach der Scheidung zu DDR-Zeiten eine Abfindung für das Haus bekommen. Anscheinend war sie der Meinung, dass sie da doch noch mehr herausschlagen könne. An einem Abend standen plötzlich zwei bullige Männer vor der Tür und sagten: „Ihr habt 24 Stunden Zeit, hier auszuziehen." Um ihren Forderungen Nachdruck zu verleihen, zog der eine von ihnen eine Pistole. Der Andere deutete an, dass er Karate beherrscht. Zustände wie im Wilden Westen also.

Die Sache ging doch noch gut, u.a. weil am nächsten Tag in der Parchimer Zeitung, dem Lokalteil der „Schweriner Zeitung" ein Artikel mit der Überschrift „Wem gehört das Haus der Gastfreundschaft?" stand. Eine solche Negativ-Öffentlichkeitsarbeit konnte sich auch Gustavs Ex-Ehefrau nicht leisten und gab nach. Nochmal gutgegangen.

Mit dem Kauf der drei Häuser in der Alten Dorfstraße durch den „Verein zur Förderung des Schenkens" würde aber auch die Nr. 6 praktisch unverkäuflich werden. Wer will schon ein Haus kaufen, wenn in den drei Reihenhäusern nebenan solche komischen „Alternativen" mit zum Teil gefährlichen Gästen wohnen? Noch dazu, wenn die das Wegerecht über das Grundstück Haus Nr. 6 haben.

Für die Bewohnbarmachung der Häuser Alte Dorfstraße Nr. 7 bis 9 brauchte „Öff!Öff!" dringend meine Unterstützung.

Der zweite Grund, warum ich nach Dargelütz umzog, war der warme Ofen im Winter, welchen es im Friedensgarten nicht gab. Bei der Abwägung zwischen den zwei Übeln: Frieren oder Zusammenleben mit Armen und Suchtkranken, also mit denen, welche in der bürgerlichen Gesellschaft als „Bodensatz der Gesellschaft" bezeichnet werden, entschied ich mich für den „Bodensatz der Gesellschaft".

Und der dritte Grund war das Essen. Ich kam mit der veganen Rohkosternährung doch nicht so gut klar wie erhofft. Wer Jahrzehntelang auf Suchtnahrung konditioniert ist, kommt nicht so schnell davon los. Ich gebe gern zu, dass ich mich mit großer Gier über Weißbrot und Joghurt im Haus der Gastfreundschaft hermachte – so, als hätte ich wochenlang nichts gegessen.

Meine Arbeit im Haus der Gastfreundschaft war anstrengend und manchmal auch frustrierend. Die Häuser Nr. 7 bis 9 waren entsetzlich vermüllt. Es stank nach Urin und Kacke. Die meisten Fensterscheiben waren kaputt, die Öfen zum Teil zerschlagen. Jeden Tag sortierte ich vollgeschissene Windeln, Tausende von Flaschen und Glasscherben, Berge von Plastikmüll und Papier. Es war eine Herausforderung, den ganzen Müll ordnungsgemäß zu entsorgen. Einmal in der Woche kam die Müllabfuhr und holte die gelben Säcke mit dem Plastikmüll ab. Die Plastikmüllentsorgung in Deutschland wird über den sogenannten „Grünen Punkt" finanziert. Beim Kauf von Plastikverpackungen bezahlen die Verbraucher sozusagen die Entsorgung mit. Das war gut für uns, denn wir konnten ja keine Abfallgebühren bezahlen. Die gelben Säcke wurden trotzdem abgeholt – unabhängig davon, ob jemand Müllgebühren bezahlt oder nicht. Ähnlich verhielt es sich mit Glasflaschen und Papier. Für diese gab es Container im Dorf.

Ganz wohl war mir nicht dabei, wenn jede Woche zum Abholtermin ein riesiger Berg von bis zu 30 gelben Säcken vor unserem Haus am Straßenrand lag. Die Müllmänner fluchten öfters wegen der gigantischen Menge an Plastikmüllsäcken, die sie von uns abholen mussten: „Schon wieder dieses Scheiß-Haus hier!"

Ich war dann jedes Mal erleichtert, wenn die Säcke weg waren.

Es war inzwischen Winter, und ich war die meiste Zeit allein. „Öff!Öff!" nutzte meine Anwesenheit im Haus der Gastfreundschaft, um sich nach Pommritz in den Friedensgarten zu seiner Freundin „Tamura" zu verdrücken. Ich war schon ein wenig sauer auf ihn. „Der Mistkerl verpisst sich und lässt mich die ganze Drecksarbeit hier alleine machen!", dachte ich.

Die Gäste waren während des Winters 2001 alle ausgezogen. Ehrlich gesagt, war ich darüber auch nicht böse. Alleine mit suchtkranken schwierigen Menschen, das wäre für mich eine Horrorvorstellung. Trotz meiner Einsamkeit hatte ich eine Riesenangst davor, dass plötzlich neue „Gäste" vor der Tür stehen würden, die kriminell, alkohol- oder drogenabhängig sind. So richtig traute ich mir nicht zu, mit solchen Leuten fertig zu werden. Noch größere Angst hatte ich vor Überfällen von Jugendlichen oder Neonazis, wie in der Vergangenheit häufig geschehen. Nachts schreckte ich bei jedem ungewöhnlichen Geräusch auf.

Ein paar Wochen, nachdem ich im „Haus der Gastfreundschaft" eingezogen war, hatte „Öff!Öff!" mir erklärt: „Wenn ich 50 bin, werde ich beginnen zu fasten - solange, bis die Mehrheit der Menschen bewusst wird und verantwortlich lebt. Wenn es sein muss, bis zum Tod."

Das mit dem Fasten bis zum Tod hatte er sich von Gandhi in Indien abgeguckt. Der hatte in der Zeit der gewalttätigen Auseinandersetzungen zwischen Hindus und Sikhs auf der einen Seite und Moslems auf der anderen Seite begonnen, so lange zu fasten, bis die Kämpfe beendet wurden. Da Gandhi von seinem Volk als Heiliger verehrt wurde, hatte er damit Erfolg. Aber „Öff!Öff!" war nicht Gandhi und kein Heiliger. Wenn „Öff!Öff!" anfangen würde zu fasten, dann würde das am Ende niemand interessieren.

„Öff!Öff!" meinte dazu selbst sarkastisch: „Aber höchstwahrscheinlich werde ich nie in die Verlegenheit zu kommen, bis zum Tod fasten zu müssen. Die Wahrscheinlichkeit ist sehr hoch, dass ich vorher in irgendeinem Straßengraben verrecke."

Ich selbst hatte aber weder Lust, in einem Straßengraben zu verrecken, noch mich von Alkoholikern zu Tode prügeln zu lassen. Dafür war ich nicht „ausgestiegen". Trotz all dieser Ängste konnte ich mir aber auch nicht vorstellen, wieder „bürgerlich" zu leben und für Geld arbeiten zu gehen.

Nachts hatte ich manchmal Alpträume. Ich träumte, ich wäre wieder in meiner letzten Firma und müsste dort arbeiten. Oder ich träumte, ich wäre beim Militär. Wenn ich dann morgens aufwachte und mich vergewisserte, dass ich im Haus der Gastfreundschaft bin und dass alles ruhig ist, war ich sehr erleichtert.

Neben meiner Arbeit in den Häusern 7 bis 9 musste ich noch Holz hacken und die Lebensmittelversorgung sicherstellen. Mehrmals in der Woche fuhr ich mit Fahrrad und Anhänger die 6 km nach Parchim, klapperte unsere „Quellen" ab und sammelte die abgelaufenen Lebensmittel ein. Richtig hart wurde es, als der erste Schnee fiel. Es war ein harter Kampf, mit dem Fahrrad auf den zugeschneiten Straßen zu fahren und dann bei Minusgraden stundenlang in der Kälte vor dem Supermarkt zu warten.

Der einzige Lichtblick in dieser Zeit waren die wöchentlichen Besuche von Karina vom befreundeten Selbstversorgerprojekt „Widugard" in Stolpe und von Karl aus dem 5 km entfernten Kossebade. Die ganze Woche freute ich mich auf diese Besuche und war dann umso trauriger, als ich wieder allein war. Während dieser Zeit litt ich sehr unter der Einsamkeit. Im „Friedensgarten" war wenigstens noch „Tamura". Mit der konnte ich mich zumindest unterhalten. Ich sehnte mich nach einer Frau an meiner Seite, mit der ich Liebe, Zärtlichkeit und dieses Leben teilen könnte. Die Aussicht auf bessere Zeiten gaben mir dann Kraft und Zuversicht.

Im Frühjahr kehrte endlich „Öff!Öff!" aus Pommritz zurück. Aus alten gesammelten Fenstern schnitt er mit dem Glasschneider neue, für unsere zerschlagenen Fenster passende Glasscheiben zu. Ich hatte vorher die Glasscherben aus den Fensterrahmen herausgekratzt. Gemeinsam setzten wir die neuen Scheiben ein und fixierten sie mit Nägeln. Zum Schluss verkittete ich dann die Fenster. Mit Hilfe von Lehm aus einem nahegelegenen Kieswerk versuchten wir, die zerstörten Öfen in den Häusern 7, 8 und 9 zu reparieren. Unser Freund Karl war handwerklich sehr begabt. Mit seiner Hilfe gelang es uns, die Schornsteine und die Dächer auszubessern. Außerdem organisierten wir Fässer und Tanks für die Trinkwasserversorgung und reparierten die Dachrinnen.

Mit dem Frühling zogen auch wieder neue Gäste in das Haus der Gastfreundschaft.

Im Sommer 2001 hatten wir die drei benachbarten Häuser schließlich in einen Zustand versetzt, dass wir dort erstmals auch „zivilisierte" Besucher unterbringen konnten.

Die Einwohner von Dargelütz waren bezüglich des „Hauses der Gastfreundschaft" geteilter Meinung. Manche verfluchten uns als „Penner" und „asoziale Schmarotzer". Einer unserer Gegner im Dorf war besonders aggressiv. Dass er uns öfter anmotzte: „Geht arbeiten!", war noch das Harmloseste. Er bedrohte uns auch körperlich. Einmal drohte er sogar, mich zu erschießen. Das war keine leere Drohung. Im Dorf war bekannt, dass er eine *Makarow* besaß.

Es gab aber auch Leute im Dorf, die uns für unseren Idealismus bewunderten. Eine Nachbarin meinte: „Das ist immer noch besser, als wenn sie Drogen nehmen."

Besonders freundschaftliche Beziehungen hatten wir zu zwei Bio-Bäuerinnen in Dargelütz.

Die ausführliche Geschichte meiner Erlebnisse im Haus der Gastfreundschaft ist aufregend und spannend. Sie soll ein anderes Mal an anderer Stelle erzählt werden.

2. Teil – Pilgerweg in Hessen

Bruder Winfried

Wir leben nicht, um zu glauben, sondern um zu lernen. (Dalai Lama)

Wie bereits erwähnt, wurde mir beim Deutschen Katholikentag in Hamburg zum ersten Mal vom Bruder Winfried erzählt. Nachdem ich seine Kontaktadresse hatte, schrieb ich ihm einen Brief:

„Lieber Bruder Winfried. Auf dem Deutschen Katholikentag hat mir jemand von Dir erzählt, dass Du besitzlos als Pilger auf der Straße lebst.

Ich heiße Frieden und lebe seit etwas mehr als einem Jahr ohne Geld in der „Gemeinschaft der Schenker". Vielleicht hast Du ja schon einmal etwas von uns gehört. Die „Schenker" wollen nicht mehr nach dem Leistungsprinzip abrechnen, sondern sich gegenseitig beschenken. Zur Zeit leben wir in zwei Gemeinschaftsprojekten. Im Haus der Gastfreundschaft, wo ich mitlebe, nehmen wir kranke, schwierige und bedürftige Menschen bedingungslos auf. Wir haben hier keinen Strom und kein fließendes Wasser. Unser Essen kommt aus dem Container, unser Heizmaterial vom Sperrmüll.

Unser zweites Gemeinschaftsprojekt ist der Friedensgarten in der Oberlausitz. Es ist ein

Selbstversorgungsprojekt. Dort lebt Tamura von Früchten und Wildkräutern aus dem Garten und aus der Umgebung.

Ich möchte Dich gerne einmal persönlich kennenlernen. Hast Du Lust, uns zu besuchen? ..."

Es dauerte bis zum Frühlingsanfang 2001, als wir uns dann im „Friedensgarten" in Pommritz trafen. Ein großer Mann mit Hut und einer braunen Mönchskutte, ungefähr in meinem Alter, klopfte an unsere Haustür im „Friedensgarten". An einem kleinen Wägelchen auf zwei Rädern zog er sein Gepäck und ein Akkordeon hinter sich her.

Winfried Palissa, wie Bruder Winfried mit bürgerlichem Namen heißt, stammt aus Luckenwalde bei Berlin. Er hat genau wie „Öff!Öff!" katholische Theologie studiert und ist auch wie „Öff!Öff!" nie zum Priester geweiht worden.

„Ich wollte als Seelsorger nicht Auto fahren. So bekam ich Ärger mit meinem Bischof. Deshalb entschied ich mich, Franziskaner zu werden."

Doch auch das Leben als Franziskaner war ihm nicht radikal genug. Aus Winfried Palissa wurde der Bruder Winfried, ein bettelnder Wanderprediger – genauso wie Jesus und seine Jünger. Unterwegs erzählt er den Menschen auf der Straße von Jesus, vom Evangelium und sucht die Begegnung mit den Armen.

„Und wie verdienst du dir deinen Lebensunterhalt?", fragte ich ihn.

„Also einer im bürgerlichen Sinne „normalen" bezahlten Arbeit bin ich noch nie nachgegangen. Ich wollte nicht in die Tretmühlen der Arbeitswelt geraten."

„Kann ich sehr gut nachvollziehen."

„Ich bin eher so der, der Abenteuer erleben möchte", gestand er mir, „Aber beim Sozialamt war ich noch nie. Zu Essen bekomme ich unterwegs auf der Straße geschenkt. Ich schlafe da, wo ich zum Übernachten eingeladen werde, bei Privatleuten, in Kirchen oder Obdachlosenheimen – oder eben unter freiem Himmel. Mit meinem Akkordeon mache ich Straßenmusik. Mit den Einnahmen aus der Straßenmusik bezahle ich meine Krankenversicherung und gelegentliche Fahrkarten."

Der Pilger Bruder Winfried gehört zur *Emmausbewegung*.

Ich muss gestehen, dass ich Bruder Winfried vom ersten Augenblick an für seinen Mut, für seine Konsequenz und für seine Lebensweise bewunderte. Er war seitdem für mich ein großes Vorbild. Von ihm wollte und sollte ich viel lernen. Im Gegensatz zur „offiziellen" Kirche, welche an den kapitalistischen Unrechtsstaat angepasst und an dessen finsteren Machenschaften beteiligt ist, lebte der Bruder Winfried das, was Jesus zu seinen Anhängern gepredigt hatte. Ich bat ihn deshalb: „Bruder Winfried, ich möchte gern mit dir zusammen pilgern."

„Das wird nicht leicht werden, es mit mir so lange auszuhalten. Ich lebe die meiste Zeit allein und bin es nicht gewohnt, längere Zeit zusammen mit anderen Menschen zu leben. Nein, das wird eine große Herausforderung. Aber wir können es versuchen. Bitte Jesus um unseren gemeinsamen Pilgerweg!"

Das tat ich. Schon im Mai 2001 fanden wir eine Gelegenheit, gemeinsam zu pilgern. In der katholischen St. Andreas-Gemeinde in Fulda wollten wir uns treffen und von dort eine Woche gemeinsam durch den Vogelsbergkreis bis nach Gießen wandern. Von dort sollte jeder wieder seinen eigenen Weg weitergehen. Ich hatte geplant, von Gießen aus nach Frankfurt (Main) zum Evangelischen Kirchentag zu fahren und mich dort mit meinem Spruchband vor das Messegelände zu setzen.

Auch Alexandra wollte mitpilgern. Doch eine Woche vor unserem vereinbarten Treffen in Fulda sagte sie ab – wegen kurzfristiger anderer wichtiger Termine. Vielleicht wollte sie auch gar nicht wirklich mitkommen.

Unser Pilgerweg – erster Abschnitt von Fulda bis nach Lauterbach

Wir alle sind Pilger auf dem Weg ins Unbekannte. (Paolo Coelho)

So fuhr ich im Mai 2001 per Anhalter nach Fulda. Kurz vorher hatte mir Bruder Winfried geschrieben, dass uns noch jemand auf dem Pilgerweg begleiten würde – eine Frau von der *Emmausbewegung*. Darüber war ich zunächst nicht sehr begeistert. Wenn der Pilgerweg schon zu zweit nicht leicht werden würde, wie sollte es dann erst zu dritt werden? Auf dem Hof der St. Andreaskirche trafen wir uns dann. Bruder Winfried stellte mir Maria-Anna vor, die Dritte im Bunde. Maria-Anna, eine zierliche ängstliche Frau, stammt aus Freiburg. Ich sah ihr sofort an, dass sie lieber allein mit Bruder Winfried wandern wollte und mich als Fremdkörper ansah. Sie war eifersüchtig auf mich. Außerdem befürchtete sie, das dritte Rad am Wagen zu werden, wenn Bruder Winfried und ich uns zu gut verstehen würden. „Das kann ja was werden!", dachte ich mir.

Gleich nach dem Abendgebet gab es die erste Auseinandersetzung mit Maria-Anna: „Ich möchte nicht im Freien schlafen. Das ist mir zu gefährlich. Wir können doch zum Kloster Kreuzberg wandern und dort übernachten."

„So habe ich mir aber das Pilgern nicht vorgestellt", entgegnete ich, „Pilgern bedeutet nach meiner

Überzeugung, dass man nie weiß, was einem auf dem Weg erwartet, dass man nicht weiß, wo man am nächsten Tag schläft, wem man begegnet und wann und wo man etwas zu Essen bekommt."

Unser gemeinsamer Pilgerweg stand auf der Kippe.

Unsere kleine Pilgergruppe war von Anfang an sehr ungleich zusammengesetzt: zwei katholische *Emmaus*-Gefährten und ich als Aussteiger ohne Geld als „Fremdkörper". Bruder Winfried hatte mich ja gewarnt: „Es wäre schon ein großer Erfolg, wenn wir drei es eine ganze Woche zusammen aushalten. Bei meinem letzten Pilgerweg zusammen mit einem anderen Mann gab es so viel Streit, dass wir uns trennen mussten."

Aber wir wollten es doch gemeinsam versuchen. Nach dem gemeinsamen Abendessen beteten wir auf dem Dachboden der St. Andreaskirche:

„Bruder Jesus, du hast uns hier zusammengeführt, um uns einander kennen zu lernen und gemeinsam den Armen dein Evangelium zu predigen. Gewähre uns deinen Schutz und deine Gnade, nicht einander zu zürnen und einander liebevoll und respektvoll zu dienen. Amen."

Auf dem Dachboden schliefen wir auch.

Früh am Morgen, gegen 6.00 Uhr, weckten mich die Glocken der Kirche. Ich ging zusammen mit Bruder Winfried zur Frühmesse im Dom von Fulda.

Nach dem Frühstück brachen wir auf. Nach langem Diskutieren hatten wir uns darauf geeinigt, nach Gießen zu pilgern. Auch Bruder Winfried wollte lieber nach Gießen wandern, um in den Städten und Gemeinden auf unserem Weg mit den Menschen in Kontakt zu kommen. Das, was Maria-Anna befürchtet hatte, war eingetreten: Bruder Winfried und ich waren uns einig und sie stand mit ihren Vorstellungen alleine da. Der Konflikt war nicht gelöst, sondern schwelte weiter und konnte jederzeit wieder ausbrechen.

Ich hatte in Fulda an mehreren Supermärkten „containert" und dabei einiges an Essbarem gefunden.

Unser erstes Etappenziel war die Stadt Lauterbach (Hessen). In zwei Tagen wollten wir in Lauterbach sein. Nachdem wir endlich den Stadtrand von Fulda hinter uns gelassen hatten, wanderten wir durch die Wälder des Vogelsbergs, einer abwechslungsreichen, schönen Mittelgebirgslandschaft. Das Wetter war schön – warm und sonnig. Die meiste Zeit ging jeder schweigend allein. Das war für mich zunächst gewöhnungsbedürftig. Außerdem drückte mein Rucksack mit den Essensvorräten schon nach wenigen Kilometern ganz gewaltig. So war ich froh, als wir auf einem Berghang am Waldrand eine Essenspause machten. Während der Pausen unterhielten wir uns.

Aber jedes Mal, wenn ich mich mit dem Bruder Winfried allein unterhielt, wurde Maria-Anna eifersüchtig. Die beiden hatten eine merkwürdige Art Beziehung. Ich würde es einmal als eine Art platonische Liebe bezeichnen. Bruder Winfried und Maria-Anna waren Weggefährten der *Emmaus*-Bewegung. Sie empfanden aber noch mehr Zuneigung zueinander als nur die Freundschaft unter Gleichgesinnten. Als Mönch hatte Bruder Winfried sich dazu verpflichtet, zölibatär zu leben. Das heißt: keine sexuellen Beziehungen. Er gestand mir jedoch, dass er sich trotzdem zu sehr zu manchen Frauen hingezogen fühle, und dass es ihm schwerfiel, auf jede Form von Sex zu verzichten. Aber noch viel wichtiger war für ihn die körperliche Nähe. Also suchte und fand er einen Kompromiss. Der hieß: Umarmungen und Kuscheln sind erlaubt, Küssen und Sex nicht.

Mit diesem Kompromiss konnten Bruder Winfried und Maria-Anna ihre Bedürfnisse zumindest im stark eingeschränkten Rahmen ausleben.

Es war nicht leicht für mich, Maria-Anna zu vermitteln, dass ich nichts von „ihrem" Bruder Winfried wollte: „Maria-Anna, warum bist du eifersüchtig auf mich? Ich bin nicht schwul. Ich stehe nicht auf Männer. Aber vielleicht gestehst du mir zu, mich gelegentlich mit Bruder Winfried zu unterhalten."

Um sie nicht zu verletzen, versuchte ich, ihr entgegenzukommen, wo es mir nur möglich war.

Auch ich fühlte mich manchmal ausgeschlossen, zum Beispiel, wenn Bruder Winfried und Maria-Anna gemeinsam den Rosenkranz beteten. Das Rosenkranzgebet ist eine verbreitete katholische Andachtsform. Mit Hilfe einer Gebetskette, an welcher 59 Kugeln befestigt sind, werden Vaterunser und Ave Maria gebetet. Da ich kein

Katholik bin, konnte ich mit dem Rosenkranzgebet nicht viel anfangen. Aber ich konnte damit leben und beschwerte mich nicht. Ich wollte den unterschwellig bestehenden Konflikt zwischen Maria-Anna und mir nicht noch weiter anheizen.

Weiter ging es durch Mischwälder aus Eichen, Buchen, Kiefern und Fichten. Für Bruder Winfried war es ungewohnt, mit jemand anderem gemeinsam zu wandern. Er pilgerte meistens allein.

Am Nachmittag kamen wir zu einer Kirche am Waldrand in wunderschöner Umgebung. Neben der Kirche gab es eine Schutzhütte mit einem Brunnen, einem Forellenteich und einem Wasserbecken zum Baden. Das nutzen Bruder Winfried und ich zu einem erfrischenden Bad im eiskalten Wasser. Wie tat das gut, nach dem langem Weg, total durchgeschwitzt, ins kalte Wasser zu tauchen! An diesem schönen Platz nahmen wir unser Mittagessen ein. Unsere „containerten" Vorräte gingen schnell zur Neige. Bruder Winfried spielte einige Lieder auf seinem Akkordeon und Maria-Anna begleitete ihn auf der Flöte. Körperlich und geistig gestärkt wanderten wir weiter.

Gegen Abend erreichten wir ein kleines Dorf. Langsam mussten wir uns nach einer Übernachtungsmöglichkeit umsehen. Die Kirche war verschlossen. Der Pfarrer wohnte in der nächsten Stadt. Im Dorf begegneten wir einigen Jugendlichen. Spontan entschloss sich Bruder

Winfried, diese Jugendlichen anzusprechen und ihnen eine Predigt zu halten:

„Hallo, habt ihr mal ein wenig Zeit für mich. Ich möchte euch etwas über mich erzählen. Wisst ihr, ich bin ein armer Pilger. Jesus Christus ist mein Anker im Leben. Ich lebe auf der Straße oder da, wo man mir einen Schlafplatz anbietet. Jesus ist zu uns Menschen gekommen, um der Liebe in der Welt ein Gesicht zu geben. Ich weiß, dass Gott die Menschen liebt. Ich weiß, dass er mich liebt. In seiner Ohnmacht hat er sich von den Herrschenden für uns ans Kreuz begeben. Damit alle, die an ihn glauben, das ewige Leben erlangen. Ich stamme aus einem bürgerlichen Haus, bin in der Nähe von Berlin groß geworden. Ich wäre beinahe ein Klosterbruder geworden, aber es sind Menschen wie ihr, die mir am Herzen liegen und mit denen ich in Kontakt kommen möchte. Wir, Maria-Anna, Frieden und ich, sind auf dem Weg nach Gießen. Kennt ihr jemanden, bei dem wir vielleicht übernachten können?"

Die Jugendlichen waren aufgeschlossen und hörten interessiert zu. Solchen merkwürdigen Menschen wie uns waren sie zuvor noch nie begegnet.

„Wir haben einen Dorfvorsteher. Vielleicht kann der euch weiterhelfen. Kommt mit."

Ich bewunderte ihn für seinen Mut und die Fähigkeit, wildfremde Leute auf der Straße anzusprechen. Die Jugendlichen führten uns zum Dorfvorsteher. Der war erstaunt:

„Das ist ja interessant, echte Pilger in unserer Gemeinde zu haben. Das wusste ich gar nicht. Ich bin so oft mit dem Pfarrer im Gespräch, aber davon hat er nie erzählt."

„Ja, viele von uns gibt es aktuell nicht. Und Frieden hier, ist z.B. evangelisch."

Der Dorfvorsteher rümpfte die Nase: „Ach so? ... Ihr könnt in einer leerstehenden Scheune übernachten. Sie steht am Berghang, da seid ihr sicher. Patrick wird euch den Weg zeigen."

Patrick begleitete uns ein Stück und zeigte uns den Weg zur Scheune. Dort wanderten wir hin. Der Boden in der Scheune war allerdings hart und staubig. Für Bruder Winfried und mich war das ein gutes Quartier, aber nicht für Maria-Anna. Ihr gefiel es hier überhaupt nicht: „Das ist fürchterlich hier. Ich kann hier nicht schlafen."

„Warum? Was ist denn los?", fragte Bruder Winfried.

„Nein. Ich kann hier nicht bleiben. Ich gehe zurück."

„Was ist denn?"

Der nächste Konflikt bahnte sich an. Dann kam einer der Jugendlichen aus dem Dorf mit dem Moped zu uns.

„Ich habe euch noch etwas zu essen gebracht. Guten Appetit."

„Vielen Dank."

Er stellte uns einen Korb mit Bananen, Brot und Wurst hin – eine Wohltat und ein Wunder. Gott sorgte wirklich gut für uns. Nur Maria-Anna war sauer. Sie griff in den Korb und wollte die ganze Wurst allein essen.

Bruder Winfried widersprach energisch: „Nein, du kannst die Wurst doch nicht alleine pur essen. Damit wollen wir das Brot belegen."

„Das ist mir egal. Ich brauch das jetzt."

„Maria-Anna, es tut mir sehr leid, aber ich hätte wirklich auch gerne etwas davon ab.", wagte ich, einzuwerfen.

Sie biss instinktiv erneut in die Wurst, ließ sie aber dann in den Korb fallen.

„Ihr wisst ja gar nicht, wie das ist…", schluchzte sie, „Ich gehe…"

Ich versuchte, sie zu beruhigen: „Maria-Anna, was haben wir dir…?" Bruder Winfried griff mir an die Schulter: „Lass sie. Sie kommt zurecht. Lass uns lieber Danke sagen für das, was uns geschenkt wurde."

Maria-Anna fühlte sich erneut von uns ausgegrenzt. Um den Frieden zu wahren, schlugen wir ihr vor, dass sie auf den benachbarten Bauernhöfen nach einem Bett für sie fragen sollte. Einer allein reisenden Frau wird eher ein Obdach angeboten als zwei Männern und einer Frau. Nach langen Diskussionen willigte sie schließlich ein. Bruder Winfried und ich blieben in der Scheune. Vorher teilten wir das Essen geschwisterlich. Maria-Anna zog los und kam nicht zurück. Demzufolge musste sie wohl eine Bleibe gefunden haben.

Am nächsten Morgen kam Maria-Anna zurück zur Scheune. Sie hatte auf einem Bauernhof in einem richtigen Bett übernachtet. Ihre Stimmung war auch dementsprechend positiv und versöhnlich. „Na, ein Glück, dann ist ja alles wieder gut.", dachte ich mir. Ich war froh, dass es nun erst einmal keinen Anlass zum Streit mehr gab. Wir beschlossen, noch einmal an dem Bauernhof vorbeizugehen, um uns für die Gastfreundschaft zu bedanken. Die Bäuerin, welche Maria-Anna hereingebeten und versorgt hatte, war nicht da. Aber der Bauer zeigte uns den Weg nach Stockhausen, dem nächsten Dorf. Außerdem durften wir unsere Wasserflaschen auffüllen.

Ausgeruht und gut gelaunt machten wir uns auf den Weg. Nach wenigen Kilometern Fußmarsch erreichten wir das Dorf Stockhausen. Bruder Winfried klingelte bei verschiedenen Häusern und fragte die Bewohner, ob sie etwas zu Essen für uns hätten. Für mich war das neu, um alles, was ich brauche, bitten zu müssen. Es ist eine große Herausforderung, so demütig zu sein und zu betteln. Aber genau das war die Lernaufgabe für mich bei diesem Pilgerweg. Bisher bekam ich das meiste, was ich zum Leben brauchte, ohne jemanden zu fragen und vor allem, ohne mich arm und bedürftig zu machen. Ich bewunderte auch Maria-Anna für ihre Offenheit, von ihren Ängsten und von ihrer Armut zu sprechen und auch dafür, dass sie fremde Menschen um etwas bat.

Die erste Gelegenheit für mich, selbst um etwas zu bitten, kam im Dorfladen von Stockhausen. Zunächst hatte ich große Angst, wildfremde Menschen um etwas zu bitten. Ich hatte Angst vor Ablehnung, Angst, wie ein Bettler davongejagt zu werden. Aber ich überwand meine

Ängste und fragte die Verkäuferin: „Guten Tag. Wir sind drei arme Pilger, die für Jesus unterwegs sind. Haben Sie irgendetwas, was Sie sonst wegwerfen würden?"

„Ja, ich habe hier ein paar Stauden Bananen mit braunen Flecken. Die können Sie gerne mitnehmen."

Hocherfreut über meinen Erfolg bedankte und verabschiedete ich mich.

„Gott sei Dank", dachte ich, „es hat funktioniert. Also ist das die Übung für mich. Ich muss lernen, fremde Menschen um etwas zu bitten."

Wir passierten ein großes Haus mit einem schönen Garten. Dort klingelte Bruder Winfried. Eine hübsche Frau öffnete die Tür: „Guten Tag. Ich hoffe, Sie sind nicht von den Zeugen Jehovas."

„Guten Tag. Nein, wir sind nicht von den Zeugen Jehovas. Wir sind drei arme Pilger und wandern von Fulda nach Gießen. Jesus Christus leitet und beschützt uns auf unserem Weg. Hast du vielleicht etwas zu Essen für uns?"

Bruder Winfried hat die Angewohnheit, sämtliche Leute, die er unterwegs trifft, zu duzen - sogar die Polizei. Das ist eines seiner Prinzipien. Für ihn sind alle Menschen Brüder und Schwestern.

Die Frau bat uns herein: „Wenn ihr wollt, könnt ihr hier bei mir Mittag essen. Ich will mal schauen, was ich noch zu Essen im Haus habe."

Die schöne Frau hieß Anna und hatte zwei Kinder. Sie war Reittherapeutin, fand uns sympathisch und interessierte sich für unsere Pilgerreise. Auch wenn sie selbst nicht den Mut hatte, so zu leben wie wir.

Wir bedankten uns für die Gastfreundschaft, verabschiedeten uns und zogen weiter gen Rudlos. Dort machten wir Pause. Anschließend ging es weiter in Richtung Lauterbach. Wir kamen an herrlichen Streuobstwiesen voller Kirschbäume vorbei. Die Kirschen waren aber leider noch nicht reif.

Am Nachmittag erreichten wir dann die Kreisstadt des Vogelsbergkreises, Lauterbach, eine beschauliche Fachwerkstadt mit ca. 14.000 Einwohnern. Maria-Anna ging zur katholischen Gemeinde, um zu fragen, ob wir dort übernachten könnten. Bruder Winfried holte sein Akkordeon heraus und begann, in der Fußgängerzone zu spielen. Ich baute mein Spruchband auf dem Marktplatz auf. Darauf stand: „Schenken statt Abrechnen. Wer möchte mit uns verzichten auf Geld, Konsum, Ausbeutung und Gewalt, dafür verantwortlich leben, mit den Bedürftigen teilen. Gespräche erwünscht. Gemeinschaft der Schenker."

Nach meinen ersten „Pilgererfahrungen" beim Deutschen Katholikentag in Hamburg hatte ich nun keine so große Angst mehr, mich in die Öffentlichkeit zu setzen. Aber ein klein wenig mulmig war mir trotzdem zumute. Wie würden die Leute in Lauterbach auf mich reagieren? Bekomme ich auch hier wieder Probleme mit Polizei oder Ordnungsamt?

An der Straßenmusik des Bruder Winfried erfreuten sich viele Leute, und sie gaben ihm auch ein paar Mark. Ich jedoch blieb mit meinem Spruchband allein. Ein wenig war ich neidisch auf Bruder Winfried mit seinem Akkordeon. Wie schön wäre es, wenn ich auch so gut ein Instrument spielen könnte! Es war eine reine Meditationsübung. Die wenigen Leute, die den Text auf meinem Spruchband lasen, gingen kopfschüttelnd weiter. Auch das war für mich eine wichtige Erfahrung. Ich sagte mir: „Wer weiß, wozu das gut ist. Vielleicht sollst du jetzt lernen, damit zu leben, einsam auf der Straße zu sitzen und nur Unverständnis zu ernten. Vielleicht wirkt meine Botschaft ja bei einigen auch im Unterbewusstsein."

Mehr Erfolg hatte ich bei der Suche nach Nahrungsmitteln. Nach meinem Erfolg beim Dorfladen in Stockhausen fragte ich beim Bäcker, beim Konditor und beim Fleischer. Ich wurde reichlich beschenkt.

Gegen Abend kam Maria-Anna zurück und las uns beide von der Straße auf. Wir durften in der katholischen Kirche schlafen. Eine Frau bat uns herein. Allerdings durfte der Pfarrer nichts davon wissen.

Das, was im Neuen Testament der Bibel (Matthäus 7,7) steht:

„Bittet Gott, und er wird euch geben! Sucht, und ihr werdet finden! Klopft an, und euch wird die Tür geöffnet! Denn wer bittet, der bekommt. Wer sucht, der findet. Und wer anklopft, dem wird geöffnet.",

wurde mir während der ersten zwei Pilgertage eindrucksvoll bestätigt. Es funktionierte also wirklich! Erkenntnis des Tages: Ich muss nur meine Angst überwinden und vertrauen.

Nach dem Abendessen gab es erneut Streit mit Maria-Anna. Sie wollte Bruder Winfried am liebsten für sich allein haben, weil sie nicht allein sein konnte. Auch Bruder Winfried ging das langsam auf die Nerven: „Maria-Anna, ich habe keine Lust mehr, deine ständigen Eifersuchtsszenen zu ertragen."

Sie entgegnete: „Es tut mir leid, wenn ich euch auf die Nerven gehe. Aber ich kann gerade nicht anders. Ich bin so oft in seelischer Not. Gerade erst habe ich mit viel Mühe gelernt, meine Bedürfnisse zu äußern."

Irgendwie tat sie mir ja auch leid mit ihrer Not. Ich selbst war ja auch lange einsam und allein. Nur konnte ich meine Bedürfnisse nicht so gut äußern.

Und weiter geht es von Lauterbach nach Alsfeld

Was andere Menschen von dir denken, ist nicht dein Problem. (Paolo Coelho)

Am nächsten Morgen gingen wir zur Heiligen Messe in einen kleinen Raum nebenan. Nach der Messe beteten wir noch ein Psalmengebet zusammen mit dem Kaplan. Er war sehr freundlich zu uns, empfahl uns dem Pfarrer von Alsfeld und schenkte uns zum Abschied 50 DM. Da ich kein Geld annehme, überließ ich meinen „Anteil" Bruder Winfried und Maria-Anna. Die beiden wollten noch in der Kirche in der Stille sitzen und beten. Ich nutzte die Zeit zum „Mülltauchen". An einem Supermarkt am Stadtrand wurde ich dann auch fündig und fand genug für die nächsten Mahlzeiten.

Am späten Vormittag wanderten wir weiter in Richtung Alsfeld. Unser Weg führte uns über Rimlos, Heblos und Wallenrod. In Wallenrod machten wir Mittagspause. Bis jetzt hatten wir keine Not leiden müssen. Wir bekamen alles Notwendige geschenkt: Essen und Unterkunft. Das Wetter war angenehm im Mai, nicht zu kalt und nicht zu warm, und die Sonne schien.

Weiter ging es über Hergersdorf, Unter-Sorg nach Hopfgarten.

Kurz vor Hopfgarten überraschte mich Bruder Winfried mit der Ansage: „Ich hätte jetzt aber mal große Lust, etwas Süßes zu essen. Warum beten wir nicht einfach dafür?"

Zunächst war ich schockiert. „Ist das nicht egoistisch?", fragte ich, „Wir haben doch bisher alles wirklich Nötige geschenkt bekommen." Dass wir für Süßigkeiten, also für Luxus aus meiner Sicht, beten sollten, widerstrebte mir und meinem Weltbild. Aber Bruder Winfried fand das vollkommen in Ordnung: „Wenn ich jetzt ein dringendes Bedürfnis habe, etwas Süßes zu essen, was ist daran falsch, dafür zu beten?"

Andererseits war das ein spannendes Experiment für mich, herauszufinden, ob Gott auch solche Gebete erhört.

Bruder Winfried betete.

Wir gingen weiter und kamen an einem Heim für betreutes Wohnen für schwer erziehbare Jugendliche. Bruder Winfried klingelte. Die Heimleiterin öffnete und Bruder Winfried fragte: „Guten Tag. Wir sind drei arme Pilger auf der Wanderung von Fulda nach Gießen. Hättet ihr etwas zu Essen für uns? Wir würden aber gern etwas Süßes essen."

„Dann kommt mal herein. Von dem Grießbrei ist noch etwas übrig. Wenn euch das zusagt, könnt ihr den gerne aufessen." Ich konnte es kaum fassen. Wir bekamen hier tatsächlich etwas Süßes zu essen! Nach dem Essen luden wir die Jugendlichen zum Gespräch ein und stellten uns vor. Die Jugendlichen waren aufgeschlossen und interessierten sich für unser Leben und für unsere Pilgerreise. Es entwickelten sich interessante Gespräche. Die meisten, die hier im Heim wohnten, hatten Drogenprobleme oder Probleme mit ihren Eltern.

Trotzdem wollten sie möglichst schnell wieder weg von diesem Heim.

Erkenntnis des Tages: Gott erhört auch solche speziellen Gebete wie die, etwas Süßes zu essen. Allerdings nur dann, wenn ich nicht im Mangel, sondern in der Fülle bin. So ist auch der Ausspruch Jesu im Neuen Testament, Markus 4, 24-25, zu verstehen:

„Eins steht fest: Mit dem Maßstab, den ihr an andere anlegt, werdet ihr selbst gemessen werden. Von euch wird man sogar noch mehr erwarten. Denn wer viel hat, der bekommt noch mehr dazu. Wer aber nichts hat, dem wird selbst noch das Wenige, das er hat, genommen."

Wenn ich zum Beispiel klage, wie schlecht es mir geht, weil ich nichts zu essen habe, dann wird selbst ein Gebet meine Lage nicht verbessern. Bin ich aber dankbar und zufrieden mit dem gegenwärtigen Moment, dann kann ich bitten worum ich will, und alles, worum ich bitte, wird mir geschenkt.

Von Hopfgarten war es nur noch eine halbe Stunde Weg bis nach Alsfeld. Alsfeld ist etwas größer als Lauterbach, wurde aber zur großen Verbitterung seiner Einwohner nicht Kreisstadt des Vogelsbergkreises. Auch Alsfeld hat eine schöne historische Altstadt mit vielen Fachwerkhäusern.

In dem Heim für betreutes Wohnen hatte uns jemand empfohlen, im Obdachlosenasyl „La Strada" in Alsfeld um Obdach zu bitten. Bruder Winfried und ich fanden das eine sehr gute Idee. „Das ist eine gute Gelegenheit, mit den Armen ins Gespräch zu kommen", sagte er. Nicht einmal Maria-Anna hatte etwas dagegen einzuwenden.

Im Obdachlosenasyl „La Strada" durften wir in der Bibliothek schlafen, aber nur für eine Nacht. Es war ganz gemütlich im Obdachlosenheim. Nur drei Obdachlose waren im Haus. Sie saßen im Aufenthaltsraum. Ich sprach sie an. Einer der drei Männer wollte sich auch gern mit mir unterhalten. Aber die beiden anderen fühlten sich gestört, weil sie lieber fernsehen wollten.

Bruder Winfried hatte immer noch nicht genug Süßes gegessen. Er ging noch einmal los, um nach Marmelade zu fragen. Später kam er dann mit einem Glas Marmelade zurück. Eine 84-jährige Frau hatte sie ihm geschenkt. Diese alte Frau lud uns für den nächsten Tag zum Mittagessen ein.

Am nächsten Morgen fühlte ich mich völlig erschöpft und schwach. Mein Magen rebellierte. Vielleicht lag es daran, dass ich am letzten Abend zu viel Wurst gegessen hatte. Am liebsten wollte ich überhaupt nicht aufstehen. Aber wir mussten spätestens um 10.00 Uhr das „La Strada" verlassen. Wir setzten uns zusammen und fassten uns an den Händen, um zusammen zu beten. Maria-Anna hatte mal wieder etwas dagegen, dass ich in der Mittel saß.

Also wechselten wir die Plätze. Ich war zu schwach für irgendwelche Auseinandersetzungen.

Nach dem Gebet schleppte ich mich bis zum Marktplatz, um dort mein Spruchband aufzuhängen. Bruder Winfried ging mit seinem Akkordeon in die Fußgängerzone. Maria-Anna begleitete ihn.

Auch in Alsfeld verbrachte ich die Zeit mit meinem Spruchband auf dem Markt weitgehend allein. Ich war dieses Mal auch gar nicht so böse darüber. Es ging mir nicht gut, und eigentlich war ich froh, dass ich hier in Ruhe sitzen konnte und nicht sprechen musste. In unmittelbarer Nähe bauten zwei Männer einen Informationsstand über den Islam auf. Einer von ihnen sprach mich an. Er erklärte mir, dass sie zu einer islamischen Gemeinde gehörten und gab mir ein Heftchen über den Islam. Das war meine einzige Begegnung auf dem Marktplatz an diesem Tag. Da sich niemand für mich interessierte, las ich in dem Heftchen über den Islam. Wie ich im 6. Kapitel bereits erwähnte, ist die „Schenkerbewegung" grundsätzlich offen für alle Weltanschauungen. Allerdings gibt es sowohl von „Öff!Öff!" als auch von mir erhebliche Bedenken gegenüber dem Islam. Im Gegensatz zu den meisten bekannten Religionen ist der Islam auf Gewalt begründet. Sein Religionsstifter Mohammed hat nicht nur Kriege geführt. Er hat auch seine männlichen Gegner hinrichten und dessen Frauen und Kinder versklaven lassen. Im Koran finden sich an vielen Stellen Aufrufe zur Gewalt gegenüber Andersgläubigen. Auch die Christen haben in der Vergangenheit im Namen Gottes entsetzliche Gräueltaten begangen. Dies geschah jedoch immer im krassen Gegensatz zur Lehre ihres Religionsstifters Jesus Christus. Ähnlich verhält es sich mit Hinduismus, Buddhismus, Sikhismus, Taoismus und Judentum. Dort werden andere Weltanschauungen zumindest toleriert bzw. nicht zur Gewalt aufgerufen. Auf meinen späteren Pilgerreisen hatte ich diesbezüglich öfters Diskussionen auf der Straße mit gläubigen Moslems. Die meisten von ihnen behaupteten, der Islam wäre eine Religion des Friedens. Die Muslime würden nur dann zur Waffe greifen, wenn sie angegriffen würden.

Am späten Mittag holten mich Bruder Winfried und Maria-Anna vom Markt ab. Wir wollten zu der 84-jährigen Frau gehen, welche uns am Vortag zum Mittagessen eingeladen hatte. Sie wohnte in einem kleinen Fachwerkhaus in der Altstadt. Wir traten ein in die kleine Wohnung. Kaum hatten wir Platz genommen, klingelte es an der Tür. Eine Frau, eine Familienangehörige, kam herein und redete wütend auf die alte Frau ein: „Bist du verrückt? Wie kannst du solche Penner von der Straße in deine Wohnung lassen? Du weißt doch nicht, ob die dir am Ende nicht deine Wohnung ausräumen!"

Die Situation war für uns sehr unangenehm. Aber unsere Gastgeberin ließ sich von ihrer Entscheidung nicht abbringen. Schäumend vor Wut verließ die Verwandte die Wohnung.

Kaum war sie zur Tür hinausgegangen, klingelte das Telefon. Eine Nachbarin beschwerte sich, dass die alte Dame uns eingeladen hatte.

Dann gab es endlich Mittagessen – Gemüsesuppe. Unsere Gastgeberin sagte: „Ich mag eigentlich keine Leute, die nicht arbeiten gehen. Ich kann Sie nicht verstehen, warum Sie so leben – ohne Obdach und andere Leute anbetteln. Aber bin von Natur aus neugierig und finde es interessant, solch seltsame Menschen kennenzulernen. Deshalb habe ich Sie eingeladen."

Nach dem Essen verabschiedeten wir uns. Wir mussten jeder einzeln und ganz leise die Wohnung verlassen, damit die Nachbarn nichts mitbekamen.

Am Nachmittag gingen wir zum katholischen Gemeindezentrum. Dort fragte Bruder Winfried den Pfarrer, ob wir zwei Nächte im Gemeindezentrum übernachten dürfen. Wir durften. Der Pfarrer zeigte uns die Räume. Wie war ich froh, als ich endlich in meinem Schlafsack lag!

Am nächsten Tag, es war Sonntag, konnte ich endlich einmal wieder ausschlafen. Der lange Schlaf tat mir gut. Trotzdem durfte ich mich nicht überanstrengen und musste meine Krankheit auskurieren. Deshalb blieben wir auch noch einen ganzen Tag in Alsfeld. Da die Zeit nun zu knapp für eine Wanderung bis nach Gießen wurde, beschlossen wir, mit dem Zug von Alsfeld nach Gießen zu fahren. Mit einem Teil der 50 DM, die Maria-Anna vom

Kaplan geschenkt bekommen hatte, wollten Bruder Winfried und Maria-Anna ein Hessen-Ticket kaufen und mich zur Mitfahrt einladen.

Gegen Mittag ging ich zusammen mit dem Bruder Winfried zum Obdachlosenheim „La Strada", in der Hoffnung, dort ein warmes Mittagessen zu bekommen. Außerdem wollten wir mit den Obdachlosen sprechen. Es gab aber gar kein Mittagessen im „La Strada". Jeder konnte sich in der Küche selbst etwas kochen. Auch die Küche war wie ausgestorben. Nur ein älterer Mann trank dort sein Bier. Er wohnte aber nicht im Obdachlosenheim und kam nur gelegentlich zu Besuch vorbei. Etwas enttäuscht gingen wir wieder. An einem Fachwerkhaus fragte Bruder Winfried nach einem warmen Mittagessen. Eine ältere Frau stellte uns eine Schüssel mit Reis vor die Tür. Wir aßen den Reis gleich auf der Treppe. Als wir die leere Schüssel zurückgaben, schenkte sie uns noch einen Beutel Spätzle und eine Flasche Mineralwasser. Wie schon in früheren Kapiteln angedeutet, ging es bei diesen „Betteltouren" nicht nur vorrangig ums Essen, sondern darum, uns in Demut zu üben, den eigenen Stolz und die Angst zu überwinden. Wir machten uns arm und verletzbar – auch als Übung zur eigenen Reifung und Bewusstwerdung. Maria-Anna war dieses Mal nicht mitgekommen. Sie wollte im Gemeindezentrum bleiben.

In Gießen

Ihr werdet denen, die ihr um eine irdische Gabe bittet, die Liebe Gottes bringen (Franz von Assisi)

Am Morgen des nächsten Tages, einem Montag, räumten wir unser Lager im katholischen Gemeindezentrum von Alsfeld und gingen zum Bahnhof. Wir wollten mit dem Zug mit dem Hessen-Ticket nach Gießen fahren. Ähnlich wie in den anderen Bundesländern, so meinten wir, müsse es auch in Hessen eine Fahrkarte geben, mit der bis zu fünf Reisende zu einem Festpreis gemeinsam einen ganzen Tag mit Regionalzügen durch das Land fahren können. Da hatten wir uns aber leider getäuscht. Es gab kein Hessen-Ticket oder etwas Vergleichbares. Also kauften Bruder Winfried und Maria-Anna von dem Geld, welches sie in Lauterbach geschenkt bekamen, drei Einzelfahrkarten nach Gießen und schenkten mir meine Fahrkarte.

Die Kreisstadt Gießen ist mit 88.000 Einwohnern wesentlich größer als Lauterbach oder Alsfeld. Während des 2. Weltkrieges wurde die Altstadt zum größten Teil zerstört. Deshalb ist diese Stadt nicht besonders schön. Aber dafür gibt es eine Universität in Gießen.

Nach unserer Ankunft in Gießen trennten wir uns in schon bewährter Weise. Bruder Winfried machte Straßenmusik mit seinem Akkordeon. Maria-Anna ging in die Stadt und ich hängte mein Spruchband in die

Fußgängerzone. Gegen 16.00 Uhr wollten wir uns dann wieder treffen.

In der Gießener Fußgängerzone hatte ich mehr Glück als in Lauterbach oder Alsfeld. Polizei und Ordnungsamt ließen mich in Ruhe, aber meine Mahnwache wurde auch nicht langweilig. Ein Mann in abgetragenen Sachen, ziemlich ungepflegt aussehend, setzte sich zu mir und fragte mich wegen meines Spruchbandes: „Was machst du da? Wer ist die Gemeinschaft der Schenker?"

„Die Gemeinschaft der Schenker ist eine Gemeinschaft von Menschen, die nicht mehr nach dem Leistungsprinzip, also nach dem Recht des Stärkeren, abrechnen, sondern sich gegenseitig beschenken wollen. Das funktioniert praktisch so, dass wir ohne Geld leben. Wir haben zwei Gemeinschaftsprojekte. In dem ersten, wo ich auch lebe, dem Haus der Gastfreundschaft, nehmen wir schwierige und bedürftige Menschen bedingungslos auf. In unserem zweiten Projekt, dem Friedensgarten, versuchen wir, nur von dem, was uns die Natur schenkt, zu leben."

„Ich heiße Achim. Ich bin arbeitslos und schwer krank. Ich saß ein paar Jahre im Knast wegen Marihuana. Als sie mich verurteilten, bin ich nach Südafrika abgehauen. Da habe ich mir dann mit meiner Frau eine neue Existenz aufgebaut. Wir haben ein *„Bed and Breakfast"* für Touristen aufgemacht. Das lief auch richtig gut. Doch dann hat meine Frau einen anderen Mann kennengelernt und ist mit dem durchgebrannt. Ich bin dann wieder zurück nach Deutschland gegangen und habe meine Strafe abgesessen.

Und jetzt bin ich hier und schlage mich so durch. Hast du vielleicht einen Joint?"

„Nein, habe ich nicht. Ich halte nicht viel von Drogen. Drogen haben noch jeden betrogen. Mein Motto ist: „Legalize einen klaren Kopf!". Ich bin mit noch zwei anderen Leuten zusammen, als Pilger auf der Straße. Weißt du vielleicht, wo wir hier übernachten können?"

„Ich hoffe, du hast nichts dagegen, wenn ich mir einen Joint drehe."

„Tu, was du nicht lassen kannst."

Er drehte sich eine Tüte und begann zu rauchen.

„Mal sehen, ob ich was für euch drei organisieren kann. Ich bin gegen 16.00 Uhr wieder hier am Kreuzplatz. Dann sage ich euch Bescheid."

Nachdem er eine Weile bei mir gesessen und geraucht hatte, stand er auf und ging.

Eine ganze Weile saß ich allein da. Die meisten Leute gingen eilig an mir vorbei. Sie waren so in ihrem Alltagstrott gefangen, dass sie überhaupt nicht mitbekamen, was auf der Straße um sie herum passierte. Einige wenige lasen meine Botschaft und gingen dann weiter. Man sieht die Menschen aus einer ganz anderen Perspektive, wenn man selbst auf dem Boden sitzt, und die anderen stehen und sehen auf einen herab.

Es sind meistens die Armen, die sich für solche Pilger wie uns und deren Botschaften interessieren. Jesus ist zu den Armen gegangen, zu den Kranken, zu den Bettlern, zu den Prostituierten und zu den Zöllnern. Die Pharisäer und

Schriftgelehrten haben ihn abgelehnt und verfolgt. Solche Menschen wie der blinde Bartimäus haben ihn gesucht und sind von ihm geheilt worden:

„Sie kamen nach Jericho, und als Jesus mit seinen Jüngern und einer großen Menschenmenge Jericho verließ, saß ein blinder Bettler namens Bartimäus am Straßenrand. Und als er hörte, dass Jesus von Nazareth vorbeiging, begann er zu schreien: „Sohn des David, Jesus, erbarme dich meiner!" Viele Leute griffen ihn an und sagten ihm, er solle still sein. Aber er schrie nur noch lauter: „Sohn des David, erbarme dich meiner!" Jesus sagte: „Bringt ihn zu mir!" Sie sagten zum blinden Mann: „Fass dir ein Herz, steh auf, er ruft nach dir!" Da ließ er seine Decken fallen, sprang auf und ging auf Jesus zu. Jesus fragte ihn: „Was willst du, dass ich für dich tun soll?" Und der Blinde sagte einfach: „Meister, lass mich sehen!" Jesus sagte: „Geh deinen Weg, dein Glaube hat dich gesund gemacht."

Sie haben ihn verstanden, weil sie empfänglich und offen für Neues waren. Beim Pilgern ist es ähnlich. Meistens sind es die Armen unserer heutigen Gesellschaft, die uns ansprechen: Alkoholiker, Drogenabhängige, Obdachlose, psychisch Kranke – alles Verlierer unserer Überflussgesellschaft. So auch in Gießen.

Doch es gab Ausnahmen.

Eine schöne dunkelhäutige Frau, schlank, mit langem dunkelbraunem Haar und ausdrucksvollem Gesicht, sprach mich an: „Was machst du da?"

„Ich bin ein armer Pilger und lebe ohne Geld. Ich wandere von Stadt zu Stadt und suche das Gespräch mit den Leuten auf der Straße."

„Ich heiße Juana und stamme aus Peru. Auch ich habe früher auf der Straße gelebt. Wir sind eine Laienspielgruppe und machen Theater. Hast du Lust, heute Abend zu einer Theateraufführung zu kommen? Wir haben heute Abend Generalprobe."

„Ja, da hätte ich große Lust. Aber ich bin nicht allein. Ich bin mit noch zwei Leuten unterwegs, mit einem Mann und einer Frau. Den Mann hast du vielleicht schon gesehen. Der steht mit seinem Akkordeon in der Fußgängerzone und macht Musik. Die Frau ist in der Stadt unterwegs. Wir drei suchen noch eine Übernachtungsmöglichkeit."

„Dann kommt alle drei zu unserer Generalprobe. Anschließend könnt ihr bei mir zu Hause übernachten. Ich habe jetzt leider keine Zeit, muss gleich weiter."

Sie beschrieb mir noch den Weg zu dem Haus, wo für das Theaterstück geprobt werden sollte und verabschiedete sich. So ein Angebot konnten wir natürlich nicht ausschlagen. Ich fand Juana sofort sympathisch.

Mein nächster Gesprächspartner war ein Schüler. „Warum sitzt du hier?", fragte er mich.

„Ich bin ein Pilger und lebe ohne Geld. Zusammen mit noch zwei Leuten sind wir von Fulda aus durch den Vogelsbergkreis gewandert, um mit den Menschen auf der Straße ins Gespräch zu kommen. Wir leben nur von dem, was uns unterwegs geschenkt wird bzw. auch vom „Containern". Gießen ist unsere letzte gemeinsame Station. Danach will ich noch zum Evangelischen Kirchentag nach Frankfurt fahren."

„Da will ich auch hinfahren. Hast du schon mal was von *Taizé* gehört?"

„Natürlich. Ich war früher regelmäßig beim *Taizé-Gebet* in Halle. Letztes Jahr Silvester war ich in Warschau zum Jugendtreffen."

„Zum *Taizé-Gebet* gehe ich auch, nach Marburg. Ich heiße Johannes."

„Und ich heiße Frieden, habe mich selbst so genannt."

„Ein schöner Name."

Noch ein Mann kam dazu. Er behauptete, eine geniale Erfindung gemacht zu haben. Aber keine Bank wollte sein Projekt finanzieren. Auch er hatte vor, zum Kirchentag nach Frankfurt zu fahren.

Bruder Winfried und Maria-Anna kamen hinzu. Johannes lud uns drei spontan zum Essen ein. Er hatte belegte Brötchen für uns gekauft.

Kurz darauf verabschiedete er sich. Bruder Winfried sprach einen Bettler an, welcher auf der gegenüberliegenden Straßenseite saß: „Magst du dich zu uns setzen? Wir haben noch belegte Brötchen." Der Bettler hieß Thomas. Er war obdachlos und hatte keine Zähne mehr im Mund. Als Dank für das Essen wollte Thomas uns ein leerstehendes Haus zeigen, wo wir übernachten könnten. „Ich habe schon eine Bleibe für uns drei für diese Nacht. Ihr werdet staunen", hakte ich ein, „Ich habe eine schöne sympathische Frau kennengelernt. Die macht Theater in Gießen. Sie hat uns zur Generalprobe heute Abend eingeladen. Anschließend können wir bei ihr übernachten."

Da Juanas Theaterwerkstatt erst gegen 21.00 Uhr beginnen sollte, hatten wir noch reichlich Zeit. Bruder Winfried und Maria-Anna gingen wieder. Sie wollten ein Abendessen für uns erbetteln. Ich wollte auf meine Weise etwas zum gemeinsamen Essen beitragen. Ich fragte an mehreren Geschäften nach „abgelaufenen" Lebensmitteln. Außerdem untersuchte ich die Müllcontainer eines Supermarktes. Während ich im Container herum grub, kam ein Mann auf mich zu. Zunächst bekam ich einen Schreck und befürchtete schon, er wolle mich anzeigen. Aber der Mann kam aus einem Büro in der Nähe und drückte mir 10 DM in die Hand. Da ich für mich selbst kein Geld annahm, gab ich das Geld Bruder Winfried. Wir setzten uns in die verwaiste Fußgängerzone und breiteten unsere gesammelten „Schätze" aus.

Nach dem Essen begaben wir uns auf den Weg zu Juana. Die Theaterwerkstatt befand sich weit außerhalb des Stadtzentrums, ziemlich am Stadtrand. So liefen wir mehr als eine halbe Stunde. Juana bat uns herein. Die Generalprobe lief bereits. Wir setzten uns. Das Theaterstück „*Der Meteor*" von Friedrich Dürrenmatt handelte von einem Literaturnobelpreisträger, welcher in seinem Atelier in Ruhe sterben wollte. Doch er kam nicht dazu. Es kamen laufend Leute zu Besuch, die dann seltsamerweise auch noch während des Besuches plötzlich starben. Sämtliche Schauspieler waren Laien. Juana führte die Regie. Sie war sehr energisch und temperamentvoll und gleichzeitig doch so witzig und charmant, dass ihr niemand widersprechen konnte oder wollte. Für mich war sie eine außergewöhnliche, beeindruckende Frau. Die Probe dauerte bis nach Mitternacht. Anschließend halfen wir noch mit beim Aufräumen. Juana fuhr mit uns mit ihrem Auto zu ihrer Wohnung. Bevor wir uns schlafen legten, erzählten wir noch eine Weile. Sie stammte aus einer Aymara-Familie aus einem peruanischen Bergdorf. Die Aymara sind indigene Ureinwohner Südamerikas. Sie leben im heutigen Peru und Bolivien. Vor Armut und politischer Verfolgung durch die weißen Machthaber floh Juana in die Hauptstadt Lima. Dort begann sie, in den Elendsvierteln zusammen mit Straßenkindern Theaterstücke aufzuführen. Später lernte sie einen deutschen Mann kennen, heiratete und zog mit ihm nach Deutschland. Auch in Deutschland machte sie weiter Theater mit Laien.

Juana litt unter einer seltenen Blutkrankheit. Die Ärzte hatten ihr gesagt, dass diese Krankheit unheilbar wäre und letztendlich zum Tod führen würde. Deshalb konnte und wollte sie auch keine Kinder bekommen. Am nächsten Morgen hatte sie deshalb eine Blutuntersuchung im Krankenhaus. Sie hatte Angst vor dem Ergebnis der Untersuchung.

Dass diese schöne und außergewöhnliche Frau womöglich bald sterben würde, bedrückte mich sehr –

genauso wie auch meine beiden Pilgergefährten. „Gott, warum nimmst du uns solche wertvollen Menschen weg und lässt uns mit der abgestumpften, nicht-denkenden Masse allein?", dachte ich in meiner Verzweiflung. Wir schliefen auf dem Fußboden.

Am nächsten Morgen frühstückten wir gemeinsam. Nach dem Frühstück sagte Juana zu uns: „Ich habe euch Obdach und Essen gegeben. Jetzt könnt ihr etwas für mich tun. Betet für mich!"

Wir setzten uns im Kreis auf den Boden, fassten uns an den Händen und beteten:

„Lieber Herr Jesus, Bruder und Freund der Menschen, mein Vater und mein Gott, heute bitten wir dich für die Gesundheit und die Heilung von Juana, die hier mit uns versammelt ist, vor dir bringen wir dir unsere Klagen und unsere Bitten, erhöre uns doch, oh Allmächtiger und Barmherziger...."

Wir hatten am Vortag einige unserer Sachen in der Theaterwerkstatt zurückgelassen. Juana fuhr uns zur Theaterwerkstatt. Dort nahmen wir unsere zurückgelassenen Sachen in Empfang und verabschiedeten uns von ihr. Dieser Abschied fiel uns sehr schwer. Wir drei hatten Juana ins Herz geschlossen.

In der Innenstadt trennten wir uns wieder und verabredeten uns zur gleichen Zeit wie am Tag zuvor – um

16.00 Uhr. Bruder Winfried und Maria-Anna wollten in die Kirche gehen. Ich saß mit meinem Spruchband wieder am gleichen Platz in der Fußgängerzone. Das gleiche Programm wie am letzten Tag. Zunächst passierte nicht viel. Meine Gedanken kreisten noch um unsere Begegnung mit Juana. Ich hätte sie gerne noch einmal wiedergesehen. Später kamen Achim und Thomas, die beiden, die ich am Tag zuvor kennengelernt hatte. Sie entschuldigten sich, dass sie am letzten Nachmittag nicht gekommen waren.

Kurz vor 16.00 Uhr kam ein Mann mit einer Krücke auf mich zu. Wir kamen ins Gespräch. Er hieß Georg und kannte auch die *Emmaus*-Gemeinschaft. Maria-Anna kam hinzu. Die beiden unterhielten sich über *Emmaus*-Dinge. Als er sich verabschiedete, gab er Maria-Anna seine Adresse. Er sagte, wir könnten diese Nacht bei ihm schlafen.

Unser letzter gemeinsamer Abend sollte gebührend gewürdigt werden. Deshalb begab ich mich auf meine Runde durch die Stadt, um anständig etwas zu Essen zu besorgen. Ich fragte im Naturkostladen, in Reformhäusern, bei Bäckern und Metzgern – mit Erfolg. Auch die Abfallcontainer der großen Lebensmittelmärkte waren recht ergiebig.

Unser Abschiedsessen – ein wahres Festmahl – nahmen wir wieder auf der Straße ein. Es war eine schöne Zeit mit Bruder Winfried und auch mit Maria-Anna – trotz der anfänglichen Eifersucht. Diese Eifersucht wich nach und nach einem immer größeren Vertrauen. In den letzten

Tagen unseres gemeinsamen Pilgerweges hatte ich auch Maria-Anna liebgewonnen. Ihr verdanke ich sehr viel. Ich konnte eine Menge von ihr lernen – vor allem die Demut, fremde Menschen um etwas zu bitten und die Stärke, zu den eigenen Schwächen und Ängsten zu stehen.

Nach dem Abendessen packten wir unsere Sachen zusammen und gingen zu der Adresse, die uns Georg genannt hatte. Es war weit außerhalb des Stadtzentrums. Lange suchten wir nach der Rodgauer Straße Nr. 20, wo Georg angeblich wohnte. Als wir sie schließlich fanden und dort klingelten, öffnete uns ein fremder Mann. „Georg S., nein den kenne ich nicht. Der hat hier auch nie gewohnt."

Wir fragten, ob wir auf der Wiese vor dem Haus schlafen dürfen. Die lag schön geschützt inmitten der Häuser. Dort durften wir schlafen. Das Gras auf der Wiese war schön weich.

Erkenntnis der gesamten Pilgerwoche: Wir wollten demnächst bald wieder gemeinsam pilgern.

Die nächste Pilgerreise

Die großen Leute verstehen nie etwas von selbst. Für die Kinder ist es zu mühsam, ihnen immer wieder alles erklären zu müssen. (Antoine de Saint-Exupéry)

Diese nächste Gelegenheit kam bald, nämlich im Oktober 2001. Unsere zweite gemeinsame Pilgerreise planten wir von Soest im Sauerland nach Dortmund. Beide Orte hatte ich nicht zufällig gewählt. In Soest war ich zu einer Herbstakademie des *Bundes für Umwelt und Naturschutz in Deutschland* eingeladen. Und in Dortmund war ich zum jährlichen europäischen Treffen der *Catholic Worker* eingeladen. Deshalb überredete ich Bruder Winfried und Maria-Anna, von Soest nach Dortmund zu pilgern.

Zur gleichen Zeit fand im fränkischen Kronach ein Treffen der Emmausgemeinschaft statt. An diesem Treffen wollten Bruder Winfried und Maria-Anna unbedingt teilnehmen. So entschloss ich mich kurzfristig, meine Teilnahme an der BUND-Herbstakademie abzusagen und nach Kronach zu reisen. Ich war neugierig auf die Leute von der *Emmaus*-Gemeinschaft.

Auch Alexandra hatte zugesagt. Es klang fast so, als meinte sie es dieses Mal ernst. Aber nach zwei Absagen war ich mir da nicht so sicher. Auf jeden Fall war ich gespannt, ob sie wirklich mitkommen würde. Falls ja, würde es für Maria-Anna keinen Grund zur Eifersucht mehr geben, dachte ich mir. Aber da hatte ich mich gründlich getäuscht.

3. Teil – Pilgerweg im Sauerland

Komm – es geht los!

Zu Beginn war unser Leben frei.
Wir waren den Wäldern, den Bergen, den Meeren ganz nah.
Heute leben wir in Städten:
Büromenschen, Fernsehgucker, Partygänger.
Manchmal sehnen wir uns zurück. (Werbung von Gore-Tex)

Endlich! Es geht los. Wie lange habe ich auf diesen Augenblick gewartet! Es ist noch dunkel. Ich marschiere los in Richtung Autobahnraststätte. Wahnsinn!!! – Dieses großartige Gefühl, wieder unterwegs zu sein – die große Freiheit lockt. Es zieht mich immer wieder hinaus ins Weite, in die Ferne, auf die Straße. Diese große weite Welt, sie liegt jetzt zu meinen Füßen. Die Autobahn A 24 Hamburg – Berlin verbindet mich mit der Ferne. Es ist still. Große ehrwürdige Eichen säumen die ausgestorbene Straße.

Eine halbe Stunde wandere ich durch die Dunkelheit. Dann sehe ich die Lichter der Raststätte.

Die Autobahnraststätte „Stolpe" ist noch verwaist. Normalerweise stelle ich mich mit einem Schild an der Tankstelle vor den Tankladen und frage die Autofahrer, ob sie mich mitnehmen wollen. Das ist besser, als sich an die Ausfahrt der Raststätte zu stellen und den Daumen herauszuhalten. Beim Tanken oder Einkaufen haben die Fahrer etwas Zeit, sich zu überlegen, ob sie mich mitnehmen wollen. Außerdem können sie mir nicht so einfach anonym entkommen, sondern sind gezwungen, mir zumindest zu antworten.

Nur gelegentlich hält ein Auto an der Raststätte. Doch zunächst will mich niemand mitnehmen, obwohl die meisten in Richtung Berlin fahren. Manche haben Angst, ich könne ja etwas Böses im Schilde führen, sie beklauen oder ausrauben. Es sind aber meistens nur Unwissenheit oder Vorurteile. Die Verblödungsmedien tragen ihren Teil dazu bei, die Angst vor Anhaltern zu schüren. In der Praxis gibt es laut Statistik so gut wie keine Straftaten von Trampern.

Nach einer guten halben Stunde, es ist inzwischen hell geworden, habe ich Glück. Ein junger Mann nimmt mich in seinem Auto bis zur Raststätte „Linumer Bruch" mit.

Die Autobahnraststätte „Linumer Bruch" befindet sich an der Autobahn A24, 40 km nördlich von Berlin. Ab hier beginnt die größte Herausforderung meiner Fahrt. Die meisten Fahrzeuge fahren nämlich von „Linumer Bruch" direkt nach Berlin bzw. in die Vororte von Berlin. Nur Wenige fahren über den westlichen Berliner Ring (A10) weiter in Richtung Süden. Für mich gilt es nun, einen dieser Wenigen zu finden, die nach Süden fahren.

Drei Stunden stehe ich mir hier die Hacken wund. Bald habe ich das Gefühl, eine Schallplatte verschluckt zu haben: „Fahren Sie in Richtung Hof?"

Und fast immer kommt die gleiche Antwort: „Nein, da fahre ich nicht hin." oder „Ich nehme niemanden mit."

Irgendwann fange ich an, diesen Platz zu hassen. Ich will einfach nur noch weg von hier.

Dann endlich kommt die Erlösung. Ein Mann etwa in einem Alter, mit einem Zwickauer Autokennzeichen, erklärt sich bereit, mich bis zur Raststätte „Osterfeld" mitzunehmen. Die Raststätte „Osterfeld" befindet sich an der Autobahn A9 Berlin – München, südlich von Naumburg. Endlich weg von hier! Wenn ich erst einmal auf der A9 bin, geht es auch wieder einfacher.

„Man sieht ja kaum noch Tramper heutzutage", beginnt er das Gespräch als Einleitung, „Früher, zu DDR-Zeiten, da bin ich auch oft getrampt."

„Ja, das stimmt. Vielleicht geht es den Leuten heute zu gut. Ich bin auch schon zu DDR-Zeiten per Anhalter gefahren. Jetzt trampe ich, weil ich ohne Geld lebe."

„Was, du lebst ohne Geld? Wie geht das denn?"

„Ich lebe in einer Gemeinschaft auf dem Land, im Haus der Gastfreundschaft in Dargelütz bei Parchim, einem Gemeinschaftsprojekt der Gemeinschaft der „Schenker". Wir haben ein altes verfallenes Haus zur kostenlosen Nutzung überlassen bekommen. Strom gibt es dort nicht. Unser Wasser kommt aus der Regentonne, unser Essen kommt aus dem Container, und wir heizen mit Holz aus dem Sperrmüll."

„Aber was machst du, wenn du mal krank wirst? Wenn du kein Geld hast, hast du doch auch keine Krankenversicherung?"

„Wir versuchen, möglichst gesund zu leben. Für den Fall, dass wir trotzdem doch mal krank werden, kennen wir befreundete Ärzte. Die würden uns im Notfall geschenkt behandeln."

„Klingt spannend. Ehrlich gesagt, ich könnte so nicht leben – mit Essen aus dem Müll, ohne Geld, ohne Strom und ohne fließendes Wasser. Und warum machst du das?"

„Vor ein paar Jahren habe ich noch ganz normal bürgerlich gelebt. Ich war Elektroingenieur. Aber ich sah in solch einem Leben keinen Sinn mehr, ich wollte etwas anderes als fremdbestimmt arbeiten und konsumieren. Jetzt habe ich Verantwortung – für mich, für unsere Gäste und für unsere Welt. In unserem Haus der Gastfreundschaft beherbergen wir bedürftige und schwierige Menschen. Jeder ist willkommen. Es gibt keine Bedingungen."

„Zu solch einem Leben gehört sehr viel Idealismus. Gehörst du zu irgendeiner Glaubensgemeinschaft?"

„Ja, ich bin evangelisch getauft und konfirmiert. Aber ich bin auch offen für andere Weltanschauungen."
„Ich bin auch Elektroingenieur wie du und ich bin auch Christ. Ach, übrigens, ich heiße Dirk."

„Und ich heiße Frieden."

„Frieden? Bist du so getauft worden oder nennst du dich   selbst   so?"
„Ich nenne mich so. Mit bürgerlichem Namen heiße ich Edgar."

Wir halten an der Raststätte Osterfeld. Zum Abschied will mir Dirk Essen und Geld schenken. Das Essen nehme ich gerne, das Geld lehne ich dankend ab.

Mittlerweile ist es Nachmittag geworden. Ein älterer Mann aus Würzburg, der mit seinem Hund unterwegs ist, lädt mich ein, bis zur Ausfahrt Hof in Franken mitzufahren. Heute ist Freitag – Wochenendverkehr. Endlose Autoschlangen wälzen sich in Richtung Süden. An einer Baustelle stehen wir im Stau.

Am späten Nachmittag erreichen wir die Ausfahrt Hof. Ich steige aus. Die Straße von der Autobahnausfahrt Hof nach Kronach ist eine Schnellstraße. Nirgendwo kann man hier gefahrlos anhalten. Das bedeutet für mich: vier Kilometer laufen bis zur nächsten Stadt. Ich laufe am Straßenrand entlang. Dicht neben mir rasen die Autos vorbei. Mein Rucksack drückt, und ich habe Hunger und Durst. Aber ich möchte noch vor Einbruch der Dunkelheit in Kronach ankommen. Im Dunkeln hätte ich kaum noch eine Chance, mitgenommen zu werden.

In der nächsten Stadt zeigt mir ein freundlicher älterer Herr eine gute Stelle, wo ich mich mit meinem Schild „Kronach" hinstellen kann. Hier stehe ich eine ganze Weile. Die Autos fahren an mir vorbei, viele mit einem Kennzeichen, welches mit „KC" für Kronach anfängt. Die Zeit wird langsam knapp.

Endlich hält eine Frau an. Sie nimmt mich bis Naila mit und setzt mich an einem Platz raus, wo man gut anhalten kann. Ich brauche nicht lange warten. Ein junger Mann hält an. Er fährt mich direkt bis zum katholischen Kindergarten in Kronach. Hier soll das *Emmaus*-Treffen stattfinden.

Es ist jetzt 19.00 Uhr. Gleich wird es dunkel. An der Tür hängt ein Schild: „Emmaus – herzlich willkommen". Bruder Winfried und Maria-Anna begrüßen mich. Wir sind glücklich, uns wiederzusehen. Bruder Winfried macht mich mit seinen Freunden Bruder Michael aus Kronach und Erich aus Würzburg bekannt. Der Bruder Michael aus Kronach hat das Treffen organisiert und für das Essen gesorgt.

Nach dem gemeinsamen Abendessen besuchen wir den Anbetungsgottesdienst in der Kapelle nebenan. Die meisten Besucher kommen von der Gemeinde der *Charismatischen Erneuerung* der katholischen Kirche. Das ist eine Strömung innerhalb der katholischen Kirche, in der die Theologie der Auferstehung und der Herrlichkeit gepredigt wird. Im Mittelpunkt des Gottesdienstes stehen das Gebet, der Lobpreis Gottes und das Wirken des Heiligen Geistes. Es wird oft spontan, laut und frei gebetet. Manche Gottesdienstteilnehmer beten mit erhobenen Händen. Deshalb dauert dieser Gottesdienst auch zwei Stunden.

In allen Liedern, die wir singen, wird Gott gepriesen – genauso wie bei den persönlichen Gebeten. Das kommt mir alles sehr übertrieben und oberflächlich vor – mehr wie eine Show als wie ein Gottesdienst. Mir fehlen hier die

Tiefe, die Stille und echte Spiritualität. Bruder Winfried und Maria-Anna geht es ähnlich. Sie verlassen nach einer knappen Stunde die Kapelle, weil sie es nicht mehr ertragen können. Ich halte bis zum Ende durch.

Erwartungen

Jeder baut sich sein eigenes Gefängnis

Alexandra hat sich für den Sonnabendnachmittag angekündigt. Ich bin angespannt, kann es kaum erwarten, sie zu sehen. Bei unserem letzten Telefongespräch habe ich gespürt, dass wir beiden uns mehr als nur sympathisch sind.

Gegen Mittag laufe ich zum Bahnhof und versuche herauszufinden, mit welchem Zug sie ankommen könnte. Gespannt warte ich auf den ersten möglichen Zug, mit welchem sie nach meinen Vermutungen ankommen könnte. Es sind nur Vermutungen, denn genauso gut könnte sie auch mit einem anderen, späteren Zug ankommen.

Der Zug fährt ein. Meine innere Spannung steigt. Mein Puls rast und mein Herz zerspringt fast. Alle Fahrgäste sind ausgestiegen, und keine Alexandra steht auf dem Bahnsteig. Zu früh gefreut. Ich bin enttäuscht. Sollte sie dieses Mal wieder nicht kommen? Aber es kommen ja noch mehrere Züge nach Kronach, mit denen sie auch fahren könnte. Noch ist nichts verloren.

Auch mit dem nächsten Zug kommt sie nicht. Niedergeschlagen gehe ich in die Stadt zurück. Um mich abzulenken, widme ich mich meinem „Hobby". Ich schaue in den Abfallbehältern der Lebensmittelmärkte nach, ob sich da etwas Brauchbares finden lässt. Das Einzige, was ich finde, sind ein paar Kerzen. Aber immerhin – besser als nichts. Ich packe die Kerzen ein und nehme sie mit in den Kindergarten. Was ich zu diesem Zeitpunkt noch nicht wissen konnte: Diese Kerzen sollen uns später noch sehr wichtige Dienste leisten.

„Vielleicht ist Alexandra inzwischen angekommen und ist schon im katholischen Kindergarten", denke ich mir. Doch sie ist nicht da. Ich werde immer unruhiger. Noch ist Zeit, bis zum Abend ist noch Zeit. Die Hoffnung stirbt zuletzt. „How I wish, how I wish you were here" – dieses Lied von Pink Floyd geht mir durch den Kopf. „Und wenn sie nun wieder nicht kommt? Beim letzten Mal hat es auch nicht geklappt", durchzuckt es mich. Ich male mir meine Enttäuschung aus. Erwartungen sind dazu da, um enttäuscht zu werden. Wie würde sich mein Pilgerweg ohne Alexandra anfühlen? Würde meine Enttäuschung dann nicht meine Stimmung für lange Zeit versauen? Habe ich zu viel erwartet? War ich zu egoistisch?

Beim *Emmaus*-Treffen setzen wir uns zu einer persönlichen Runde zusammen. Jeder kann über seine persönlichen Gedanken und Gefühle sprechen. Ich schweige. Maria-Anna setzt sich spontan neben Bruder Winfried. Der nimmt ihre Hand. Das gefällt mir und macht mir irgendwie Mut.

Ich versuche, loszulassen und mich frei von den Gedanken an Alexandra zu machen. Ändern kann ich es ja doch nicht. Loslassen hat schon oft geholfen. Also gehe ich in mein Zimmer und beginne, einen Brief zu schreiben.

Es klingelt. Bruder Winfried öffnet. Ich höre schon von weitem an der Stimme, wer gekommen ist und stürze zur Tür. Tatsächlich, sie ist da. Juhu!!! Wir fliegen uns in die Arme, wir sind beide so glücklich, uns wiederzusehen. Nach so langer Zeit und mehreren vergeblichen Versuchen hat es endlich geklappt! Die Welt ist wieder in Ordnung!

Wir setzen uns in die Küche. Alexandra stürzt sich auf den Kuchen, der dort steht. Sie strahlt so eine Freude und einen Optimismus aus, die anstecken. Alexandra ist wach für die Kostbarkeiten jedes Augenblicks, kann kindlich staunen und empfindet das Leben als Geschenk. Sie vermittelt mir den Eindruck, dass von allem Schönen und Guten genug da ist, und dass alles möglich ist.

Wir sitzen nebeneinander auf der Durchreiche der Küche. Alexandra erzählt mir von ihrer bevorstehenden Scheidung. Nach Ansicht der katholischen Kirche ist eine Scheidung eigentlich nicht möglich. Aber es gibt einen Trick: Man kann unter bestimmten Umständen darum bitten, die Ehe annullieren zu lassen. Aber das ist nicht so einfach wie eine konventionelle Scheidung. Sie braucht diese Auszeit auch, um den Kopf freizubekommen von dem ganzen belastenden Scheidungskram.

Bis übernächsten Dienstag hat Alexandra Urlaub. Wir haben also mehr als eine Woche zusammen Zeit.

Da ist es wieder, dieses komische flaue Gefühl im Magen, so als ob mir gleich schlecht wird – ein untrügliches Zeichen dafür, dass ich mich verliebt habe. Wie soll ich es ihr zeigen? Soll ich es ihr sagen? Vielleicht merkt sie es ja auch so. Frauen haben einen siebten Sinn für solche Sachen.

Alexandra schenkt mir eine Rose. Die Rose – ein Symbol der Liebe. Sie sagt, sie hat sie im Zug gefunden. Ich glaube, das ist kein Zufall. Auch wenn sie beteuert, dass sie diese Rose zufällig im Zug gefunden hat, glaube ich das nicht. Es ist kein Zufall, wenn sie mir diese Rose schenkt.

Bruder Winfried schlägt vor, dass Alexandra und ich ein *Taizé*-Gebet als Abendgebet vorbereiten. Das tun wir. Ich bin glücklich, eine Weile mit ihr allein sein zu können und etwas mit ihr zusammen zu machen. Alexandra sagt: „Frieden, weißt du, ich kann es nicht mehr hören, wenn in der katholischen Kirche ständig davon gesprochen wird, wie schlecht und sündig wir sind: „Heilige Maria, Mutter Gottes, bete für uns Sünder, jetzt und in der Stunde unseres Todes." Anstatt sich mit Sünder zu identifizieren, sollten wir uns dessen bewusst werden, dass wir Kinder Gottes sind. Dass wir Ihn in uns tragen, dass Er in unserem Herzen sein Zuhause hat; und wenn wir Schlechtes getan haben, dann nimmt er uns trotzdem, so wie wir sind, an. Und zwar, ich finde, es ist gerade Sünde gegen uns selbst, dieses Ebenbild zu verleugnen. Würde man sich das einmal bewusst machen, so hätte man nicht mehr so eine große Neigung zum Bösen. Es ist höchste Zeit, Licht in diese Höhle zu bringen, die so lange ins Dunkel getaucht war; und so würde die Dunkelheit verschwinden, als wäre sie nie dagewesen. Das „in der

Stunde unseres Todes" finde ich total berechenbar. Abgesehen davon haben wir ja das ewige Leben. Wenn wir also einmal unseren kränklichen Körper verlieren, dann wird das kein Tod sein, sondern die Befreiung von dem Körper, der uns einengt."

„Ja, da stimme ich dir zu. Ich halte es aber auch für gefährlich, den Schmerz verdrängen zu wollen. Kreuz und Auferstehung gehören zusammen", entgegne ich. Wer den Schmerz, das Unangenehme verleugnet, verdrängt ihn in den Schatten. Nach Carl Gustav Jung ist der Schatten das gesamte Unbewusste. Er ist das Wesen, das wir lieber nicht wären, letztendlich aber doch werden müssen, um zur Ganzheit zu gelangen.

Wir wollen die *Emmaus*-Leute ein wenig provozieren. Deshalb suchen wir Texte und Bibelstellen zum Vorlesen für das Taizé-Gebet heraus, die deren Ansichten etwas in Frage stellen. Nach den ersten Liedern beim Taizé-Gebet liest Alexandra den Text, den sie vorgeschlagen hat:

„Komm,
wir wollen die Zeit anhalten,
hier und jetzt sein.
Von Moment zu Moment
die Dichte des Lebens zu spüren,
Vergangenheit und Zukunft wie Ballast abstoßen
und die Gegenwart packen
wie einen auf die Erde gefallenen Himmel.
Wir haben nichts als diesen Moment.
Alles Leben und Lieben

muss jetzt geschehen."

Das passt gut zu unserem bevorstehenden gemeinsamen Pilgerweg, und es passt gut zu ihrer Philosophie. Ich lese die Bibelstelle „Vom Beten – Das Vaterunser" (Matthäusevangelium, Kapitel 6.1 – 13) vor. Es ist eine Anspielung auf die vielen langen Gebete und auf den gestrigen Anbetungsgottesdienst:

„Und wenn du betest, sollst du nicht sein wie die Heuchler, die da gern stehen und beten in den Schulen und an den Ecken auf den Gassen, auf dass sie von den Leuten gesehen werden. Wahrlich, ich sage euch: Sie haben ihren Lohn dahin. Wenn du betest, so gehe in dein Kämmerlein und schließ die Tür zu und bete zu deinem Vater im Verborgenen; und dein Vater, der in das Verborgene sieht, wird dir's vergelten öffentlich. Und wenn ihr betet, sollt ihr nicht viel plappern wie die Heiden, denn sie meinen, sie werden erhört, wenn sie viel Worte machen. Darum sollt ihr euch ihnen nicht gleichstellen. Euer Vater weiß, was ihr bedürft, ehe ihr ihn bittet…"

Nachdem die Letzten die Kapelle verlassen haben, sitzen wir beiden noch lange zusammen und singen spontan.

Eifersucht

In uns ist viel Land, wozu es keine Karte gibt.

Es ist Sonntag, ein für den Monat Oktober ungewöhnlich warmer und sonniger Tag. Alexandra verbringt viel Zeit mit den anderen *Emmaus*-Leuten. „Das ist ja auch verständlich", versuche ich mir einzureden. „Mich hat sie ja noch längere Zeit. Die anderen sieht sie wohl nicht so schnell wieder, wenn überhaupt."

Trotzdem bin ich traurig, dass Alexandra mich scheinbar ignoriert. Hat sie gemerkt, dass ich mich in sie verliebt habe, und zeigt mir jetzt die kalte Schulter?

Nach der Heiligen Messe ist das *Emmaus*-Treffen auch schon wieder fast vorbei. Bevor wir uns verabschieden, setzen wir uns noch zu einer Abschlussrunde zusammen. Wie schon gestern bei der persönlichen Runde, kann jeder darüber sprechen, wie es ihm geht.

Bei dem *Emmaus*-Treffen an diesem Wochenende war ich zwar körperlich anwesend, aber geistig weit entfernt. Jede Form von Beisammensein in größeren Gruppen ist für mich sehr anstrengend. Einerseits möchte ich mich dann gern zurückziehen, aber andererseits will ich auch nichts verpassen. Also halte ich mein Unwohlsein aus und vergewaltige mich damit selbst. Die Anwesenheit der Gruppe stört mich. Ich bin eifersüchtig auf die Anderen. Am liebsten möchte ich mit Alexandra allein sein.

Während der Abschlussrunde sitzt Alexandra weit entfernt von mir. Sie kümmert sich nicht mehr um mich und sieht mich nicht einmal mehr an. Mir geht es schlecht.

Maria-Anna geht es auch nicht gut. Sie sagt: „Ich fühle mich einsam. Ich brauche Liebe, Wärme und Zärtlichkeit. Ich brauche jemanden, der mich in die Arme nimmt und streichelt, und ich möchte, dass dieser Jemand Bruder Winfried ist."

Wie schon bei unserer ersten gemeinsamen Pilgerreise bewundere ich Maria-Anna dafür, dass sie ihre Gefühle hier in der Runde vor den Anderen preisgibt. Mir geht es ja jetzt ähnlich wie ihr. Nur traue ich mich nicht, so offen über mein Innenleben zu sprechen. Als ich an der Reihe bin, sage ich: „Ich bewundere Maria-Anna für ihre Offenheit. In einer großen Gruppe wie dieser hier fühle ich mich einsam und allein. Dann bin ich scheu wie ein Reh und ziehe mich zurück. Auch ich habe ein großes Bedürfnis nach Liebe, Wärme und Zärtlichkeit, nach jemand, der mich in die Arme nimmt."

Bruder Winfried bietet mir an, sich neben mich zu setzen. Aus falscher Schüchternheit habe ich verschwiegen, dass ich mir in Wirklichkeit wünsche, dass Alexandra mich in die Arme nimmt. Während unserer letzten gemeinsamen Pilgerreise durch den Vogelsbergkreis hat es mich noch genervt, dass Maria-Anna bei jeder Gelegenheit eifersüchtig auf mich war. Jetzt, wo es mir ähnlich geht, beginne ich, sie zu verstehen und mit ihr zu fühlen. Wir beiden sind Geschwister im Leiden. Beide lieben wir jemanden und können diese Liebe nicht leben. Beide sind wir eifersüchtig auf alle und alles, was sich vermeintlich zwischen uns und unsere/n Geliebte/n stellt.

Unter diesen ungünstigen Bedingungen beginnt nun unsere eigentliche Pilgerreise. Wir wollen von Kronach mit dem „Schönes Wochenende"-Angebot der Deutschen Bahn nach Soest im Sauerland fahren. Von dort soll es dann zu Fuß weitergehen. Für diejenigen, die selten mit der Bahn fahren: Das Angebot „Schönes Wochenende" ist eine Fahrkarte, mit welcher bis zu fünf Personen einen ganzen Tag lang mit allen Regionalzügen innerhalb Deutschlands unbegrenzt weit fahren können. Wir gehen zum Bahnhof. Bruder Winfried kauft die Fahrkarte für uns vier. Alexandra bezahlt die 10 DM für meinen Anteil an der Fahrkarte. Zumindest sind jetzt schon einmal die anderen Leute vom Emmaus-Treffen weg, und ich bin mit Alexandra, Maria-Anna und Bruder Winfried allein.

Laut Fahrplan werden wir bis zum späten Abend, also einen halben Tag, unterwegs sein. Wir müssen in Saalfeld, Erfurt, Göttingen, Ottbergen und Altenbeken umsteigen. Bis Erfurt sitzen wir vier zusammen an einem Tisch. Zunächst passiert nicht viel, die Situation entspannt sich ein wenig.

Der Regionalexpress von Erfurt nach Göttingen ist sehr voll – Sonntagnachmittag. Wir müssen uns im Wagen verteilen, damit jeder einen Platz findet. Ich sitze bei fremden Leuten an einem Tisch, Alexandra sitzt am Tisch auf der anderen Seite des Ganges, mir schräg gegenüber.

Zwei Stationen später wird ein Platz gegenüber Alexandra frei. Bruder Winfried setzt sich dort hin. Die beiden diskutieren über ihre teilweise gegensätzlichen Ansichten zum Thema Religion und Spiritualität. Beim Reden rückt Alexandra sehr dicht an Bruder Winfrieds Gesicht heran – zu nah nach meinem Verständnis und auch zu nah nach Bruder Winfrieds Verständnis. Es tut mir weh, wenn sie so engen Kontakt zu ihm hat. Auch Bruder Winfried fühlt sich dabei nicht wohl. Er distanziert sich und fährt Alexandra scharf an: „Alexandra, ich mag das nicht, wenn du so dicht an mich herankommst. Wir beide kennen uns noch nicht. Außerdem fühle ich mich bedrängt."

Auch Maria-Anna hat mitbekommen, was gerade passiert ist. Sie sagt zu Alexandra: „Ich mag das nicht, wenn du mit Bruder Winfried flirtest" und fängt an zu weinen.

„Ich habe einfach eine direkte Körpersprache. Außerdem würde ich nie wagen, mit einem Mönch zu flirten", versucht Alexandra sich zu rechtfertigen.

Insgeheim bin ich erleichtert, dass sich sowohl Bruder Winfried als auch Maria-Anna dagegen wehren, wenn Alexandra versucht, mit Bruder Winfried zu flirten. Denn für mich sah das nach einem Flirt aus. Wie der Leser mitbekommen hat, sind wir vier Pilger alle keine Heiligen, sondern Menschen aus Fleisch und Blut, die viele Fehler und Schwächen haben. Hier an diesem Eifersuchtsdrama zeigt sich meine Armut, zeigt sich unsere Armut.

Um den Frieden wiederherzustellen, setzt sich Bruder Winfried zu Maria-Anna. Erleichtert setze ich mich zu

Alexandra und gestehe ihr endlich: „Auch ich war eben sehr eifersüchtig. Du kannst dir denken, warum."

Mir fallen Parallelen zu einer unglücklichen Liebesgeschichte aus meiner Vergangenheit ein. Ich erzähle sie Alexandra: „Vor ein paar Jahren, als ich noch kein Aussteiger war, hatte ich eine ähnliche Situation wie jetzt. Im Winter 1998 wollte ich nach Thailand in den Urlaub fliegen – nicht als Sextourist, sondern um Land und Leute kennenzulernen. Doch es kam alles anders als geplant. Um Geld zu sparen, buchte ich den billigsten Flug, den es gab, mit Balkan Airlines, einer Fluglinie mit schlechtem Ruf. Dieser schlechte Ruf erfüllte sich. Unser Hinflug von Berlin nach Bangkok war um einen halben Tag verspätet. Beim Warten auf dem Flughafen Berlin-Schönefeld lernte ich eine Frau in meinem Alter kennen, die ebenfalls allein nach Thailand fliegen wollte. Sie hieß Inge und hatte einiges mit dir gemeinsam. Inge war auch sehr offen, direkt, lebensfroh und charmant. Ich merkte sofort, dass sie anders als die meisten Menschen war. Sofort verliebte ich mich in Inge. Bei mir geht so etwas sehr schnell und ist dann auch sehr intensiv. Am Anfang habe ich mir nicht getraut, es ihr zu sagen. Aber sie wusste sofort Bescheid, was los war – ähnlich wie bei dir jetzt. Inge schlug mir vor, dass wir gemeinsam den Urlaub in Thailand verbringen, was mir natürlich Hoffnung auf eine gemeinsame Liebesbeziehung machte. Aber da hatte ich mich gründlich getäuscht. Sie hatte einen Freund in Thailand. Nur deshalb flog sie dorthin. Mich hatte sie nur ausgenutzt, was ich leider erst am Schluss meiner Reise merkte. Die ersten Tage bis zu unserer verspäteten Ankunft in Bangkok waren für mich unerträglich. Inge flirtete mit einigen Männern, die uns während der Flugreise begegneten. Und ich bin vor Eifersucht fast gestorben, ähnlich wie jetzt. In Bangkok, als die anderen Männer weg waren, dachte ich: „Jetzt sind wir endlich allein." Die erste Nacht schliefen wir im gleichen Bett. Inge lag halbnackt neben mir. Obwohl ich die letzten 36 Stunden nicht geschlafen hatte, bekam ich kein Auge zu. Aber ich rührte sie nicht an. Zu diesem Zeitpunkt wusste ich bereits, dass sie einen Freund in Thailand hat. Am nächsten Morgen gestand ich ihr, dass ich sie liebe. Sie entgegnete kühl: „Das habe ich gleich gemerkt. Aber das geht nicht. Finde ich aber gut, dass du es mir gesagt hast." Die nächsten zwei Wochen verbrachten wir zusammen. Inge wollte nichts von mir und traf sich nachts mit ihrem Freund. Trotzdem fand sie es ganz nett, wenn ich in ihrer Nähe war. Und ich Idiot konnte einfach nicht loslassen. Damit habe ich mir eigentlich den ganzen Urlaub verdorben. Dabei wäre es doch ganz einfach gewesen. Gleich am zweiten Tag hätte ich zu ihr gesagt: „Mach's gut. Ich bin dann mal weg." - wäre weitergezogen und hätte noch schöne 19 Tage in Thailand gehabt."

„Frieden", unterbricht mich Alexandra, „kann das sein, dass du in mich verliebt bist?"

Sie hat also die Anspielung mit meiner Thailand-Geschichte verstanden.

„Ja", gestehe ich, „das kann sein."

„Frieden, ich fühle mich innerlich stark mit dir verbunden. Aber äußerlich trennt uns vieles."

„Das verstehe ich nicht."

„Weißt du, ich habe das schon gestern gemerkt, wie du mich angeschaut hast. Deshalb habe ich dich heute den ganzen Tag ignoriert. Frieden – wir leben in zwei verschiedenen Welten. Du lebst in deiner Gemeinschaft – ohne Geld. Ich schätze das, was du machst und wie du lebst, total. Aber ich lebe in der bürgerlichen Gesellschaft. Ich bin jetzt 30 Jahre alt. Ich habe nicht mehr viel Zeit, eine Familie zu gründen und Kinder zu bekommen. Und ich möchte meinen Kindern auch die Freiheit bieten, dass sie sich später das Leben aussuchen, was sie leben möchten. Das könnte ich nicht in eurer Gemeinschaft. Wenn ich jetzt eine Beziehung mit dir anfange, dann ist der Schmerz ganz groß, wenn wir uns hinterher wieder trennen. Und das möchte ich nicht. Das würde mir sehr weh tun, und ich möchte auch dir nicht weh tun. Deshalb ist es besser, wir fangen erst gar nichts an."

Sie nimmt meine Hand. Verzweifelt klammere ich mich an ihrer Hand fest und streichle sie.

„Weißt du, ich könnte mir auch eine kurze intensive Beziehung vorstellen, selbst wenn ich weiß, dass unserer Zeit begrenzt ist", erwidere ich.

„Nein, so was mache ich nicht. Entweder alles oder gar nichts, ist mein Lebensmotto."

Wir schweigen eine Weile.

„Frieden, wie wollen wir jetzt miteinander umgehen? Ich könnte dir die kalte Schulter zeigen. Das wäre vielleicht am besten. So würde viel unnötiger Schmerz vermieden. Weißt du, ich habe viele Gesichter. Ich kann eine freundliche, liebe und fröhliche Alexandra sein. Ich kann aber auch eine kalte, berechnende Alexandra sein. Und ich kann eine stille, zurückgezogene Alexandra sein. Weißt du, das Fröhliche, Freche und Lockere in mir ist nur ein Schutz. Früher war ich eher zurückhaltend und schüchtern. Auch ich kenne Traurigkeit, das Zurückgezogensein und die Tiefe. In dir erkenne ich diesen Teil von mir selbst wieder. Deshalb fühle ich mich auch so zu dir hingezogen."

„Ich möchte auch gern die traurige, zurückgezogene Alexandra kennenlernen – das Gesicht, das sich dahinter verbirgt."

„Dann wärst du enttäuscht. Früher war ich sehr langweilig. Ich würde nur stumm dasitzen und nichts sagen."

Ich muss daran denken, wie Maria-Anna sich spontan zu Bruder Winfried gesetzt und seine Hand genommen hat. „Weißt du, mir täte es schon gut, wenn wir Händchen halten, uns streicheln und umarmen."

„Denkst du nicht, dass es Maria-Anna weh tut, wenn sie sieht, dass wir Händchen halten, und sie kann das nicht mit Bruder Winfried tun?"

„Sie kann das doch auch mit Bruder Winfried tun. Außerdem wüsste sie dann wenigstens, dass sie vor dir keine Angst haben muss wegen Bruder Winfried."

Unser Zug fährt in Göttingen ein. Bruder Winfried möchte, dass wir jetzt hier gemeinsam beten. Wir setzen uns am äußersten Ende auf den Bahnsteig. Zunächst schweigen wir eine Weile, umzingelt von Zügen. Es ist ein seltsames Bild: vier Menschen sitzen auf einem Bahnsteig und beten, während die Züge an uns vorbeifahren und die Reisenden an uns vorbeilaufen. Bruder Winfried bittet Gott um Seinen Segen, und dass wir es lernen miteinander umzugehen, ohne einander zu verletzen. Maria-Anna fängt an zu weinen. Die Situation ist wieder brenzlig. In wenigen Minuten fährt unser Anschlusszug nach Ottbergen ab. Der nächste Zug würde erst in zwei Stunden abfahren. Bruder Winfried sagt: „Ich bin dafür, dass wir uns jetzt hier sofort aussprechen. Sonst können wir nicht zusammen pilgern. Auch auf die Gefahr hin, dass wir unseren Anschlusszug verpassen." Ich entgegne: „Wir können uns doch auch im Zug oder auf dem nächsten Bahnhof aussprechen. Das müssen wir doch nicht unbedingt hier tun."

Maria-Anna und Alexandra sind auch dafür, weiterzufahren und im Zug oder auf dem nächsten Bahnhof zu reden. Ein Glück!

Wir fahren weiter. In der Regionalbahn nach Ottbergen sitze ich neben Bruder Winfried. Ich gestehe ihm, dass ich Alexandra liebe und dass auch ich eifersüchtig bin, wenn Alexandra mit ihm flirtet. Er freut sich über meine Offenheit und nimmt mich in die Arme. „Ich bin mir nicht sicher, ob wir vier es zusammen aushalten. Vielleicht sollten wir uns trennen. Ich komme mit Alexandras Art und Weise nicht klar", sagt er zu mir.

„Wir sollten es doch wenigstens miteinander versuchen. Beim letzten Pilgerweg im Vogelsbergkreis gab es am Anfang auch scheinbar unüberwindbare Schwierigkeiten. Doch wir haben sie gelöst. Am Ende waren wir froh, dass wir diesen Weg zusammen gegangen sind", entgegne ich.

Ich setze mich wieder zu Alexandra. Auch sie möchte eine gemeinsame Aussprache: „Weißt du Frieden, ich wusste nicht, dass Bruder Winfried und Maria-Anna so schwierig sind. Es ist höchst unangenehm. Ich habe kein Bedürfnis, mich mit so einem Verhalten auseinanderzusetzen. Zwischen uns Vieren muss Harmonie sein. Wenn nicht, ist es besser, ich fahre zurück. Auf dem nächsten Bahnhof müssen wir alle miteinander reden."

Das wäre das Schlimmste, was mir passieren könnte, wenn Alexandra jetzt wegen Bruder Winfried und wegen der Stimmung nach Hause fahren würde. Ich bin entschlossen, für unseren gemeinsamen Pilgerweg zu kämpfen. „Du darfst nicht so schnell aufgeben", sage ich. „Beim letzten Pilgerweg hatten wir am Anfang ähnliche Probleme, und wir haben sie gelöst. Das wäre doch nur eine feige Flucht, wenn du jetzt vor den Problemen davonläufst. Konflikte sind dazu da, um ausgetragen zu werden."

„Du hast recht. Wir schaffen das schon. Du wirst sehen, ich werde Maria-Anna überzeugen, dass sie keine Angst vor mir zu haben braucht. Und den Bruder Winfried, den wickle ich mir schon um den Finger."

Das kommt mir ein wenig zu selbstbewusst und optimistisch vor. Aber wir werden sehen, vielleicht schafft sie es ja, die beiden zu überzeugen.

Mittlerweile ist es dunkel geworden. In Ottbergen haben wir nur fünf Minuten Zeit zum Umsteigen. Deshalb verschieben wir unsere gemeinsame Aussprache auf den nächsten Bahnhof, Altenbeken.

Auch im nächsten Zug sitze ich mit Alexandra zusammen. Wenn ich an meine Begegnung mit Alexandra denke, kommt mir der „Steppenwolf" von Hermann Hesse in den Sinn – eines meiner Lieblingsbücher. Alexandra kennt das Buch nicht. Ich erzähle ihr aus dessen Inhalt:

„Der Steppenwolf ging auf zwei Beinen, trug Kleider und war ein Mensch. Aber eigentlich war er doch ein Steppenwolf. Er war klug, tiefsinnig und hatte eine überdurchschnittliche Allgemeinbildung. Aber er war mit sich und mit seinem Leben unzufrieden. Weil er glaubte, eigentlich kein Mensch, sondern ein Wolf zu sein. Der Steppenwolf hatte zwei Naturen – eine menschliche und eine wölfische. Beide lagen in ständiger Todfeindschaft gegeneinander. Er lebte in seinem Gefühl bald als Wolf, bald als Mensch. Zum Beispiel, wenn er als Mensch einen schönen Gedanken hatte, eine feine, edle Empfindung fühlte oder eine sogenannte gute Tat verrichtete, bleckte der Wolf in ihm die Zähne und lachte und zeigte ihm mit blutigem Hohn, wie lächerlich dieses ganze edle Theater einem Wolf zu Gesicht stehe. Einem Wolf behage es eben mehr, einsam durch Steppen zu traben, zuzeiten Blut zu saufen oder eine Wölfin zu jagen. Vom Wolf aus gesehen wurde dann jede menschliche Handlung schauerlich komisch und verlogen, dumm und eitel. Aber auch, wenn er sich als Wolf fühlte und benahm, wenn er anderen die Zähne zeigte, wenn er Hass und Todfeindschaft gegen alle Menschen und ihre verlogenen und entarteten Sitten führte. Dann lag der Menschenteil in ihm auf der Lauer, beobachtete den Wolf, nannte ihn Vieh und Bestie und verdarb und vergällte ihm alle Freude an seinem einfachen, gesunden und wilden Wolfswesen. Der Steppenwolf war die meiste Zeit sehr unglücklich. Die seltenen Stunden seines Glücks waren immer viel zu kurz – dann aber sehr intensiv. Die meisten Menschen, die ihn liebten, sahen in ihm nur die eine Seite. Manche lieben ihn als einen feinen, klugen und eigenartigen Menschen und wären dann entsetzt und enttäuscht, wenn sie plötzlich den Wolf in ihm entdecken mussten. Das mussten sie, denn der Steppenwolf wollte als Ganzes geliebt werden und konnte und wollte denen, an deren Liebe ihm viel gelegen war, den Wolf nicht verbergen oder weglügen. Es gab auch andere, die gerade den Wolf in ihm liebten – gerade das Freie, Wilde, Unbezähmbare, Gefährliche und Starke. Diese Menschen waren dann wieder enttäuscht, wenn plötzlich der wilde, böse Wolf auch noch Sehnsucht nach Güte, Schönheit und Zartheit in sich hatte, Musik hören, Bücher lesen und Menschheitsideale haben wollte.

Nur in den seltenen Glücksstunden des Steppenwolfes schlossen Mensch und Wolf in ihm Frieden, stärkten sich einander. In diesen wenigen Stunden sog das kurze, aber starke Glück alles Leid auf. Diese Stunden waren es, für die der Steppenwolf lebte.

Je freier der Steppenwolf wurde, umso mehr merkte er, dass er allein dastand, dass ihn die Welt auf eine unheimliche Weise in Ruhe ließ, dass er langsam in seiner Vereinsamung erstickte. Dabei war er den Menschen nicht etwa verhasst – nein, er hatte viele Freunde. Viele hatten ihn gern. Aber niemand war bereit, sein Leben zu teilen. Es umgab ihn jetzt die Luft des Einsamen, eine stille Atmosphäre, eine Unfähigkeit zu Beziehungen.

In der Mitte des Romans lernt der Steppenwolf in einem Tanzcafé eine Frau kennen, die ihn versteht. Sie lehrt ihn zu leben und zu lachen und zeigt ihm die schönen Dinge des Lebens.

Die Geschichte vom Steppenwolf ist meine Geschichte. Ich bin ein Steppenwolf.

Doch Steppenwölfe können auch kämpfen, härter, leidenschaftlicher und ausdauernder als andere, wenn es sein muss, bis zum Tod. Und ich werde dafür kämpfen, dass wir zusammenbleiben."

„Das ist eine spannende Geschichte. Frieden, weißt du was: auch ich habe etwas Wölfisches in mir. Wenn du ein Wolf bist, dann bin ich eine Wölfin."

Im Bahnhof Altenbeken sprechen wir uns aus. Bruder Winfried und Maria-Anna haben Probleme mit Alexandras direkter, sehr nahen, überfallenden Art. Maria-Anna ist weiterhin der Meinung, dass Alexandra mit Bruder Winfried flirtet. Alexandra versucht, ihr diese Angst zu nehmen. Aber sie erreicht genau das Gegenteil, weil sie pausenlos auf Maria-Anna einredet. Sie schreckt auch Bruder Winfried durch ihre Aufdringlichkeit eher ab. Die Situation droht erneut zu eskalieren.

Alexandra nimmt mich in den Arm und geht mit mir auf die andere Seite des Bahnhofs. „Du Frieden, ich halte das nicht aus. Ich fahre nach Hause."

Am Fahrkartenautomaten druckt sie sich die nächste mögliche Zugverbindung nach Stuttgart aus. Ich bin entsetzt. Soll das nun schon alles gewesen sein? War alles umsonst? Ist unsere gemeinsame Pilgerreise hier schon zu Ende? Ich kann und will mich einfach nicht damit abfinden. Verzweifelt versuche ich, zwischen den Dreien zu vermitteln. Als Kompromiss erreiche ich immerhin, dass wir wenigstens noch bis Soest weiter zusammenfahren.

Im Zug nach Soest setzt sich Alexandra zu Maria-Anna und versucht es noch einmal. Dieses Mal ist sie ruhiger und einfühlsamer. Maria-Anna schluchzt: „Ich fühle mich einsam und überflüssig. Keiner will mich, weil ich hässlich bin."

„Aber das stimmt doch überhaupt nicht. Du bist wunderschön."

Sie nimmt Maria-Anna in die Arme und küsst sie. Das Eis beginnt zu tauen. „So lieb ist noch nie eine Frau zu mir gewesen, wie du jetzt zu mir", sagt Maria-Anna erstaunt.

Sie lächelt sogar, das erste Mal seit wir zusammen unterwegs sind. So ganz langsam gewinnen die beiden Frauen Vertrauen zueinander.

In der Zwischenzeit rede ich mit Bruder Winfried. Es gelingt mir, ihn zu überzeugen, uns Vieren noch eine Chance zu geben. Trotz aller Widersprüche wollen wir es weiter miteinander versuchen.

Ich bin erleichtert. Das ging ja gerade nochmal gut. Es war ein Tanz auf der Klippe. Wenigstens gibt es jetzt ein wenig Aufschub und einen neuen Versuch.

Es ist schon spät am Abend, als wir in Soest ankommen. Die Kreisstadt Soest am Rande des Sauerlandes hat ca. 47.000 Einwohner. Trotz der Bombenangriffe im Zweiten Weltkrieg auf die Stadt gibt es einen historischen Stadtkern mit einigen gut erhaltenen Fachwerkhäusern. An der katholischen Kirche in Soest hatte sich Bruder Winfried mit Birgit aus Dortmund verabredet. Birgit ist eine Emmaus-Bekannte von Bruder Winfried. Sie wollte eventuell auch mit uns zusammen nach Dortmund pilgern. Aber das stand noch nicht fest.

Die Kirche ist verschlossen. Niemand ist zu sehen. So langsam müssen wir uns nach Schlafplätzen umsehen. Wir vier Pilger nachts um 22.00 Uhr in einer fremden Stadt ohne Zuhause. Normalerweise wäre ich jetzt sehr besorgt und unruhig. Doch zusammen mit Alexandra habe ich das Gefühl: „Uns kann gar nichts passieren. Alles wird sich ergeben."

Die nächsten Meinungsverschiedenheiten gibt es bei der Übernachtung. Alexandra und ich wollen lieber im Freien im Wald, in einem Park oder auf dem Friedhof schlafen. Maria-Anna und Bruder Winfried ist das zu gefährlich. Sie wollen lieber in einem Gebäude übernachten. An einer Gaststätte fragt Bruder Winfried, ob wir in irgendeinem leeren Raum schlafen dürfen. Wir dürfen nicht. Also gehen wir weiter in Richtung Stadtpark. Vor einem leerstehenden Haus bleiben wir stehen. Es ist verschlossen. Aber ein Fenster lässt sich öffnen, wenn man die Nägel beiseite biegt. Bruder Winfried möchte durch das Fenster einsteigen und in dem Haus übernachten. Dieses Mal habe ich Bedenken. „Das ist doch Einbruch, wenn wir durch das Fenster einsteigen."

Derselben Meinung ist auch Alexandra. Sie ist sogar erschrocken darüber, dass Bruder Winfried durch das Fenster in das leerstehende Gebäude einsteigen will. Schließlich gehen wir weiter.

Die nächste Gelegenheit, die sich zum Übernachten bietet, ist eine Baustelle, ein halbfertiges Bürogebäude. Auch das gefällt mir nicht: „Morgen ist Montag. Dann kommen die Bauarbeiter. Die kommen meistens ziemlich früh. Das hieße, wir hätten nur eine sehr kurze Zeit zum Schlafen. Denn wir müssten ja vor den Bauarbeitern wieder weg sein." Bruder Winfried und Maria-Anna beschließen trotz meiner Bedenken, auf der Baustelle zu übernachten. Alexandra und ich wollen weitersuchen. So verabschieden wir uns hier. Wir wollen uns morgen Vormittag in der katholischen Kirche treffen.

Endlich bin ich mit Alexandra allein, die ganze Nacht! Wir gehen weiter. Der Friedhof ist geöffnet Die Grablichter flackern gespenstisch. Ich finde es romantisch, auf einem Friedhof zu übernachten. Aber Alexandra ist das zu unheimlich. Sie muss an jüdische Friedhöfe denken. Dort darf man nicht einmal Gras mähen, um nicht die Ruhe der Verstorbenen zu stören. Also gehen wir weiter, in Richtung Stadtpark. Der Stadtpark von Soest liegt eingezwängt zwischen Straßen und der Bahnstrecke. Aber er ist schön groß und hat viele entlegene Winkel, die von den Wegen aus nicht einsehbar sind. In einem dieser entlegenen Winkel werden wir sicher ein gutes Nachtquartier finden. Auf einer Parkbank essen wir von unseren Vorräten. Die haben wir vom Emmaus-Treffen aus Kronach mitgenommen. Dann gehen wir weiter durch den finsteren Park und singen dabei ein *Taizé*-Lied:

„In dunkler Nacht wollen wir ziehen, lebendiges Wasser finden.
Nichts als der Durst wird uns leuchten.
Nichts als der Durst wird uns leuchten."

Es fühlt sich unbeschreiblich gut an, mit meiner geliebten Alexandra allein durch einen fremden finsteren Park zu laufen. Das ist abenteuerlich und romantisch zugleich. Wir können kaum die Hände vor unseren Augen sehen. Im Dunkeln tasten wir uns vorwärts. Wir fühlen den Weg mehr mit unseren Füßen, als dass wir ihn sehen. Ganz am äußersten Rand des Parks, unter Bäumen, auf einem kleinen Hügel, finden wir eine geeignete Stelle zum Schlafen. Dort breiten wir unsere Schlafsäcke aus und legen uns schlafen. An den Lärm des Straßenverkehrs und der gelegentlich vorbeifahrenden Züge gewöhnen wir uns schnell.

Was für ein Tag! Zum ersten Mal nach dem vielen Drama und Fast-Abbruch unserer Pilgerreise komme ich ein wenig zur Besinnung. Alexandra ist nicht nach Hause gefahren. Sie liegt jetzt neben mir im Schlafsack und schläft. Bis morgen früh sind wir allein zusammen. Ein zartes Pflänzchen Hoffnung steigt in mir auf. Vielleicht wird es ja doch noch etwas mit uns beiden. Und das Verhältnis zwischen Alexandra und Maria-Anna hat sich auch wesentlich verbessert. Unser gemeinsamer Pilgerweg war schon fast gestorben. Aber wir haben ihn buchstäblich in letzter Sekunde noch einmal gerettet.

Unbeabsichtigte Trennung

Wenn du etwas ganz fest willst, dann wird das Universum darauf hinwirken, dass du es erreichen kannst. (Der Alchimist, Paolo Coelho)

Die immer häufiger vorbeifahrenden Züge wecken uns. Vor unseren Augen geht die Sonne auf. Alexandra freut sich wie ein kleines Kind über den Sonnenaufgang. Ihre Freude steckt mich an.

Mir fällt unser Begrüßungsritual aus dem Haus der Gastfreundschaft ein. „Tamura", „Öff!Öff!" und ich begrüßen uns manchmal am Morgen, indem wir uns umarmen und dabei sagen: „Ich grüße das göttliche Licht in dir..." Das könnten wir beiden hier doch auch tun. Ich erzähle Alexandra von diesem Ritual und schlage ihr vor, dass wir beiden das auf unserem gemeinsamen Pilgerweg doch auch tun können. Sie findet meinen Vorschlag sehr gut. Wir umarmen uns lange, was ich sehr genieße. Dabei spüre ich ihre Zuneigung mir gegenüber.

Wir brechen unser Nachtlager ab und gehen zur Kirche. Bruder Winfried und Maria-Anna sitzen schon in der Kirche. Die beiden wollen auch noch längere Zeit dort bleiben. Wie schon auf unserem letzten Pilgerweg sitzen sie gerne still in Kirchen. Es ist eine Art Meditation, Christen würden sagen: Kontemplation. Bruder Winfried und Maria-Anna bezeichnen es als Gebet. Alexandra und ich sind zu aufgeregt und zu unruhig, um länger als eine Stunde still in der Kirche zu sitzen.

Wir verabreden uns für Mittag bei der Soester Tafel. Die Soester Tafel verteilt gespendete abgelaufene Lebensmittel an Bedürftige. Einmal am Tag gibt es dort auch kostenlos Mittagessen für jeden. Beim Betteln um Essen haben Bruder Winfried und Maria-Anna erfahren, dass wir bei der Soester Tafel zu Mittag essen können.

Ich freue mich, bis zum Mittag mit Alexandra allein sein zu können. Auf dem Weg von unserem Schlafplatz zur Kirche hat Alexandra gemerkt, dass ihr Rucksack viel zu schwer ist. Mit dem vielen Gepäck würde sie wohl keine Woche Wandern durchhalten. Also gehen wir zum Postamt. Dort packt sie alles aus, was sie nicht unbedingt braucht, und schickt es per Post zurück nach Hause. Anschließend füllen wir in einem Café unsere Wasserflaschen auf und waschen uns auf einer öffentlichen Toilette.

Gegen Mittag begeben wir uns zum Bahnhof. Dort setzen wir uns auf eine Wiese. Alexandra hat einen Knochensporn an der Ferse. Der müsste eigentlich operiert werden. Wegen unserer Pilgerreise hat sie die Operation auf unbestimmte Zeit verschoben. Ich frage mich, wie sie mit ihrer kranken Ferse die langen Wanderungen überstehen will. Da wir noch etwas Zeit haben, massiere ich ihren Fuß. Das bereitet mir große Freude, weil ich sie auf diese Weise berühren und ihren Fuß streicheln kann. Auch Alexandra genießt es.

Die Soester Tafel hat am Busbahnhof vor dem Bahnhof einen Raum gemietet. In diesem Raum wird das Essen ausgeteilt. Die Leute von der Soester Tafel sind freundlich und unbürokratisch. Ganz anders als in Parchim. Dort gibt es eine Parchimer Tafel. Aber die Nachfrage nach Lebensmitteln ist bei der Parchimer Tafel so groß, dass sie nur Essen gegen Vorlage eines Ausweises vom Sozialamt abgeben. In Parchim würden wir vier zum Beispiel nichts zu essen bekommen, weil keiner von uns solch einen Berechtigungsschein hat. Hier im „goldenen Westen" ist das alles viel einfacher. Es gibt Essen im Überfluss, und jeder darf bei der Tafel essen.

Zum Mittagessen bekommen wir Suppe, dazu Brot, Joghurt und Kuchen.

Nach dem Essen beraten wir, welchen Weg wir als erste Etappe gehen. Bruder Winfried und Maria-Anna möchten zur *Gemeinschaft der Seligpreisungen* in Sichtigvor, einem Ort in der Nähe von Warstein. Auf dem Weg nach Dortmund wäre das aber ein nicht geplanter Umweg. Mir gefällt das nicht. Ich kann mit der *Gemeinschaft der Seligpreisungen* und mit der *Charismatischen Erneuerung* nicht viel anfangen und weiß nicht, was ich da soll. Bruder Winfried meint, die Verzögerung durch den Umweg holen wir locker wieder auf, weil wir insgesamt mehr als eine Woche Zeit für den Weg nach Dortmund haben. Aber wir wissen ja nicht, was noch alles unterwegs passiert. Meiner

Meinung nach sollten wir lieber ein bisschen mehr Puffer haben, um Unvorhersehbares auszugleichen.

Auf dem Weg nach Sichtigvor liegt ein großer Stausee, der Möhnesee. Die Aussicht, im See baden zu gehen, überzeugt mich schließlich, den längeren Weg zu gehen.

Alexandra fragt einen Mann nach dem Weg zum Möhnesee. Der ist sehr freundlich und hilfsbereit. Er erklärt uns ausführlich anhand einer Karte, wo wir langgehen müssen. Alexandra hat sich bereiterklärt, die Verantwortung für den Weg zu übernehmen. Sie merkt sich die wichtigen Einzelheiten der Wegstrecke. Der Weg von Soest zum Möhnesee ist ein Radwanderweg. Er ist 15 Kilometer lang und verläuft auf der Trasse einer stillgelegten Bahnstrecke.

Bis zum Ortsausgang von Soest wandere ich zusammen mit Bruder Winfried und unterhalte mich mit ihm. Alexandra unterhält sich mit Maria-Anna. Ich bin erleichtert, dass sich die beiden Frauen jetzt gut verstehen. Am Wegesrand wachsen Brombeeren. Wir machen eine Pause. Alexandras Fuß tut schon wieder weh. Ich massiere ihn wieder und freue mich darüber, dass ich sie auf diese Weise anfassen kann. Für eine Weile ist für mich die Welt in Ordnung. Doch eine Weile ist eben viel zu kurz.

Wir gehen weiter. Bruder Winfried möchte einen Rosenkranz mit Maria-Anna und Alexandra beten. Da ich nicht katholisch bin, kann und will ich da nicht mitmachen und fühle mich ausgeschlossen – so wie schon auf unserem ersten gemeinsamen Pilgerweg. Normalerweise habe ich überhaupt kein Problem damit, allein zu sein bzw. allein zu wandern. Doch jetzt ist es anders. Ich versuche, mich auf die Schönheit der Natur zu konzentrieren. Aber mein Kopf macht mir einen Strich durch die Rechnung. Ich bekomme die Gedanken einfach nicht raus aus dem Kopf. Da ist immer noch so viel Eifersucht und Sehnsucht nach Alexandra. Was normalerweise ganz gut funktioniert, geht überhaupt nicht, wenn ich verliebt bin. Wäre ich hundertprozentig mit mir selbst im Reinen, könnte ich loslassen. Eigentlich ärgere ich mich jetzt vor allem über mich selbst, weil ich so klammere.

Noch schlimmer wird es, als Bruder Winfried sich mit Alexandra unterhalten möchte. Sofort kocht die Eifersucht wieder in mir hoch. Ich gehe mit Maria-Anna zusammen und sage zu ihr: „Jetzt gehen die beiden Eifersüchtigen zusammen."

Irgendwie versteht sie meine Ironie nicht richtig und meint: „Wir können auch alleine gehen."

„Nein, so habe ich das nicht gemeint", entgegne ich, „Erst jetzt kann ich richtig nachfühlen, wie es dir geht. Ich kann mich jetzt auch besser hineinfühlen, wie es dir auf unserem letzten Pilgerweg im Vogelsbergkreis ging. Auch ich bin wahnsinnig eifersüchtig, weil ich in Alexandra verliebt bin. Das hast du bestimmt schon gemerkt. Ich wehre mich die ganze Zeit gegen meine Eifersucht, aber ich komme nicht dagegen an."

„Das tut mir gut zu hören, dass es dir auch so geht, dass ich nicht damit allein bin." Gemeinsames Leiden verbindet. Beim gemeinsamen Pilgern im Vogelsbergkreis hatte mich ihre Eifersucht noch mächtig genervt. Nun geht es mir ähnlich. Ich schäme mich, dass ich damals so wenig Verständnis für Maria-Annas Gefühle hatte. Eine Weile reden wir über unsere Eifersucht und über unsere Depressionen. Das tut gut, sich einmal darüber auszusprechen.

Dann möchte Maria-Anna alleine sein. Jetzt, wo ich mit mir selbst, mit meinen Gedanken und Gefühlen allein bin, brechen meine innere Zerrissenheit und meine Verzweiflung so richtig aus. Vor allem bin ich verzweifelt, weil ich so sehr meinen Gefühlen ausgeliefert bin, weil ich so abhängig bin und weil ich die Einsamkeit nicht ertrage. Eigentlich habe ich gar keinen Grund, eifersüchtig zu sein. Ich könnte doch Alexandra vertrauen. Schließlich ist es auch wichtig, dass sich Bruder Winfried und Alexandra einmal aussprechen. Ohne Aussprache werden wir es nicht lange zu viert miteinander aushalten.

Am meisten regt mich meine eigene innere Armut auf – diese Hilfslosigkeit meinem Ego gegenüber. Mir ist zum Schreien zumute. Wäre niemand in meiner Nähe, würde ich schreien, so laut ich könnte. Aus Verzweiflung weine ich, vor allem über meine Eifersucht und über meine Unfähigkeit, allein zu sein.

Um mich abzulenken, flüchte ich in die imaginäre Welt meiner Vorstellungen, in meinen Gedankenpalast. Am besten ist Musik! Wenn ich jetzt keine Musik hören kann, dann muss ich mir eben welche vorstellen. Bruder Winfried, Maria-Anna, Alexandra und die Wirklichkeit sind weit weg – ein ganzes Leben weit weg. Ich bin jetzt im Reich meiner Phantasie. Es ist dunkel. Ich bin auf einem Konzert der Rockgruppe Pink Floyd - „The Dark Side of the Moon". Hunderttausend Leute sind versammelt, erwartungsvolle Stille. Uhren beginnen zu ticken – tick, tack, tick, tack – immer lauter. Es klingelt. Die Musik setzt ein. Sie spielen „Time". Fans von Pink Floyd kennen die Faszination bei diesem Lied, dieses Prickeln auf der Haut, als ob man eine Gänsehaut bekommt. Vor mir ist die Bühne, ein höllischer Anblick. Das Bild wird von drei silbernen Türmen beherrscht, die unheimliche rote, grüne und blaue Schatten auf die Bühne werfen. Überall wabert der Rauch gleißender Fackeln, die aufglühen und verlöschen. Grelles Licht bleicht die Gesichter der Musiker zu knöchernen Masken. Unter der Oberfläche dieses Spektakels verbirgt sich ein unheimliches Gefühl für die Melancholie unserer Zeit. Eine Weile versinke ich in dieser imaginären Welt.

Langsam erwache ich wieder in der Realität. Bruder Winfried und Alexandra sind immer noch ins Gespräch vertieft. „Loslassen, loslassen, loslassen ...", hämmert es in meinem Kopf.

Endlich hören die beiden auf zu reden. Es kam mir unendlich lange vor. Bruder Winfried wendet sich Maria-Anna zu. Alexandra kommt zu mir. Ich bin erleichtert. Sie fragt mich, wie es mir geht. Ich erzähle ihr von meiner Eifersucht, von meiner Angst, von meiner Armut und von meinem Ärger über mich selbst. „Frieden, du kannst mir vertrauen", sagt sie zu mir, „Das Gespräch mit Bruder Winfried war jetzt wichtig. Ich habe ihm mal meine Meinung gesagt und ihm einige neue Denkanstöße gegeben. Ich glaube, dass er jetzt offener wird."

Sehr optimistisch. Ich kenne Bruder Winfried schon ein kleines bisschen länger und wage, das zu bezweifeln. Mir wird aber jetzt klar, wie unbegründet und lächerlich meine Eifersucht war.

Beim Wandern kommen wir auf das Thema Ernährung zu sprechen. Ich zeige Alexandra am praktischen Beispiel, welche Wildkräuter man essen kann. Schließlich habe ich ja da aus meiner Zeit im Friedensgarten bei „Tamura" viel Erfahrung. Wir probieren die verschiedenen Kräuter am Wegesrand. Bruder Winfried und Maria-Anna sind vorausgegangen. Durch unsere Kräuterverkostungen bleiben wir immer weiter zurück. So merken wir zunächst gar nicht, dass die beiden anderen verschwunden sind.

Alexandras Fuß tut wieder weh. Deshalb müssen wir jetzt häufig Pausen machen, wodurch wir noch weiter zurückbleiben. Bruder Winfried und Maria-Anna scheinen aber auch gar nicht auf uns zu warten. Vielleicht wollen sie uns auf diese Weise loswerden. Ich finde es insgeheim gar nicht so schlecht, dass Bruder Winfried und Maria-Anna verschwunden sind.

„Vielleicht haben wir die beiden wirklich verloren. Dann soll es wohl so sein", meint Alexandra.

„Weißt du, ich bin eigentlich nicht böse darüber, dass wir sie verloren haben."

„Ich auch nicht", lacht sie.

Endlich erblicken wir den Stausee. Er ist ziemlich groß. Wir laufen noch über eine Stunde am Ufer entlang, um eine geeignete Stelle zum Schlafen zu finden. In einem Dorf lesen wir Pflaumen auf, die von einem Baum heruntergefallen sind. Unsere Lebensmittelvorräte reichen noch für ungefähr einen Tag. Morgen müssen wir uns um neues Essen kümmern.

Endlich finden wir einen perfekten Lagerplatz. Er ist direkt am Wasser, weit genug weg von der Straße und dem Dorf. Von unserem Platz haben wir einen schönen Blick auf eine Steinbrücke und auf den Sonnenuntergang. Ich bin glücklich. Endlich allein mit Alexandra! „Willkommen zu Hause", sagt sie und umarmt mich.

Bevor es dunkel wird, gehen wir in den Wald und sammeln Holz für ein Lagerfeuer. Anschließend gehen wir schwimmen. Das Wasser ist eiskalt. Nach einer Weile gewöhne ich mich an die Kälte. Lange halte ich es trotzdem nicht im Wasser aus.

Alexandra sagt, sie hat Erfahrung mit Feuer machen. Obwohl ich im Haus der Gastfreundschaft täglich im Ofen Feuer mache, überlasse ich ihr den Vortritt. Soll sie machen, wenn es ihr Spaß macht. Sie versucht, das Feuer zu entfachen. Aber das Holz ist zu nass und brennt nicht an. Mit etwas Papier aus dem Papierkorb brennt es dann schließlich. Nun stochert sie in der Glut herum und bläst. Ich fürchte, dass das Feuer davon eher wieder ausgeht. Außerdem nervt mich ihr hektisches Tun etwas.

Endlich brennt das Feuer richtig. Ich kann mich entspannen. Wir setzen uns beide auf Alexandras Isomatte vor das Feuer und machen es uns gemütlich. Alexandra legt ihren Kopf auf meinen Schoß und sagt: „Frieden, erzähl mir von deiner Ehe und danach!"

Ich hatte unterwegs begonnen, ihr ein wenig davon zu erzählen.

„Das ist eine lange Geschichte", beginne ich, während ich ihr Gesicht streichele, „Es begann im Herbst 1988. Ich war mit einem Freund unterwegs im Nachtzug nach Prag. Das war eine ganz verrückte Idee. Während einer Zugfahrt in der Tschechoslowakei im Sommer hatten wir zwei tschechische Mädchen kennengelernt. Obwohl wir nicht einmal deren genaue Adressen hatten, wollten wir sie spontan besuchen – eigentlich völliger Blödsinn! Auf solche verrückten Ideen kommen wahrscheinlich nur Jungs. In Leipzig betraten zwei junge Frauen unser Zugabteil. Die hatten zunächst wenig Interesse an uns. „Das sind grüne, unerfahrene Jungs.", dachten sie. Immerhin brachten wir es fertig, nach ein paar Tagen wieder mit dem gleichen Zug und im gleichen Abteil zusammen zurückzufahren. Karen, meine spätere Frau, war Christin in einer freikirchlichen Gemeinde, den Baptisten. Als ich beiläufig erwähnte, dass ich getauft bin, kamen wir ins Gespräch. Ab diesem Moment begann sie, sich für mich zu interessieren. Wir tauschten unsere Adressen aus und blieben in Kontakt. Als ich sie dann das erste Mal in ihrer Heimatstadt Schönebeck besuchte, wurden wir ein Paar. Allerdings gab es ein Problem. In Karens Baptistengemeinde wurde kein Sex vor der Ehe geduldet. Ich musste auf der Couch im Wohnzimmer schlafen. Sie traute sich auch nicht, sich den „Anweisungen" ihrer Gemeinde zu widersetzen. Notgedrungen machte ich dieses Spiel mit. Bald besuchten wir uns jedes Wochenende."

Alexandra legt ein paar Stück Holz nach. „Erzähl weiter. Was passierte dann?"

„Über ein Jahr führten wir eine Wochenendbeziehung. Das kam mir eigentlich entgegen. Denn ich brauche viel Freiraum für mich. Den hatte ich unter der Woche. Durch das Sexverbot der Baptistengemeinde wurde unser Druck zu heiraten, immer größer. Denn nach der Hochzeit hatten wir alle Freiheit, die wir brauchten. Also heirateten wir im Sommer 1989, kurz vor der politischen Wende in der DDR. Kurz danach zogen wir in eine gemeinsame Wohnung in Halle. Während unserer Hochzeitsreise an die Ostsee öffnete die ungarische Regierung die Grenze zu Österreich. Tausende Ausreisewillige fuhren nach Ungarn und setzten sich von dort über Österreich in die BRD ab. Wir blieben, obwohl ich das später manchmal bereute. Dann zog die Parteiführung der DDR die Notbremse und schloss alle Grenzen. Wir waren eingeschlossen. Der letzte Ausweg war versperrt.

Das Volk begann, auf die Straße zu gehen und gegen das System zu demonstrieren. Die ersten Demonstranten wurden von Polizei und Staatssicherheit brutal zusammengeknüppelt. Viele Bürger verschwanden ohne Prozess hinter Gefängnismauern. Aber der Geist war aus der Flasche. Die Geschichte ließ sich nun nicht mehr zurückdrehen.

Am Sonntag, den 8. Oktober 1989, kaufte ich am Hauptbahnhof Halle zwei Fahrkarten nach Leipzig für den nächsten Tag. Ich wollte zusammen mit einem Freund zur Montagsdemonstration nach Leipzig fahren. Alle hatten uns gewarnt. In den Betrieben wurde davor gewarnt, am 9. Oktober nach Leipzig zu fahren. Es gab Gerüchte, dass scharfe Munition an die Kampfgruppen ausgeteilt wurde und dass in den Krankenhäusern große Blutkonserven angelegt wurden. Man rechnete mit einem entsetzlichen Blutbad. Meine Eltern flehten mich an: „Tu uns das bitte nicht an und fahr da nicht hin!". Meine Frau schrie mich an: „Ich habe keine Lust, dich im Gefängnis zu besuchen." Wir taten es trotzdem. Es musste sein. Da ich ein vorsichtiger Mensch bin, hatte ich die Fahrkarten vorsorglich schon einen Tag vorher besorgt. Man weiß ja nie. Tatsächlich wurden am Montag, dem 9. Oktober 1989, keine Fahrkarten nach Leipzig verkauft. Das juckte aber die meisten Leute nicht. Unser Zug nach Leipzig war rappelvoll. Als die Schaffnerin kam und die Fahrkarten kontrollieren wollte, antwortete jemand: „Reicht auch der

Ausreiseantrag?" Diejenigen, die eine Fahrkarte hatten, hatten meistens nur eine für die Hinfahrt. Es wusste ja keiner, ob wir lebend zurückkommen würden. Zu unserem großen Erstaunen ließ man uns im Leipziger Hauptbahnhof unbehelligt aussteigen. Der Nachbarbahnsteig, auf welchem der nächste Zug aus Halle ankommen sollte, war von Polizei und Staatssicherheit abgeriegelt. Ich traf auf dem Hauptbahnhof einige Bekannte vom *Taizé*-Gebet in Halle. Wir gingen in die Stadt und warteten vor der Nikolaikirche. Dort fand das Friedensgebet vor der Demonstration statt. Die Kirche war so voll, dass keiner mehr hineinkam. Auch der Platz vor der Kirche war überfüllt. Bald konnten wir kein Ende der Menschenmassen mehr sehen. Auf den umliegenden Dächern standen Leute von der Staatssicherheit mit Kameras. Sie filmten uns. Jemand verteilte Flugblätter, mit der Bitte an Polizei und Demonstranten, keine Gewalt auszuüben. Unsere anfängliche Angst war verflogen.

Dann läuteten die Kirchenglocken. Die Kirchtüren gingen auf. Massen von Menschen strömten heraus. Ein Raunen ging durch die Menge. Das war ein wirklich magischer Moment, ich bekomme heute noch eine Gänsehaut, wenn ich daran denke."

Ich kämpfe mit den Tränen. Solche Sternstunden der Menschheit sind so ergreifend, wenn man sie selbst miterlebt hat.

Unser Feuer ist niedergebrannt. Ich lege Holz nach. Dann erzähle ich weiter: „Langsam setzte sich die Menge in Bewegung. Es müssen fast 100.000 gewesen sein, einfach gigantisch! Wir gingen um den großen Innenstadtring herum. Sämtliche Autos und Straßenbahnen standen still. Wir riefen: „Keine Gewalt" und „Wir sind das Volk". Die großen Fußgängerbrücken über den Ring waren schwarz vor Menschen. Wir Demonstranten riefen ihnen zu: „Schließt euch an!" und viele kamen herunter und schlossen sich uns an. Die Demonstration dauerte ungefähr eine Stunde. Wir liefen einmal komplett um den Leipziger Innenstadtring. Die Straße war so voll mit Menschenmassen, dass nirgendwo ein Ende zu sehen war. Kurz bevor wir den Ring umrundet hatten, sahen wir das gewaltige Polizeiaufgebot. Eine Armee mit Schilden und Wasserwerfern stand am Straßenrand, ein bisher in der DDR unbekanntes Bild. Viele Demonstranten schenkten den Polizisten Blumen und Kerzen als Zeichen der Versöhnung. Das hatten die wohl nicht erwartet. Einige Polizisten waren verlegen und meinten, dass sie ja eigentlich auf der falschen Seite stünden.

Auf der Rückfahrt im Zug nach Halle wurde uns so langsam bewusst, dass wir einen historischen Moment erlebt hatten. Nichts würde von nun an mehr so bleiben wie es war. Der „point of no return" - der Punkt, von dem an es kein Zurück mehr gibt - war erreicht. Ein neues Zeitalter würde nun beginnen. Wir waren total euphorisch.

Eine Woche später gingen wir zur ersten friedlichen Demonstration in Halle. Und von da an gingen wir jeden Montag auf die Straße demonstrieren. Früher graute mir am Sonntagabend schon vor dem Montag. Aber nun freute ich mich auf die Montage, wegen der Demonstrationen. Die Zeit von Herbst 1989 bis Anfang 1990 war wohl der spannendste und schönste Abschnitt meines bisherigen Lebens. Alles war in Veränderung. Es gab wirkliche Freiheit und Demokratie. Die Politik wurde auf der Straße und an den Runden Tischen gemacht. Die DDR-Nachrichtensendung „Aktuelle Kamera" war auf einmal interessanter als die „Tagesschau". DDR-Tageszeitungen waren begehrt wie nie zuvor. Viele alternativen Bewegungen und Gemeinschaften entstanden während dieser Zeit. Eine Zeitlang habe ich mich beim „Neuen Forum" engagiert. Aber schon nach kurzer Zeit war ich enttäuscht. Es wurde oft stundenlang ohne Ergebnis diskutiert. Anscheinend gab es sehr viele Menschen, die sich gerne selbst darstellen und die sich gerne reden hören.

Dann kam der 9. November, der Tag, an dem die Mauer fiel. Ich war auf der Arbeit und hörte davon im Radio. Unser Gruppenleiter war verständnisvoll und ließ uns ab Mittag nach Hause gehen. Sechs Stunden stand ich vor dem Halle-Neustädter Polizeirevier in der Schlange, nur um einen Stempel für die Ausreise in die BRD in den Personalausweis gedrückt zu bekommen. Zusammen mit meiner Ehefrau wollte ich mit dem Zug nach Westberlin fahren. Die nächste mögliche Zugverbindung nach Berlin war ein Nachtzug von Leipzig nach Binz an die Ostsee. Dieser Zug fuhr über Halle und hielt in Berlin. Mir war schon klar, dass wir beiden nicht die Einzigen waren, die mit diesem Zug nach Berlin fahren wollten, und dass es schwierig bis unmöglich sein würde, einen Platz in diesem Zug zu erobern. Deshalb fuhren wir rechtzeitig, d.h. eine Stunde vor der Abfahrt, nach Leipzig, wo der Nachtzug nach Binz eingesetzt wurde. Am Bahnsteig standen schon Menschenmassen, die alle in diesen Zug wollten. Wir hatten Glück, wir standen direkt vor einer Wagentür und konnten uns so tatsächlich zwei Sitzplätze in einem Abteil sichern. Nach kurzer Zeit war der Zug so überfüllt, dass niemand mehr zur Tür hineinpasste. Fahrgäste lagen unter den Sitzen und in den Gepäcknetzen. Kleine Kinder wurden durch die geöffneten Zugfenster in die Wagen geschoben. Mit reichlich Verspätung fuhren wir dann schließlich in Leipzig ab. Wie gut, dass ich auf die Idee gekommen war, nach Leipzig zu fahren! Denn in Halle war natürlich auch der ganze Bahnsteig voller Menschen, aber es kam keiner mehr rein in unseren Zug. Aus dem Lautsprecher in Halle hörten wir die Durchsage, es würde in Kürze ein Sonderzug eingesetzt. Soviel zum Thema Flexibilität in der DDR bzw. bei der Deutschen Reichsbahn. Heute, bei der Deutschen Bahn, wäre so etwas wohl undenkbar.

In Berlin war es dann relativ entspannt. Mit der S-Bahn fuhren wir ohne Probleme zum Grenzübergang Bahnhof Friedrichstraße. Auch dort ging alles zügig und reibungslos. Mit der Westberliner S-Bahn fuhren wir weiter bis zum Bahnhof Zoologischer Garten. Mittlerweile war es 3.00 Uhr morgens. Der ganze Bahnhof und die

Straßen in der Umgebung waren mit leeren Flaschen, Dosen und sonstigem Müll übersät. Menschen schliefen in Papiertüten auf der Straße. Ich war entsetzt. „Das ist also der goldene Westen.", dachte ich. Vor einer Filiale der Sparkasse baute sich schon eine Schlange auf, obwohl die Sparkasse erst um 9.00 Uhr öffnen würde. Und das auch außerplanmäßig, weil Banken normalerweise an Sonnabenden geschlossen haben. Es ging um 100 DM Begrüßungsgeld, welches einmalig an jeden DDR-Bürger im Westen ausgezahlt wurde. Auch wir stellten uns an. Wir wechselten uns ab mit Anstehen. So konnte jeweils einer von uns beiden den Kurfürstendamm erkunden. Das erste, was mir auffiel, war, dass es im Westen anders roch als bei uns. In den Fußgängerzonen im Westen roch es so süßlich, während es in der DDR im Winter meistens nach Kohlenrauch roch. Nach sechs Stunden Warten öffnete endlich die Bank. Peinlich war, was für ein Gedränge und was für ein Kampf dann plötzlich ausbrach. Viele Leute versuchten, sich vorzudrängeln. Manche schubsten sogar ihre kleinen Kinder durch das Gedränge, weil sie für diese auch noch einmal 100 DM bekamen. Ich schämte mich für meine Landsleute. Hoffentlich langweile ich dich nicht mit meiner Geschichte."

„Nein, auf keinen Fall. Das ist total spannend. Erzähle weiter!"

„Als dann der Schrei nach der Deutschen Mark und nach der Wiedervereinigung immer größer wurde und sich die Wirtschaftsbonzen und Politiker der BRD in das Geschehen in der DDR einmischten, waren meine Euphorie und alle Illusionen über eine bessere und menschenwürdige Gesellschaftsordnung verflogen. Wir wollten Gerechtigkeit und bekamen den „Rechtsstaat", eine Scheindemokratie, die von Banken, Spekulanten, Großkonzernen und Rechtsanwälten beherrscht wird. In dieser Scheindemokratie wollte ich auch meinen Teil vom Kuchen abbekommen. Deshalb begann ich ein Studium an der Fachhochschule Magdeburg. Meine Frau arbeitete damals in Halle, und unsere Wohnung und unser Lebensmittelpunkt blieb nach wie vor in Halle. Also wurde ich Wochenendpendler. Unsere Ehe wurde für vier Jahre eine Wochenendbeziehung. Während dieser Zeit waren wir beiden glücklich in unserer Ehe. Von Montag bis Freitag genoss ich das Studentenleben und freute mich auf das Wochenende.

Nach dem Studium begann der Lauf im Hamsterrad. Ich arbeitete als Ingenieur bei einer Firma in Halle. Die Arbeitsbedingungen waren schlecht. Es gab keinen Betriebsrat, das Gehalt war schlecht, Überstunden wurden nicht bezahlt. Ich kam oft erst spät am Abend völlig erschöpft nach Hause. Dann wurde unsere Tochter geboren. Das gab mir noch einmal Kraft und Auftrieb. Aber spätestens nach einem Jahr begann die Krise. Ich fragte mich: „War das nun schon alles – jeden Tag zur Arbeit fahren, bis zur Erschöpfung arbeiten, um dann am Wochenende ein wenig Zeit für Frau und Kind zu haben, mich auf den Urlaub freuen, und dann wieder das Ganze von vorn. Ist das der Sinn meines Lebens?" So bis zum Ende weiterleben? Nein – das konnte es doch nicht gewesen sein. Da muss es doch noch mehr geben!

Meine Suche endete in Sucht. Ich trank immer mehr Alkohol und sah bis in die späte Nacht fern. Es war eine Flucht in ferne fremde Welten, eine Flucht vor mir selbst, aber auch vor dem frustrierenden Alltag. Wir hatten uns immer weniger zu sagen. Auch im Bett lief nicht mehr viel.

So kam es, wie es kommen musste: Im Winter 1997 eröffnete mir meine Frau, dass sie sich von mir scheiden lassen möchte. Zunächst war ich total geschockt und wollte es einfach nicht wahrhaben. Lange wehrte ich mich dagegen und kämpfte für unsere Ehe. Hat aber nichts genutzt.

Im Mai 1997 zog ich aus. Ich suchte mir eine kleine Wohnung im Stadtzentrum von Halle. Mehr als ein halbes Jahr lebte ich dort einsam und zurückgezogen. Ich hatte kein Telefon. An meiner Wohnungstür gab es nicht einmal ein Klingelschild. Meine einzigen Kontakte zur Außenwelt waren meine Tochter, meine Frau, meine Eltern, meine Arbeitskollegen und die Leute vom *Taizé*-Gebet in Halle. Während dieser Zeit war ich oft verzweifelt, depressiv, hatte Todessehnsucht und Selbstmordgedanken.

Erst Ende 1997 durchbrach ich meine Isolation. Ich legte mir ein Telefon zu, brachte ein Namensschild an meiner

Wohnungstür an und begann, einen neuen Freundeskreis aufzubauen. Das hatte ich während meiner Ehejahre versäumt. Da beschränkte ich meine Kontakte auf die Familie und wiegte mich in falscher Sicherheit.

Im Winter 1998 reiste ich nach Thailand. Die Geschichte mit Inge habe ich dir schon im Zug erzählt. Als ich zurückkam, hatte ich regelrechte Entzugserscheinungen von Thailand und den Menschen dort. Ich wollte nicht mehr in Deutschland leben. Am liebsten wollte ich auswandern, vielleicht nach Südostasien. Damals war ich so naiv, anzunehmen, dass ein Leben in einem südostasiatischen Land alle meine Probleme lösen würde. Aber es gibt keinen Ausreiseantrag mehr. Früher, zu DDR-Zeiten, gab es noch dieses Guckloch in den Westen. Heute gibt es keinen „Westen" mehr. Es ist fast überall gleich. Die Probleme, die man zu Hause nicht gelöst hat, nimmt man überallhin mit. Im Gegenteil, in der Fremde wird alles nur noch schwerer.

Ich suchte nach einem Arbeitsplatz im Ausland. Doch das erste Angebot, welches ich bekam, war nicht in Thailand, sondern in Europa, in Lettland. Eine Firma in Schkeuditz bei Leipzig suchte einen Niederlassungsleiter für ihre Projekte in Lettland. „Lettland ist besser, als in Deutschland bleiben, dachte ich mir." Also bewarb ich mich und hatte Erfolg. Am Anfang war ich euphorisch. Im Ausland leben und arbeiten, das klingt nach Abenteuer und Abwechslung.

Plötzlich war ich für viele Leute interessant. Auch für einige Frauen in Halle. Seit ein paar Monaten hatte ich in Zeitungen, in Universitäten und an anderen öffentlichen Plätzen Kontaktanzeigen geschaltet bzw. angebracht. Als ich schon fast auf gepackten Koffern nach Lettland saß, lernte ich durch eine dieser Anzeigen eine verheiratete Frau mit Kind kennen. Henrike war gerade aus der gemeinsamen Wohnung mit ihrem Ehemann ausgezogen. Schon nach relativ kurzer Zeit verliebten wir uns. Es war eine kurze, intensive und glückliche Zeit. Doch unsere Beziehung hatte keine Zukunft. Sie brauchte für sich und für ihr Kind die Sicherheiten von Haus und Familie. Ich war ein Blatt im Wind, ohne Sicherheit und ohne Halt. Nach zwei Monaten zog Henrike zurück zu ihrem Ehemann. Sie hatten sich wieder versöhnt. Und ich war wieder allein. Zuerst war ich enttäuscht und traurig. Doch dann machte ich mich wieder auf die Suche. Ich schrieb neue Kontaktanzeigen. Das Spiel begann von vorn."

Ein Kauz ruft in einiger Entfernung von uns. Das Feuer ist schon wieder fast niedergebrannt. Ich lege ein paar Zweige nach. Dann fahre ich mit meiner Erzählung fort:

„Auch meine neuen Kontaktanzeigen waren erfolgreich. Auf diese Weise lernte ich Karin, eine alleinerziehende Mutter mit Kind aus Halle, kennen. Wir kamen uns allmählich näher. Nach relativ kurzer Zeit war ich schon wieder verliebt. Leider zerbrach die gerade begonnene Beziehung zu Karin recht schnell wieder.

Wenigstens blieben wir Freunde. Während dieses Zeitraumes hatte ich aber auch noch zu Henrike Kontakt, zunächst nur freundschaftlichen. Das änderte sich aber schnell. Wir waren bald wieder ein Paar.

Dann kam die Kündigung. Wegen finanziellen Problemen wurden meine Lettlandprojekte ersatzlos gestrichen. Man brauchte keinen Niederlassungsleiter mehr. Zum ersten Mal in meinem Leben wurde ich arbeitslos. Henrike wurde schwanger, von ihrem Ehemann. Plötzlich war ich nicht mehr so interessant für sie. Sie hatte jetzt andere Schwerpunkte in ihrem Leben.

Es dauerte noch ungefähr ein Jahr, bis ich mein Leben radikal veränderte und aus dem „bürgerlichen Leben" ausstieg."

„Frieden", sagt Alexandra, „du bist so lieb zu mir, und ich gebe dir so wenig."

„Wieso denn?", frage ich.

„Du streichelst mich die ganze Zeit, und ich bin so abweisend zu dir."

„Ich bin schon sehr glücklich, wenn ich dich streicheln kann."

Langsam werden wir müde. Wir legen uns nebeneinander und kuscheln uns aneinander. Wie zwei Katzen liegen wir so zusammengerollt, wärmen uns gegenseitig und starren wie gebannt auf das Feuer. Es klingt kitschig, aber es ist wie in einem romantischen Liebesfilm. Das sind die Stunden, für die man lebt! Seit langer Zeit bin ich wieder richtig glücklich! Mein

„Ausstieg" war zwar eine Erlösung von dem bisherigen Leiden, aber etwas hat immer noch gefehlt – eine Liebesbeziehung. Das ich das noch erleben darf! Nach über zwei Jahren Entzug endlich, endlich, endlich wieder eine Frau an meiner Seite! Zusammen liegen wir am Feuer. Über uns leuchten die Sterne, nicht weit von uns ist der See, und auf der anderen Seite des Sees sehen wir die Lichter der Häuser. Immer wieder fliegen Sternschnuppen. Alexandra ist fasziniert von dem klaren Sternenhimmel. „Schau mal Frieden", sagt sie, „siehst du den großen Wagen?"

„Ja, den sehe ich."

„Und das da, das ist Orion. Und da drüben, das ist der große Bär."

Mittlerweile ist es drei Uhr morgens. Wir lassen das Feuer langsam niederbrennen und legen uns in unsere Schlafsäcke.

Am See

Alle großen Leute waren einmal Kinder, aber nur wenige erinnern sich daran. (Antoine de Saint-Exupéry)

Kurz vor Sonnenaufgang werden wir vom Geschrei der Vögel geweckt. Leider verdecken die Wolken die Sonne. So können wir heute keinen Sonnenaufgang genießen. Ich lege mich zu Alexandra und streichle ihr Gesicht und ihre Hände. Wir sind noch zu müde, um aufzustehen und schlafen wieder ein. Als wir wieder wachwerden, ist es schon Mittag. Wir wollen heute noch den ganzen Tag am See bleiben, damit sich Alexandras Fuß erholen kann. Nach dem Aufstehen begrüßen wir uns mit unserem Morgenritual. Dann frühstücken wir. Unsere Vorräte sind verbraucht. Wir müssen also ins Dorf gehen und irgendwo etwas zu Essen organisieren. Aber vorher waschen wir unsere Wäsche im See und hängen sie zum Trocknen an den Ästen der Bäume auf. Inzwischen ist auch die Sonne herausgekommen.

Alexandra will ins Dorf laufen. Sie muss auf ihrer Arbeitsstelle anrufen und dort Bescheid sagen, dass sie erst nächste Woche zurückkommt. Das war am Anfang noch nicht klar. Sie wusste schließlich nicht, ob ihr Fuß die Wanderung durchhält und ob sie es mit Bruder Winfried, Maria-Anna und mir überhaupt so lange aushält. Wenn sie schon einmal im Dorf ist, will sie dort auch Lebensmittel und Trinkwasser besorgen. Ich bleibe allein am See zurück.

Es dauert, bis sie endlich zurückkommt. Inzwischen ist es schon Nachmittag. Alexandra stellt eine Kiste mit Gemüse, Milch, Joghurt und Wurst ab und umarmt mich. Im Lebensmittelladen im Dorf hat sie nach abgelaufenen Lebensmitteln gefragt und diese Kiste bekommen, erzählt sie. Schön, dass wir wieder genug zu Essen haben. Es ist wunderbar, dass wir uns wegen dem Essen gar keine Sorgen machen brauchen. Gott sorgt für uns.

Nach dem Essen sammeln wir Holz. Anschließend gehen wir baden. Das Wasser erscheint mir heute noch kälter als gestern. Ich halte es nicht lange im See aus. Alexandra dagegen fühlt sich im Wasser wohl – wie ein Fisch.

Es ist schon Abend. Wir entzünden das Feuer. Als das Feuer richtig brennt, brät Alexandra Brotstücken mit Käse am Feuer. Die wenige Sonne hat es nicht geschafft, unsere Wäsche zu trocknen. Deshalb trocknen wir sie am Feuer. Die Sterne leuchten auch heute wieder über uns. Das ist schon wieder so unwirklich romantisch! Ich stimme ein Lied ein, welches ich auf einem *Rainbow-Treffen* in Pommritz gehört habe:

„Return, return
to the earth, the water, the fire and the sun."

Alexandra setzt sich auf meinen Schoß und schmiegt ihren Körper an meinen. Ich spüre ihren Körper und ihre

Wärme. Das ist so wunderbar! Ich kann es gar nicht fassen, so viel Glück. Es ist so unwirklich perfekt. Schöner kann es auch im Paradies nicht sein. Es ist wie in einem wunderbaren Traum. Ich habe Angst, aufzuwachen, und alles ist vorbei.

„Frieden, weißt du was?", fragt Alexandra.

„Was?"

„Ich war in den letzten Tagen abweisend und kalt zu dir. Da hatte ich noch nicht so viel Vertrauen zu dir. Ich brauche etwas Zeit, um offener zu werden."

Heute ist Alexandra dran mit Erzählen:

„In meiner Jugend war nicht so viel Bewegung wie in deiner. Ich wuchs in einem konservativen Elternhaus auf. Meine Mutter war despotisch und hart und in ihren Emotionen und Wutausbrüchen unausgeglichen. Genauso schenkte sie auch, auf ihre Weise, wie sie konnte, ihre Liebe. Diese war aber laut, stürmisch und darauf gerichtet, der Umgebung zu zeigen, wie vorbildlich ihre Familie ist. Ich musste immer gehorsam sein, sonst gab es Prügel und Geschrei. Schon als Kleinkind nahm ich abends Beruhigungssirup.

Als ich im Alter von 15 Jahren meinen späteren Ehemann kennenlernte, fand ich in ihm die ersehnte stille Liebe, geborgene Zuneigung und tiefe Aufmerksamkeit, die ich zu Hause nicht erlebte. Wir gingen vier Jahre miteinander. Da meine Mutter es nicht für richtig hielt, sahen wir uns nur stundenweise an den Wochenenden.

Ich war damals in der kirchlichen Jugendarbeit sehr aktiv und hatte dort meine spirituelle Heimat, eine Oase des Friedens und der Harmonie, gefunden. Aber im letzten Jahr verbot mir meine Mutter, weiter dort hinzugehen. Ich sollte besser lernen oder in ein Kloster gehen.

Nach dem Abitur 1988 beschloss meine Mutter, dass wir nach Deutschland ausreisen werden. Wir hatten deutsche Vorfahren und durften deshalb in die Bundesrepublik Deutschland übersiedeln. Markus – so heißt mein Ex-Ehemann – ist ebenfalls deutschstämmig. Er ist auch mitgegangen. Nach der Übersiedlung mussten wir zunächst in einem Übergangslager wohnen. Auf Grund der räumlichen Verhältnisse im Lager wohnten meine Eltern, Markus und ich zusammen. Unsere neue Umgebung war fremd und kalt. Später zogen meine Eltern aus. Mit Markus war ich verloren in der Menge. Aber wir waren aufeinander angewiesen.

Als ich nun ohne meine Eltern mit ihm zusammenlebte, fing ich an zu stottern, war extrem schreckhaft und nervös. Ich durfte mich aber nie beklagen und musste immer zufrieden sein – wie in meinem alten Zuhause. So dachte ich, ich sei glücklich, denn Markus schreit nicht, er schlägt mich nicht und wir sind in Liebe füreinander da. In meiner Verkrampftheit und Selbstlosigkeit sah ich nicht, dass wir total unterschiedliche Menschen sind, die einander weder erfüllen noch weiterbringen können.

Vor allem intellektuell sind Welten zwischen uns. Ich konnte Markus nur mit Naturwissenschaften gut unterhalten. Es gab keine Ebene, auf der wir gemeinsam fest stehen würden, außer dass wir einander hoch schätzten. Was uns unter anderem zusammengeführt hatte, war ein großer Nachholbedarf an Wärme, auch bei Markus. Seine Eltern redeten manchmal einen Monat nicht miteinander. Markus' Vater war zwar ein vorbildlicher Mensch, gleichzeitig hatte er aber einen schlechten Umgangston gegenüber seiner Mutter.

Drei Monate nach unserer Ausreise aus Polen besuchten uns seine Eltern. Meine Eltern wollten, dass wir in geordneten Verhältnissen leben. Da kam der Besuch nur recht, um diese Angelegenheit zu erledigen. Am Begrüßungsabend wurde ausgemacht, dass wir heiraten sollen. Obwohl meine innere Stimme geschrien hat: „Tu das nicht!!!", konnte ich mich dem Druck meiner Eltern nicht entziehen. Ich schaffte es einfach nicht, die Heirat zu verschieben oder in Frage zu stellen. Ich hatte meinen Vater schon dadurch in Zorn gebracht, dass ich nicht während der Begrüßungsfeier in die Kirche gehen wollte, um nach den Öffnungszeiten des Pfarrbüros nachzuschauen, sondern erst am nächsten Morgen. Während der Auswanderung aus Polen hatten wir alle für die Hochzeit notwendigen Dokumente besorgt. Drei Tage später waren wir verheiratet – ohne Oma, ohne Geschwister, ohne Verwandte und Freunde – obwohl wir alle eine sehr herzliche Beziehung zueinander hatten.

Einen Monat später gab es die erste Krise. Mein frisch vermählter Ehemann wollte am liebsten zurück nach Polen fahren, weg von mir und unserer Umgebung. Hinzu kamen Probleme mit meiner Mutter. Sie drängte sich ständig in unsere Ehe.

Meine Stellung in der Ehe war – wie Markus es bezeichnete – ein „süßes Aschenputtel". Aber ich war keine Partnerin, die meinem von Natur aus dominanten Mann auch nur annähernd gleichwertig sein könnte. Ganz im Gegenteil: Mein Mann sorgte für mich wie für ein unselbständiges Kind. Er bestimmte alles, und ich hatte keinen Mut, dagegen zu sprechen. Ich vertraute darauf, dass er alles am besten weiß. So gab ich mich und mein Umfeld restlos auf. Mir blieb nur er. Ich vergötterte ihn. Ständig hing und klebte ich an ihm. Er bat mich ständig, ich solle ihn atmen lassen. Aber das konnte ich nicht verstehen. Außerdem war ich so verängstigt, dass ich den Schutz seiner Arme brauchte. So erstickte ich langsam seine Liebe. Um sich vor meiner übermäßigen, unangenehm aufdringlichen Zuwendung zu wehren, wurde er abweisend und brutal. Es kam zu gewaltsamen Auseinandersetzungen zwischen uns. Gleichzeitig zeigte und bewies er mir, wie minderwertig und hoffnungslos ich für ihn war. Ich glaubte ihm alles. Ich glaubte, dass ich eine Kreatur bin, die nur die schlechten Eigenschaften von den Eltern geerbt hatte, die zu nichts fähig ist, außer zu zerstören. Ich träumte, nur in der wilden Natur zu leben. Dort könnte ich nichts mehr zerstören und würde nicht mehr verabscheut.

Damals war ich wirklich verwirrt. Ich wahr unausstehlich, überempfindlich und draufgängerisch. Damit provozierte ich Markus. Aber ich war nur deshalb so, weil ich mich nicht finden konnte und weil er mich ständig auf die schlimmste Weise kritisierte.

Ich war beim Nervenarzt. Mein Mann war der Meinung, ich wäre psychisch krank. Ich glaubte ihm das und begab mich dann später auch tatsächlich in psychologische Behandlung. Schließlich waren mein Mann und ich psychisch und gesundheitlich wirklich am Ende. Er wiederholte mehrmals, dass er das seinen Kindern niemals antun würde, so eine Mutter zu haben wie ich es bin. Ich dachte: „Es ist doch nicht möglich, dass Gott mich so absolut wertlos geschaffen hat, dass ich tatsächlich nichts bin und nichts kann."

Ich hatte nichts zu verlieren, außer aus meiner absoluten Finsternis auszubrechen. Ich wollte mir beweisen, dass es anders ist oder mich mit der Realität abfinden. Ich war sehr erfolgreich in meinem Beruf als Medizinisch-technische Laboratoriumsassistentin. Das munterte mich auf. Ich zog aus unserer gemeinsamen Wohnung aus und bildete mich weiter in Richtung Biotechnologie. Bei dieser Arbeit erfuhr ich im Alter von 27 Jahren zum ersten Mal inneren Frieden. Ich überzeugte mich selbst, dass ich vieles kann. Ich entdeckte in mir einen besonnenen, energievollen und sogar teilweise ausgeglichenen Menschen. Da die Ehe für uns etwas

Heiliges und Unantastbares ist, versuchten wir immer wieder, unsere Beziehung neu aufzubauen. Aber jedes Mal rutschten wir in alte Verhaltensmuster. Am meisten tat mir weh, dass ich bei meinem Mann die schlechtesten Eigenschaften aktivierte. Es tat mir weh, dass ich aus meinem wertvollen, lieben, humorvollen und stolzen Markus, der für mich alles in Polen gelassen hatte, einen deprimierten, an Herz und Nerven erkrankten Menschen machte, der seine Selbstachtung verloren hatte. Dabei wollte ich nur das Beste. Je mehr ich es wollte, umso schlimmer wurde es.

Unsere Ehe wurde nie richtig ausgelebt. Es war nur die Fortsetzung meiner Kindheit. Von zu Hause aus war ich es gewohnt, eine unterwürfige und dienende Position einzunehmen. So konnte ich meinem hochintelligenten Mann keine Partnerin sein. Ich hatte viele Probleme aus der Kindheit, die nicht verarbeitet, die mir sogar nicht bewusst waren. Ein großer Mangel an mir war, dass ich die Möglichkeit, zu mir selbst zu stehen, gar nicht kannte. Ich konnte keinen Widerstand leisten. So lief ich mit dem Strom der Geschehnisse und den damit zusammenhängenden Erwartungen. So kam es auch zu der Hochzeit. Das Einzige, was ich mich am Vortag der Hochzeit zu Markus zu sagen getraute, war: „Es ist mir schade um meine jungen Jahre."

Seitdem die Scheidung eingereicht ist, wachse ich von Woche zu Woche und gewinne an Stärke und Frieden. Bestimmt werde ich in nicht allzu weiter Zukunft meine Vergangenheit bewältigen und fähig sein, eine neue

Beziehung einzugehen. Ich führe jedoch ein tiefes spirituelles Leben. Aus der Eucharistie schöpfe ich die meiste innere Freude und Licht. Sie verleiht meiner Seele Flügel. Der Gedanke, ohne die Heilige Kommunion leben zu müssen, erschreckt mich. Von der Kirche ausgestoßen zu sein, wäre in gewisser Sicht ein innerer Tod für mich. Du weißt, in der katholischen Kirche heißt es: „Bis der Tod euch scheidet."“

Ich verstehe Alexandras inneren Konflikt. Eigentlich will sie sich von ihrem Ehemann scheiden lassen. Sie darf dies aber nicht tun, weil die katholische Kirche keine Scheidungen zulässt. Und aus der katholischen Kirche wegen einer weltlichen Scheidung ausgestoßen zu werden – das würde sie nicht aushalten.

Der Schein des Feuers spiegelt sich in Alexandras Augen. Ich muss an alte Wildwest- und Indianerfilme denken. Es ist, als ob die Zeit stehengeblieben wäre.

„Frieden, erzähle mir von deiner Kindheit!", bittet mich Alexandra.

„Meine Kindheit war nicht so glücklich", beginne ich zu erzählen, „Wir wohnten in Halle-Neustadt, einer „sozialistischen Stadt", die nur aus Plattenbauten bestand. Zum Glück musste ich – im Gegensatz zu meinem Bruder – nur ein Jahr in den Kindergarten. Bis ich sechs war, blieb meine Mutter zu Hause. Danach begann sie, halbtags zu arbeiten. Ich erinnere mich noch daran, dass ich am ersten Tag heulend die hundert Meter von unserem Wohnblock in den Kindergarten lief. Dort war ich das schwarze Schaf. Ich war anders als die anderen Kinder, war ruhiger und zurückgezogen und wenig durchsetzungsstark. In der Schule setzte sich das fort. Vor allem der psychische Terror machte mir zu schaffen. Von allen Seiten bekam ich Druck: von meinen Mitschülern, weil ich anders war als sie, und von meinen Lehrern und Eltern. Die fragten nur nach meinen Zensuren in der Schule. Wer dahinter steckt, wie ich mich fühle, was in mir vorgeht, das interessierte sie nicht. Meine einzigen Zufluchtsorte waren meine Phantasie, Musik und das Haus und der Garten meiner Großmutter auf dem Land. Bei meiner Großmutter durfte ich so sein wie ich bin.

Später gab ich dem Gruppendruck nach. Um mir Ansehen in der Gruppe zu verschaffen, rauchte ich, ging auf Diskos und trank viel Alkohol. Bei den Mädchen hatte ich kein Glück. Es fehlte mir das nötige Selbstbewusstsein. Erst viel später wurde mir klar, dass ich auch bei der falschen Zielgruppe nach einer Partnerin suchte. In unserer Klasse und auch auf den Diskos, die ich besuchte, gab es keine, die wirklich zu mir passte.

Stattdessen ging ich regelmäßig ins Fußballstadion und fuhr bald auch immer häufiger zu Auswärtsspielen. In der Hooliganszene unter den Fußballfans fand ich Freunde mit zweifelhaftem Ruf. Die waren auch anders als die Masse. Aber sie hoben sich von der Masse ab durch Randale, Diebstahl und Prügeleien. Einige von ihnen waren schon vorbestraft. Die Welt der Hooligans hatte für mich etwas Abenteuerliches und Exotisches, auch etwas von Gegenbewegung zum politischen System. Diese Leute waren nicht nur asozial und kriminell, sie hatten auch den Mut, sich mit Polizei und mit dem Staat anzulegen. Das imponierte mir. Bald verkehrte ich regelmäßig in diesen Szenen und stand selbst mit einem Bein im Knast. Während meiner Lehrausbildung war ich chronisch müde und schlief während der ersten beiden Unterrichtsstunden. Hier war ich nun nicht mehr der Außenseiter. Meine Berichte über meine Erlebnisse mit den Hooligans bei den Fußball-Auswärtsfahrten, mein respektloses Verhalten gegenüber den Lehrern und regelmäßige Saufgelage verschafften mir einiges Ansehen bei meinen Mitlehrlingen.

Das alles hätte wohl schließlich zu einem bösen Ende geführt, wenn mich nicht ein Freund in die Jugendgruppe der katholischen Gemeinde von Halle-Neustadt eingeführt hätte. Dort lernte ich ganz andere Menschen kennen als bisher und völlig neue Horizonte öffneten sich mir. Zum Beispiel hörte ich in der katholischen Jugend zum ersten Mal in meinem Leben etwas über Nahtoderfahrungen und über Wiedergeburt.

Dann kam die Armee. Während meines Wehrdienstes beim Militär las ich sehr viel, so viel wie noch nie in meinem bisherigen Leben. Als Soldat war ich Militärkraftfahrer an einer Offiziershochschule. Und diese Offiziershochschule verfügte über eine ausgezeichnete Bibliothek mit vielen interessanten Büchern. Ab meinem zweiten Diensthalbjahr hatte ich mehr als genug Zeit zum Lesen.

Als ich von der Armee wieder zurück nach Hause kam, war ich wieder allein. Viele meiner besten Freunde waren weggezogen, verheiratet oder selbst beim Militärdienst. Ich begann sozusagen von vorne. Ausgerechnet auf einer Disko lernte ich nach einem guten Jahr meine erste Freundin kennen. Allerdings hatten wir bis auf das Reisen kaum gemeinsame Interessen. So kam es, wie es kommen musste: nach einem dreiviertel Jahr gemeinsamer Beziehung trennten wir uns wieder. Den Rest kennst du."

„Könntest du dir vorstellen, wieder vom Ausstieg auszusteigen?"

„Du meinst, ob ich wieder bürgerlich leben wollte?"

„Ja, zum Beispiel, wenn wir zusammenleben würden, und du würdest dir eine Arbeit suchen."

„Nein, auf keinen Fall möchte ich wieder meine Seele verkaufen und für Geld arbeiten oder vom Geld anderer Menschen leben."

Mittlerweile sind wir müde geworden. Wir legen uns neben dem Feuer hin – eng umschlungen. Zwischendurch schlafen wir öfter mal ein und wachen dann wieder auf – ein Dämmerzustand zwischen Schlafen und Wachen. Traum und Wirklichkeit vermischen sich. Ständig muss ich mich vergewissern, dass dies alles Wirklichkeit ist. Es ist einfach zu schön, um wahr zu sein. Das verlorene Paradies – es ist wieder da, ich habe es gefunden!

Nach Sichtigvor

Ein bewusst geführtes Leben kann den Weg zum Einkaufen zu einer Wallfahrt machen. (Arjuna Ardagh)

Erst kurz vor Mittag werden wir wach. Alexandra legt sich in die Sonne. Dann geht sie im See schwimmen. Heute wollen wir nach Sichtigvor aufbrechen und bei der *Gemeinschaft der Seligpreisungen* nach Bruder Winfried und Maria-Anna fragen. Bis nach Sichtigvor sind es ungefähr 15 Kilometer.

Wir essen, packen unsere Sachen und brechen auf in Richtung Hauptstraße. Durch unseren Aufenthalt am See haben wir mehr als einen Tag verloren. Natürlich war die gemeinsame Zeit am See wunderschön und daher nicht verloren. Aber wir haben halt nur insgesamt etwas mehr als eine Woche Zeit, um nach Dortmund zu kommen. Um die verlorene Zeit wieder aufzuholen und um Alexandras Fuß zu schonen, wollen wir per Anhalter nach Sichtigvor reisen. Kurz hinter dem Ortsausgangsschild von Völlinghausen stellen wir uns an die Straße. Nach wenigen Minuten hält ein BMW an. „Na, geht doch.", denke ich, „Zusammen mit Alexandra ist das Trampen ein Kinderspiel." Mit Alexandra ist alles so leicht und einfach. Alle Türen öffnen sich, fremde Menschen sind freundlich und hilfsbereit.

Wir steigen ein. Alexandra freut sich: „Das ist so schön, dass Sie uns mitnehmen."

„Ich bin früher auch einmal getrampt, aber das ist schon lange her. Heute sieht man kaum noch Tramper auf den Straßen", antwortet der Fahrer des BMW.

Wir erzählen von unserer Pilgerreise, und ich erzähle von unserer Gemeinschaft der Schenker. „Solange man jung und noch alleine ist, kann ich mir das alles ganz gut vorstellen", meint der Fahrer, „Aber später, wenn man dann verheiratet ist und Kinder hat, geht das nicht mehr."

Er fährt uns direkt vor das Klostergelände der *Gemeinschaft der Seligpreisungen*. Ein riesiger Hof mit großen Häusern und einem großen Garten erwartet uns. Vor der Eingangstür grüßen uns eine junge Frau und ein älterer Mann. Wahrscheinlich gehören beide zur Gemeinschaft. Wir fragen die beiden, ob ein Bruder Winfried und eine Maria-Anna hier waren. Sie waren da, sind aber schon weitergezogen, zu einer Familie im Nachbarort Belecke. Wir lassen uns die Telefonnummer von der Familie in Belecke geben. Alexandra fragt, ob wir uns im Kloster die Haare waschen dürfen. Wir dürfen. Nach dem Haarewaschen setzen wir uns für eine Weile in die Kapelle. In den ehrwürdigen Hallen sieht es aus wie in einem Schloss. „Stille" steht auf einem Schild vor der Kapelle. In der katholischen *Gemeinschaft der Seligpreisungen* leben Alleinstehende, Familien und auch junge Leute. Sie verbringen einen großen Teil des Tages in der Stille und im Gebet.

Mir ist aufgefallen, dass es in christlichen Gemeinschaften zwei große Gruppen gibt: die Beter und die Aktivisten. Leider vermisse ich bei den Betern meistens die Konsequenz aus ihrem Gebet – das praktische Engagement zur Verwirklichung von Gottes Reich auf dieser Welt. Die Aktivisten verstehen meistens nicht sehr viel vom Gebet. Zum Glück gibt es auch Ausnahmen, z.B. Peace Pilgrim. Diese Gemeinschaft hier würde ich wohl eher den Betern zuordnen.

An einer Telefonzelle ruft Alexandra die Familie in Belecke an und erfährt, dass Bruder Winfried und Maria-Anna nicht da sind. Vielleicht kommen sie ja noch – oder sie haben ihre Pläne geändert. Für den Fall, dass sie noch kommen, hinterlassen wir eine Nachricht, dass wir morgen Mittag um 13.00 Uhr an der katholischen Kirche in Warstein sein werden.

Wir bekommen Hunger. Unsere Vorräte sind zum größten Teil aufgebraucht. In Sichtigvor gibt es einen Lebensmittelmarkt und mehrere Bäckergeschäfte. „Alexandra mit ihrem Charme wird wohl mehr Erfolg als ich haben, wenn sie in den Geschäften nach abgelaufenen Sachen fragt", denke ich mir. Außerdem möchte sie ja „Pilgererfahrungen" machen.

Alexandra fragt die Verkäuferin des Lebensmittelmarktes: „Haben Sie irgendwelche Lebensmittel, die Sie wegwerfen möchten?" „Die haben wir schon in den Abfallcontainer geworfen.", antwortet die Verkäuferin.

„Und wo steht dieser Container?"

„Direkt vor dem Supermarkt, neben dem Eingang."

Wir gehen zum Container. Ich schiebe den Deckel hoch. Weintrauben, Äpfel, Birnen, Tomaten, Gurken und Mohrrüben liegen drin – alles noch essbar. Alexandra staunt: „Wahnsinn! So viele gute Sachen schmeißen die in den Container!"

Für mich ist das eher Routine. Andererseits ist es auch für mich jedes Mal spannend, in einen Supermarktcontainer zu schauen. Es ist das Überraschungsmoment, ein wenig wie als Kind zu Ostern oder zu Weihnachten. Man weiß nie, was einen da drin erwartet.

Stück für Stück angle ich die Kostbarkeiten aus dem Müllbehälter und reiche sie Alexandra, die sie verpackt. Es fühlt sich fast so an wie ein Arzt und seine Assistentin bei einer Operation im Krankenhaus. Einige Passanten beobachten uns verwundert. So etwas haben die wohl noch nicht gesehen! „Na, das wird Alexandra jetzt wohl peinlich sein", denke ich. Jedenfalls lässt sie sich nichts anmerken. Die Tür vom Lebensmittelmarkt geht auf, und die Verkäuferin vom Fleischstand kommt mit einer Tüte Brötchen und einem Wurstpaket heraus. „Da ist nur eine kleine Ecke eingerissen", sagt sie fast entschuldigend. Wir bedanken uns und sind gerührt von so viel Anteilnahme und Hilfsbereitschaft. Noch mehr staunen wir und freuen uns, als die Verkäuferin, welche Alexandra vorhin gefragt hat, uns eine Tüte mit Äpfeln und Mohrrüben herausbringt. Sie muss uns wohl beobachtet haben. Oder einer der Kunden hat uns beobachtet und es ihr erzählt. Geil! Jetzt haben wir so viele leckere Sachen. Ist das nicht ein Wunder? Gott sorgt für seine Kinder, wenn sie sich ihm anvertrauen.

Mit unseren Schätzen gehen wir noch einmal zurück in die *Gemeinschaft der Seligpreisungen*. In der Küche waschen wir alles ab. Alexandra möchte das Obst mit heißem Wasser abspülen. Das widerspricht all meinen Erkenntnissen in puncto Rohkosternährung aus meiner Zeit bei „Tamura" im Friedensgarten in Pommritz. Ich protestiere energisch: „Darunter leiden die Früchte doch! Die ganze Lebenskraft geht verloren."

Alexandra widerspricht mir: „Aber mit kaltem Wasser wird das Obst doch nicht richtig sauber. Wenn du willst, dass ich von diesen Sachen esse, dann lass sie uns heiß abspülen."

Typisch Medizinisch-technische Laboratoriumsassistentin! Wahrscheinlich bekommt man von der Arbeit im Labor eine Art Verfolgungswahn und sieht überall nur noch tödliche Keime, Bakterien und Viren. Aber egal, der Klügere gibt nach. Wir einigen uns darauf, dass wir alles Obst und Gemüse heiß abspülen, außer den Weintrauben. „Frieden, ich habe nicht so einen abgehärteten Magen wie du. Für mich ist das alles neu. Lass mir ein wenig Zeit!", bittet sie mich.

Wir wandern zum nahegelegenen Wald. Dort wollen wir uns einen guten Schlafplatz für die Nacht suchen.

„Frieden, weiß du was?", sagt Alexandra, „An den ersten zwei Tagen hatte ich ein wenig Schwierigkeiten mit deinen fettigen Haaren und mit deinem Körpergeruch. Das war auch einer der Gründe, warum ich ein klein wenig auf Distanz zu dir gegangen bin. Aber jetzt habe ich mich daran gewöhnt. Außerdem sind deine Haare ja jetzt frisch gewaschen."

Das ist ein bekanntes Problem zwischen „Aussteigern" und „Normalos". Wenn man ohne Strom und ohne fließendes warmes Wasser lebt, dann riechen die Klamotten für Außenstehende unangenehm und die Haare sind fettig. Shampoo und Waschmittel kosten Geld und liegen selten bis gar nicht im Container. Diejenigen, die im Haus der Gastfreundschaft leben, merken das gar nicht, weil hier alle gleich stinken. Aber sobald unsereins mit der bürgerlichen Gesellschaft in Kontakt kommt, rümpfen die „Bürger" entsetzt die Nase: „Iiiigitt, wie unzivilisiert!", denken sie, trauen sich aber meistens nicht, es auszusprechen. Es ist das gleiche Problem, das auch Obdachlose haben. Selbst wenn sie einen Platz finden, wo sie sich waschen können – die Kleidung stinkt weiter.

Aber hier und jetzt arbeitet die Zeit für mich. Je länger wir beiden zusammen pilgern, umso mehr stinken wir beiden gleich und nehmen es am Ende gar nicht mehr wahr.

Wir laufen so lange, bis wir weit genug vom Dorf entfernt sind. Dann verlassen wir den Waldweg und gehen quer durch den Wald. Der Wald ist eine Fichtenmonokultur mit vielen Farnkräutern und

Schachtelhalm. Dank der Fichtennadeln und wegen dem Moos ist der Boden schön weich – ideal zu Schlafen.

Nachdem wir unsere Schlafsäcke ausgebreitet haben, zünden wir eine der Kerzen an, die ich in Kronach im Container gefunden habe. Damals war ich enttäuscht, dass nichts Essbares im Container lag. Jetzt bin ich froh, dass wir die Kerzen haben. Wir bereiten das Abendessen.

Eng aneinandergeschmiegt, liegen wir auf unseren Schlafsäcken und küssen uns zum ersten Mal. Über unseren Köpfen sind die Baumkronen und die Sterne zu sehen. Es ist wahrhaft göttlich. Ich kann mich nicht erinnern, jemals in meinem Leben so glücklich gewesen zu sein. Und von Tag zu Tag wird es schöner, unsere Liebe wird stärker. Wir kommen uns geistig und körperlich näher.

„Frieden, weißt du was?", sagt Alexandra, „In den letzten zwei Tagen habe ich mich von Tag zu Tag mehr geöffnet. Nun fühle ich mich ganz frei und kann ganz ich selbst sein."

„Bist du traurig, dass wir Bruder Winfried und Maria-Anna verpasst haben?", frage ich.

„Nein, überhaupt nicht", lacht sie. Seit wir beiden allein sind, geht es mir so gut wie nie zuvor.

„Frieden, ich muss dir noch was erzählen. Auch mir ging es in der letzten Zeit vor unserer Begegnung nicht gut. Ich war so unzufrieden. Und jetzt bin ich richtig im „Hier und Jetzt", einfach ganz da, mit allen Sinnen und

Gedanken, in einer wundervollen Einheit mit mir selbst und mit allem, was mich umgibt."

Wir betrachten beim Kerzenschein unsere Spiegelbilder in unseren Augen. Alles ist so perfekt, fast unwirklich, fast übernatürlich. Als Alexandra schon schläft, spüre ich ihren Atem in meinem Gesicht wie ein Glück. Obwohl meine Arme schon schmerzen, denke ich nicht daran, mich umzudrehen. „Vielleicht wird es nie wieder so schön", denke ich.

Nach Warstein

Man kann die Menschen zur Vernunft bringen, indem man
sie dazu verleitet, dass sie selbst denken. (Voltaire)

Die Sonne weckt uns. Sie scheint durch die hohen
Fichten auf unsere Gesichter. Wir frühstücken, eingepackt
in unsere Schlafsäcke. Dann packen wir unsere Sachen
zusammen und brechen in Richtung Belecke auf. Bis
Belecke sind es fünf Kilometer. Nach etwa einer Stunde
sind wir da. Alexandra schließt die Augen, nimmt meine
Hand und lässt sich von mir führen. Sie vertraut sich mir
voll und ganz an. Ich genieße ihr Vertrauen.

In Belecke fragen wir nach dem Weg in Richtung
Warstein. Es sind noch sechs Kilometer. In einer knappen
Stunde wollen wir an der katholischen Kirche sein. Zu Fuß
schaffen wir das nie. Deshalb beschließen wir, wieder per
Anhalter zu reisen. An der Fernstraße in Richtung
Warstein gibt es eine Bushaltestelle, wo man gut anhalten
kann. Dort stellen wir uns hin und halten den Daumen in
den Wind. Nach wenigen Minuten hält ein Lastzug.
Alexandra ist begeistert. Der Fahrer kommt aus Kroatien.
Er setzt uns direkt am Marktplatz von Warstein ab.

Wir laufen eine Runde um die katholische Kirche. Sie ist
verschlossen. Bruder Winfried und Maria-Anna sind nicht
da. Auf dem Marktplatz werden Karussells und Stände für
den Jahrmarkt aufgebaut. An einem Brunnen spielen zwei

türkische Kinder. Eines der beiden Kinder bittet mich, sein Spielzeugauto aus dem Brunnen zu holen. Wir waschen unsere Gesichter im Brunnen.

Dann gehen wir zum Rathaus, um Wasservorräte aufzufüllen und um unsere Haare zu waschen. Auf der Männertoilette wäscht Alexandra mir die Haare, damit diese perfekt sauber sind. Schließlich sind wir ab heute wieder in der Öffentlichkeit, unter „bürgerlichen" Menschen. Jetzt ist Zeit für eine Mahnwache mit Spruchband auf der Straße, zum ersten Mal zusammen mit Alexandra. Wir machen einen Rundgang durch das kleine Stadtzentrum von Warstein. Ich halte Ausschau nach einem günstigen Platz, wo ich mein Spruchband aufhängen kann.

Mehr als drei Tage waren wir mit uns selbst beschäftigt. Zuerst gab es die Auseinandersetzungen in der Gruppe mit Bruder Winfried und Maria-Anna, dann haben wir uns von den beiden getrennt – wenn auch nicht absichtlich. Unsere beiden Tage am Stausee waren sicher eher Urlaub als eine Pilgerreise. Und doch war diese Zeit wichtig für uns, wichtig für unseren inneren Frieden, für die Harmonie mit uns und unserer Umwelt. Wir haben diese Zeit einfach für uns gebraucht. Jetzt sind die Verhältnisse geklärt, jetzt haben wir zueinander gefunden, sind glücklich und voll Freude. So können wir jetzt auch Lebensfreude ausstrahlen, können das göttliche Licht weiterschenken. Ich habe ein gutes Gefühl vor unserem ersten gemeinsamen „Auftritt" auf der Straße. Dieses Mal möchte ich die Leute auf der Straße nicht mit einer fertigen Antwort konfrontieren, sondern mit einer Frage. Nicht die Vorträge oder Predigten verändern das Leben der Menschen, sondern die eigenen Erlebnisse und das Leben selbst! Jesus setzt uns ja auch keine fertigen Antworten vor, er bietet uns keine Sicherheit, sondern er führt uns in ein neues unbekanntes Land. „Was ist der Sinn des Lebens?" steht auf meinem Spruchband. Eine Frage, die nicht so leicht zu beantworten ist. Lange Jahre meines Lebens habe ich nach einer Antwort gesucht. Vielleicht bin ich dem Ziel ein kleines Stück näher gekommen. Ist die Liebe zu Gott das höchste und schönste Ziel – und Sein Reich auf dieser Erde zu verwirklichen? Oder ist es das Sein, das Leben im Hier und Jetzt? Begegnet uns Gott nicht auch in jedem Menschen und in der Natur, in Seiner Schöpfung? Tue ich wirklich Gottes Willen oder verfolge und verteidige ich nur meine eigenen egoistischen Ziele? Die Wege, die zu Gott führen, sind wohl sehr verschieden. Ich habe mir angewöhnt, im Zweifelsfall mein eigenes Gewissen zu befragen, in die Stille zu gehen, zu beten oder mich zu fragen: „Was würde Jesus tun?"

Die Bushaltestelle am Markt erscheint mir am besten für mein Spruchband geeignet. Alexandra setzt sich zunächst etwas abseits von mir in die Sonne. So ganz geheuer ist es ihr noch nicht, in der Öffentlichkeit zu sitzen. Kann ich gut nachvollziehen. Als ich das erste Mal beim Katholikentag in Hamburg mit einem Schenker-Plakat an die Öffentlichkeit trat, hatte ich auch große

Angst davor, vor allen Leuten auf der Straße zu sitzen. Auch Alexandra hat sich Gedanken über den Sinn des Lebens gemacht und kommt zu folgender Erkenntnis: „Gott hat jeden von uns gleich beschenkt, und zwar hat er jeden als wundervolles Individuum geschaffen. Meiner Meinung nach ist der Sinn des Lebens, das Besondere und Einzigartige zu entdecken und zu entfalten. Das heißt, das Wesen zu entdecken, das wir von Grund auf sind. So werden wir unsere Stärken erkennen. Wenn diesem freien Lauf gegeben wird, werden sich die Ziele in unserem Leben klären. Die Verfolgung von diesen Zielen wird uns selbst und unsere Umgebung bereichern, wird zu Harmonie zwischen uns und dem Universum führen. So werden wir inneren Frieden und innere Freude leben können. Und dazu sind wir gerade berufen. Vor allem bin ich der Meinung, dass wir aus Gottes Liebe geschaffen sind und dass jeder diese Liebe im Tiefsten seines Herzens verborgen trägt. Somit ist der größte und existentielle Sinn unseres Lebens, diese Liebe zu entflammen. Nichts erfüllt mich mehr als Entdeckung in dieser Beziehung. Dazu werde ich jedoch am meisten durch die menschliche Liebe aufgeweckt. Außerdem hat Gott uns als Basis nicht allein die Liebe geschenkt, sondern auch die Erde. Wenn etwas geschenkt wird, dann hat das den Sinn, es zu genießen und auszukosten. Also, der Sinn des Lebens ist, der Liebe und sich selbst auf die Spur zu kommen und aus dem Herzen zu dem Besten beitragen zu können. Wenn ich mein Wesen entdecke, wie mich Gott geschaffen hat, dann werde ich Ihm in mir begegnen."

Die erste Zeit passiert wenig. Außer ein paar Jugendlichen, die sich nicht so richtig trauen, mit uns zu reden, zeigt niemand Interesse.

Alexandra setzt sich auf meinen Schoß. Wir küssen uns und schmiegen uns aneinander. „Wenn die Leute uns so sehen, missverstehen sie uns vielleicht", meint sie. „Die werden denken, was wir gerade machen, ist der Sinn des Lebens. Aber eigentlich liegen sie da gar nicht so falsch. Liebevoll miteinander umgehen, ist auch Sinn des Lebens."

Am späten Nachmittag geht Alexandra in die Stadt, um nach „abgelaufenen" Lebensmitteln zu fragen. Währenddessen setzt sich ein junger Mann neben mich. „Was sagst du zu den Terroranschlägen auf das World Trade Center in New York? Und was sagst du zu dem Krieg in Afghanistan?"

Ich antworte: „Mal ganz unabhängig davon, wer wirklich hinter den Anschlägen steckt: Krieg und Gewalt ist durch nichts zu rechtfertigen, auch nicht durch Terroranschläge. Gewalt ruft immer nur neue Gewalt hervor und ist kein Mittel zur Lösung von Konflikten."

„Aber da muss man doch etwas tun. Man kann doch nicht zusehen, wenn Tausende unschuldiger Menschen umgebracht werden. Ich habe so eine Wut auf diese Leute, die das gemacht haben."

„Weißt du denn ganz sicher, wer die Attentäter wirklich waren, und weißt du, wer dahintersteckt? Ist das denn gerecht, wenn in Afghanistan jetzt wieder Tausende unschuldiger Menschen umgebracht werden? Weil eine wenig glaubwürdige Regierung behauptet, die Mörder sitzen in Afghanistan? Und findest du es gut, wenn deutsche Soldaten in einen Krieg geschickt werden, mit dem wir nichts zu tun haben? Hieß es nicht immer: „Von deutschem Boden soll nie wieder Krieg ausgehen"?"

„Nein, das ist nicht gerecht", gibt er mir recht. „Aber man muss doch etwas tun."

„Mich macht es wütend, dass die ganze westliche Welt nach Rache schreit, wenn in New York Menschen durch Selbstmordattentate getötet werden. Aber wenn als Folge der kapitalistischen Weltordnung in den armen Ländern Millionen von Menschen nicht genug zu essen haben und manche sogar verhungern, dann interessiert das niemanden. Wenn in den vielen Kriegen auf dieser Welt Tausende durch im Westen hergestellte Waffen getötet werden, interessiert das niemanden. Wer hat denn den afghanischen Taliban-Milizen die modernen Waffen zur Verfügung gestellt, mit denen sie an die Macht gekommen sind?"

Ein Mann mit Jogginganzug und kurzärmeligem T-Shirt kommt hinzu. „Das kann ich dir sagen, was der Sinn des Lebens ist.", sagt er.

„Ja, was denn?", frage ich.

„Der Sinn des Lebens ist der Glaube an Jesus Christus und die Liebe zu Gott."

Dem kann ich zunächst nicht widersprechen. Später erfahre ich, dass er einer christlich-freikirchlichen

Gemeinde angehört. Zu den Freikirchen gehören in Deutschland u.a. die Methodisten, die Siebenten-Tages-Adventisten, die Neuapostolische Kirche und die Baptisten. Sie alle haben gemein, dass sie die Kirchensteuer ablehnen und sich durch freiwillige Spenden finanzieren. Allerdings haben die meisten Freikirchen ein extrem konservatives Verständnis von Christentum und verstehen die Bibel wörtlich. Ähnlich wie die Zeugen Jehovas werden die Gemeindeglieder angehalten, in der Öffentlichkeit zu missionieren. Deshalb ist es nicht verwunderlich, wenn mich auf meinen Pilgerreisen oft Freikirchen-Leute ansprechen.

Eine hübsche junge Frau mit kurzem dunkelbraunem Haar kommt dazu. „Wo kommt ihr denn her?", fragt sie. „Und was macht ihr hier?"

Ich erzähle ihr von unserer Pilgerreise und von der Gemeinschaft der Schenker. „Ich finde eure Aktion hier total super.", sagt sie. Die junge Frau heißt Angelika, wohnt in Warstein, arbeitet in der Psychiatrie und ist noch in der Ausbildung.

Alexandra kommt zurück. Ihr Beutezug war erfolgreich. Sie hat vom Reformhaus Schokolade, Nüsse, Brotaufstrich und vom Bäcker Brot bekommen.

Eine Gruppe von Jugendlichen und Männern mit Bierdosen in der Hand und ein paar Punker gesellen sich zu uns. Einer der Punker spricht Alexandra an. Er behauptet, mit LSD könne man alle Probleme lösen. Man könne damit sein Bewusstsein erweitern und Zugang zu anderen geistigen Dimensionen finden. Ich halte nichts von Drogen, egal ob legal oder illegal. Selbst wenn man damit sein Bewusstsein erweitern und in ferne Welten abtauchen kann, so bleibt es doch eine Sackgasse, die weder zur Bewusstwerdung noch zur Erleuchtung führt.

„Es gibt keinen Sinn des Lebens", sagt Thomas. Er ist 35 Jahre alt und total verbittert. „Glaub mir, ich habe schon viel erlebt und schon einiges durchgemacht in meinem Leben. Aber einen Sinn habe ich nie gefunden. Jetzt trinke ich, um zu vergessen. Das ist die einzige Möglichkeit, das Leben einigermaßen zu ertragen. Normalerweise spreche ich keine Leute an, die irgendwo auf der Straße sitzen. Aber ihr habt so eine vertrauenswürdige Ausstrahlung."

Thomas macht einen sehr verzweifelten Eindruck.

Ein anderer Mann aus der Gruppe spricht mich an und erzählt mir seine Lebensgeschichte. Er saß wegen Drogen im Knast in Werl, war verheiratet und trinkt jetzt nur noch, um zu vergessen. Auch er scheint in seinem Leben keinen Sinn mehr zu sehen. Er ist froh, endlich mal jemanden zu treffen, der ihm zuhört und ihn ernst nimmt, ohne mit dem Finger auf ihn zu zeigen.

Wir fragen die Leute aus der Gruppe nach einem guten Schlafplatz im Wald. Jemand erzählt uns von einer Höhle, wo er auch schon einmal übernachtet hatte. Aber das ist eine Stunde Weg von hier. Der junge Mann, mit dem ich über die Terroranschläge von New York diskutiert habe, lädt uns bei sich zum Übernachten ein. Ich würde sein

Angebot gern annehmen und frage Alexandra nach ihrer Meinung. Sie fühlt sich unsicher und möchte nicht bei einem wildfremden Mann schlafen. Schließlich sind es für sie die ersten Erfahrungen beim Pilgern auf der Straße.

Wir verabschieden uns und gehen dann aber in eine andere Richtung als uns die Jugendlichen von Warstein beschrieben haben. Alexandra möchte nicht, dass sie wissen, wo wir hingehen, damit uns niemand folgen kann. Sie ist beeindruckt von den Begegnungen mit den Menschen auf der Straße. Da ist so viel Leid, Einsamkeit, Verbitterung und Verzweiflung. Die meisten haben aufgegeben, für ihre Träume zu kämpfen, oder sie haben ihre Träume verdrängt und versuchen zu flüchten – in Alkohol und Drogen. Vielleicht haben wir diesen Menschen doch ein Fünkchen Hoffnung und Freude gebracht, haben das Eis ein wenig aufgetaut. Vielleicht haben wir auch längst vergessene Träume neu geweckt. Wildfremde Männer, die sich nach außen hart und rau geben, haben ihre Gedanken und Gefühle mit uns geteilt. Vielleicht geht die Saat, die wir heute in die Herzen der Menschen gesät haben, irgendwann einmal auf. Wir beiden waren ein gutes Arbeitskollektiv, wir haben uns gut ergänzt. Alexandra vermag den Menschen auf der Straße zu vermitteln, dass sie alle Kinder Gottes sind, dass es sich lohnt zu leben und dass jeder Grund zur Freude hat, weil es so viele wundervolle Dinge auf dieser Erde gibt.

Meine Stärke ist mehr die Auseinandersetzung mit dieser Gesellschaft, mit den Themen Macht, Politik, Geld und Wirtschaft. Alexandra ist offensiv und geht auf die Leute zu – ich höre lieber zu und lasse die Anderen kommen.

Wir gehen in Richtung Warsteiner Brauerei. Dort in der Nähe ist der Wald. Als wir den Wald erreichen, ist es schon dunkel. Auf einem Hügel finden wir einen guten Platz, umgeben von Heidekraut und Brombeersträuchern. Hier wird uns niemand so schnell finden. Alexandra schneidet mit ihrem Messer die dornigen Zweige ab, damit wir unsere Schlafsäcke ausbreiten können. Es ist windig. Am Himmel ziehen Wolken auf. Der Wind droht, unsere Kerze auszublasen. Wir befürchten, dass es diese Nacht regnen könnte. Deshalb verlagern wir unseren Schlafplatz in eine Mulde, die von Bäumen umgeben ist. Dort ist es windgeschützt, und auch der Regen kann nicht so schnell eindringen.

Unsere Liebe und auch unsere Leidenschaft wachsen wie ein zartes Pflänzchen von Tag zu Tag. Nach dem Abendessen liegen wir zusammen und küssen uns leidenschaftlich. Es ist so wundervoll, dass ich Goethes Faust zitieren muss: „Zum Augenblicke möcht' ich sagen: Verweile doch, du bist so schön."

Nach Werl

Was wir Gott nennen, ist dieses Nichts, das sich jeden Augenblick neu in millionenfachen Formen erschafft. Es ist wie ein Baum, der viele Äste treibt und sich jeden Augenblick neu in den vielen Ästen erschafft. Es ist wie das Meer, das jeden Augenblick unzählige Wellen kreiert, ohne dass sich das Wesen des Wassers verändert. In jeder kleinsten Welle manifestiert sich der ganze Ozean. In jedem kleinsten Geschehen manifestiert sich das Universum. Was wir Gott nennen, lebt sich selbst als die Milliarden Formen und auch als dieses ganz persönliche Leben. (Willigis Jäger)

Als wir aufwachen, scheint die Sonne schon wieder und der Himmel ist blau. Es hat doch nicht geregnet. Wir kuscheln uns eng aneinander und küssen uns. Es ist so schön, dass wir uns erst gegen Mittag durchringen können, aufzustehen.

Zusammen schmieden wir Zukunftspläne: eine Reise in die Pyrenäen per Anhalter, Leben in den Wäldern, nur von dem, was die Natur bietet, eine neue Pilgerreise.

Doch dann wird Alexandra ernst: „Frieden, ich weiß, das klingt brutal für dich. Aber nach dem Ende unserer Pilgerreise müssen wir voneinander loslassen. Wir haben keine gemeinsame Zukunft. Ich bin jetzt über 30 Jahre alt und habe höchstens noch drei Jahre Zeit, eine Familie zu gründen. Ich möchte eigene Kinder, und die kann ich mit dir nicht haben."

Deshalb möchte sie auch nicht mit mir schlafen.

„Frieden, weißt du was?", sagt sie.

„Ja, was"

„Noch nie war ich so frei wie jetzt mit dir. Es ist so wundervoll mit dir. Danke."

„Wofür?"

„Für alles, was du mir gegeben hast."

„Du hast mir doch auch so viel gegeben."

„Frieden, weißt du, auch wenn wir körperlich voneinander getrennt sind, werden wir im Geist verbunden bleiben. Selbst, wenn sich unsere Wege eines Tages trennen werden."

„Ich möchte das Gott überlassen, möchte unser Schicksal in Seine Hände legen. Gott soll immer im Mittelpunkt unseres Lebens und auch unserer Liebe stehen. Ich würde gern mit dir zusammen beten."

Wir setzen uns und danken Gott für alles, was Er uns geschenkt hat. Wir bitten für alle Menschen, denen wir begegnet sind und denen wir noch begegnen werden, und um Seinen Segen.

Nach dem Frühstück brechen wir in Richtung Warstein auf. Unser Weg führt am ausgedehnten Werksgelände der Warsteiner Brauerei vorbei. Hand in Hand laufen wir durch die Wohnsiedlungen am Stadtrand von Warstein.

Am Penny-Markt fragt Alexandra nach abgelaufenen Lebensmitteln. Es gibt nichts. Auch die Abfallbehälter sind leer. Sie schlägt vor, heute zu fasten. Heute ist Freitag, ihr Fastentag. Mit Fasten meint sie allerdings hier, dass wir nur von dem leben, was wir noch bei uns tragen. Ich stimme zu.

Aus einem Altpapiercontainer holen wir uns ein Stück Pappe. Daraus basteln wir ein Schild zum Trampen mit der Aufschrift „Werl". Werl soll unsere nächste Station sein. Die Männer, die wir gestern an der Bushaltestelle getroffen hatten, haben uns vor Werl gewarnt. Dort wäre der Knast und sonst nichts los. Wir wollen trotzdem hinfahren. Es liegt ja schließlich auf unserem Weg nach Dortmund. Alexandra malt mit bunten runden Buchstaben „Werl" auf das Pappstück. Dann stellen wir uns an die Bushaltestelle. Sie wedelt mit dem großen Schild herum, schaut den Autofahrern in die Augen und spricht sie an - auch wenn sie es nicht hören können. Nach wenigen Minuten hält ein Mercedes an. Die Fahrerin ist Ernährungsberaterin für die Firma Hipp. Sie nimmt uns direkt bis nach Werl mit. Im Auto hat sie einen Rosenkranz liegen, was darauf hinweist, dass sie katholisch ist – wie die meisten Leute in dieser Gegend. Alexandra spricht daraufhin an: „Sie haben einen Rosenkranz im Auto liegen. Sind sie katholisch?"

„Ja, ich bin katholisch getauft und gefirmt. Aber ich gehe schon lange nicht mehr zur Heiligen Messe, außer an Weihnachten und zu Ostern, und ich nehme auch nicht am Gemeindeleben teil. Die Kirche ist für mich unglaubwürdig. Auch wenn ich an Gott glaube."

Ich kann sie gut verstehen. Die großen Kirchen in Deutschland sind auch für mich wenig überzeugend. Meiner Meinung nach leben sie nicht das, was Jesus uns gelehrt hat. Jesus ist dafür hingerichtet worden, weil er sich mit den Mächtigen seiner Zeit angelegt hat. Unsere heutigen Kirchen sind zum Werkzeug von Banken, Großkonzernen und korrupten Politikern geworden. Sie rennen genauso dem Geld hinterher wie alle anderen.

In Werl setze ich mich mit meinem Spruchband vor das große Franziskanerkloster, eine Wallfahrtsstätte für Pilger. Alexandra setzt sich auf meinen Schoß, und wir küssen uns vor der Kirche. Es macht uns Spaß, die Leute zu provozieren. Es ist ein wenig wie in alten Hippie-Zeiten „Make love, not war". Für uns bedeutet Jesus vor allem Liebe und nicht Keuschheit.

Am Nachmittag geht Alexandra in die Stadt. Sie sucht eine öffentliche Toilette, wo sie sich waschen und unsere Wasserflaschen nachfüllen kann.

Der Pater vom Franziskanerkloster und ein älterer Mann aus der Gemeinde kommen auf mich zu: „Guten Tag. Ich heiße Hans-Georg und bin der Pater in diesem Kloster. Wo kommen Sie denn her? Und warum sitzen Sie hier?"

Ich erzähle ihm von unserer Pilgerreise und von der Gemeinschaft der Schenker. „Ich finde, das ist eine gute Idee, Menschen zum Nachdenken über den Sinn des Lebens anzuregen", meint er, „Auch der Ort hier passt gut für solch eine Aktion. Allerdings hätte ich es mir gewünscht, Sie hätten vorher mit mir darüber gesprochen, bevor Sie sich hierher setzen."

Der andere Mann aus der Gemeinde kommt auf das Thema Anschläge auf das World Trade Center in New York vom 11. September zu sprechen: „Wir Deutschen haben den Amerikanern so viel zu verdanken. Jetzt müssen wir den Amerikanern zur Seite stehen – auch im Krieg, auch in Afghanistan."

Der Pater ergänzt: „Die katholische Kirche hat dazu eindeutig Stellung genommen. In diesem Fall ist Gewalt gerechtfertigt."

Ich kann es nicht fassen! Die katholische Kirche rechtfertigt Krieg und Gewalt! Sie verrät damit Jesus und seine Lehren! Es enttäuscht mich sehr, dass sogar Franziskaner, die in Armut, Liebe und Gewaltfreiheit leben wollen, bei dieser Kriegshetze mitmachen. Ich entgegne: „Jesus hat zu Petrus gesagt: „Steck dein Schwert weg! Wer Gewalt anwendet, wird durch Gewalt umkommen." (Matthäus 26, 52), als er auf dem Ölberg gefangen genommen wurde. Gewalt ist durch nichts zu rechtfertigen. So ein Krieg trifft fast immer nur die Armen und die Unschuldigen."

„Braucht ihr noch irgendetwas? Zum Beispiel Essen, Unterkunft oder eine warme Dusche?", fragt der Pater mich.

„Bisher leben wir auf unserem Pilgerweg von abgelaufenen Lebensmitteln aus den Geschäften und von Früchten aus der Natur. Wir übernachten im Wald. Auch diese Nacht wollen wir wieder im Wald schlafen. Aber eine warme Dusche, die würden wir gern in Anspruch nehmen."

„Dann kommt morgen Vormittag hier vorbei zum Duschen. Ich werde da sein. Außerdem lade ich euch ganz herzlich zur Pilgermesse heute Abend ein."

Inzwischen ist Alexandra zurückgekehrt. Ein Mann, etwas älter als ich, mit einem kleinen Zopf im Haar, setzt sich zu uns. Er unterhält sich mit Alexandra. Früher war er bei der Friedensbewegung aktiv, hat an vielen Protestkundgebungen mitgewirkt. Wegen Drogen war er dann längere Zeit im Gefängnis. Er freut sich, endlich einmal Menschen zu treffen, die so ähnlich wie er drauf sind, die ihn verstehen. „Ihr beiden habt so eine herzliche Art, wie man sie heute nur noch selten erlebt. Wir, ich meine damit uns drei, sind eine Minderheit", meint er.

Dann fragt er Alexandra, ob sie ihm seinen Zopf neu flechten kann. Er geht in ein Geschäft und kauft sich Bänder für sein Haar. Als Alexandra mit dem Flechten fertig ist, bin ich einen Moment mit dem Mann allein. Da gesteht er mir: „Ich habe mich ein wenig in deine Freundin verliebt. Aber keine Angst, ich werde euch nicht zu nahe treten."

Am nächsten Morgen möchte er wiederkommen und uns wiedersehen. Wir verabschieden und umarmen uns. Zum Abschied küsst er Alexandra auf die Wange. Er wollte sie erst auf den Mund küssen. Das hat sie ihm aber verwehrt. Für mich war die Begegnung mit ihm ein wenig unangenehm, weil er sich so an Alexandra herangemacht hat.

Um 19.00 Uhr beginnt die Pilgermesse im Kloster. Die Pilger, eine Gruppe von alten Damen und Herren, trifft ein. Sie sind von einem Nachbarort ca. sechs Kilometer bis hierher gewandert. Ihr Gepäck wurde mit dem Auto gefahren. Ich erspare mir hierzu lieber meinen Kommentar.

Erst hatte ich keine Lust, die ganze Pilgermesse über mich ergehen zu lassen. Doch ich merke, dass Alexandra unbedingt bis zum Schluss bleiben möchte. Während der Messe hält sie meine Hand hinter dem Rücken. Die anderen Kirchgänger sollen nicht sehen, dass wir uns lieben. Am Ende der Heiligen Messe bin ich dann doch froh, dass ich geblieben bin. Vor allem das „Ave Maria" zum Abschluss war so schön. Es geht mir lange nicht aus dem Kopf. Ich merke auch, dass es mir gut tut, die Heilige Messe zu besuchen. Früher fand ich katholische Gottesdienste eher peinlich. Da ist etwas, was man nicht mit dem Verstand erfassen kann, sondern nur mit dem Herzen erleben kann.

Wir wollen auch diese Nacht im Wald schlafen. Der nächste Wald in der Umgebung ist der Werler Stadtwald. Er ist etwa eine Wegstunde vom Stadtzentrum entfernt. Der Weg zum Wald führt an einer vielbefahrenen Bundesstraße entlang und nimmt überhaupt kein Ende. Ich werde immer ungeduldiger. An einer Gaststätte fragen wir nach dem Weg. Wir erfahren, dass wir falsch gegangen sind. Jetzt müssen wir noch einmal eine Dreiviertelstunde über Feldwege laufen. Und vielleicht verlaufen wir uns ja wieder. Mein Rucksack drückt und ich bin müde. Ich möchte mich endlich hinlegen. Die letzten Nächte im Wald waren wunderschön, aber sie haben auch ihren Preis gehabt. Nämlich, dass wir zu wenig geschlafen haben. Wenn ich längere Zeit zu wenig schlafe, geht es mir richtig schlecht. Dann werde ich unerträglich.

Alexandra bemerkt meine Unruhe. Ihr macht der lange Weg nichts aus, sie möchte gern laufen. Ich möchte mich an der nächstbesten Stelle hinlegen. Schließlich einigen wir uns, in einem kleinen Wäldchen ganz in der Nähe zu übernachten. Es ist zwar nicht der Stadtwald, und die Autobahn ist auch zu hören. Aber die Bäume bieten ausreichend Schutz vor Wind, Regen und ungebetenen Gästen. Wir klettern über Wassergräben und Brombeergestrüpp. Nachdem wir das Wäldchen fast ganz durchquert haben, finden wir einen schönen Platz mit Blick auf die Sterne. In Hintergrund hören wir den Lärm der Autos auf der nahegelegenen Autobahn.

Von Werl nach Unna

Die Lüge sagt zur Wahrheit: „Heute ist ein wunderbarer Tag!" Die Wahrheit blickt in den Himmel und seufzt, denn der Tag war wirklich schön. Sie verbringen viel Zeit miteinander und kommen schließlich neben einem Brunnen an. Die Lüge erzählt der Wahrheit: „Das Wasser ist sehr schön, lass uns zusammen baden!"

Die Wahrheit, erneut verdächtig, testet das Wasser und entdeckt, dass es wirklich sehr nett ist. Sie ziehen sich aus und beginnen zu baden.

Plötzlich kommt die Lüge aus dem Wasser, zieht die Kleider der Wahrheit an und rennt davon. Die wütende Wahrheit kommt aus dem Brunnen und rennt überall hin, um die Lüge zu finden und ihre Kleidung zurückzubekommen. Die Welt, die die Wahrheit nackt sieht, wendet ihren Blick mit Verachtung und Wut ab.

Die arme Wahrheit kehrt zum Brunnen zurück und verschwindet für immer und versteckt darin ihre Scham.

Seither reist die Lüge um die Welt, verkleidet als die Wahrheit, befriedigt die Bedürfnisse der Gesellschaft, denn die Welt hat auf keinen Fall den Wunsch, der nackten Wahrheit zu begegnen. (Verfasser unbekannt)

Klarer Himmel grüßt uns. Es dämmert und es verspricht wieder, ein wundervoller sonniger Tag zu werden. Langsam schiebt sich die Sonne hinter dem Horizont hervor. Wir feiern den Sonnenaufgang mit einem Sonnenaufgangskuss. Ich streichle Alexandras Rücken.

„Was für einen wundervollen Körper du hast ...", sagt Alexandra zu mir. Es sieht so schön aus, wie das Sonnenlicht durch ihr Haar schimmert, während sie auf mir liegt.

Alexandra betont noch einmal, dass aus unserer Freundschaft keine feste Beziehung werden kann, weil wir keine gemeinsame Zukunft haben. Langfristig wird jeder von uns beiden sich einen neuen Partner für eine feste Beziehung suchen. Trotzdem oder gerade deswegen wollen wir die Zeit anhalten und die uns verbleibende Zeit genießen.

Alexandra möchte bis Werl zurücklaufen. Wir hätten sicher auch gut per Anhalter fahren können. Bei strahlendem Sonnenschein laufen wir Hand in Hand die Bundesstraße entlang. Viele Autofahrer lächeln, wenn sie uns sehen. Zwei Verliebte, die mit Rucksäcken die Straße entlanglaufen, sind nicht alltäglich. Wir wecken wohl bei vielen Sehnsüchte nach Liebe und Freiheit, nach Abenteuer und Romantik. Die ganze Welt scheint uns zu Füßen zu liegen, wenn Alexandra und ich unterwegs sind.

Wie verabredet, duschen wir und waschen unsere Sachen im Kloster von Werl. An der Wand hängt ein Zitat von *Seneca*: „Willst du glücklich werden, dann mehre nicht den Besitz, sondern mildere die Wünsche." Das steht allerdings im krassen Widerspruch zu der verschwenderischen Inneneinrichtung im Kloster und der doch sehr weltlichen Lebensweise der Leute in dem

Kloster. Was würde wohl der heilige Franz von Assisi dazu sagen?

Ich sitze wieder mit meinem Spruchband: „Was ist der Sinn des Lebens" vor der Kirche. Alexandra geht in die Stadt, um nach abgelaufenen Lebensmitteln zu fragen.

Ein älterer Mann fragt mich: „Na, was ist denn nun der Sinn des Lebens?"

„Was ist denn für Sie der Sinn des Lebens?", frage ich zurück.

„Meine Familie und das Leben selbst, das ist für mich der Sinn des Lebens", antwortet er. Ich erwidere: „Für mich ist die Liebe zu Gott, mein Einsatz für Frieden, Gerechtigkeit, Versöhnung und Liebe unter den Menschen der Sinn des Lebens."

„Das hast du gut gesagt. Dafür möchte ich dir etwas geben." Er kramt in seiner Geldbörse und will mir Geld geben. Das lehne ich kategorisch ab: „Ich sitze nicht hier, damit ich Geld bekomme. Wenn Sie jemandem Geld schenken möchten, dann geben Sie es den Armen."

Alexandra kommt mit Bananen, Paprika, Wurst, Weißbrot und Kuchen aus der Stadt zurück. Sie musste weit laufen, weil sie in der Innenstadt nichts bekam. Den Kuchen hat sie bei einem Bäcker aus dem Sonderangebot für eine Mark gekauft. „Frieden, bist du mir böse, dass ich den Kuchen gekauft habe?", fragt sie mich.

„Nein, natürlich nicht. Ich bin kein Dogmatiker. Manchmal muss man auch Kompromisse machen."

„Die Leute hier gucken so verbissen und wirken verbittert. In den Geschäften waren viele Verkäufer unfreundlich zu mir. Wenn ich jemandem ins Gesicht geschaut habe, hat er weggesehen."

Die Warnungen der Leute aus Warstein vor der Stadt Werl scheinen doch berechtigt gewesen zu sein. Wenn schon Alexandra mit ihrem Charme und mit ihrer kindlichen Freude die Herzen der Menschen nicht mehr erreichen kann, wer dann überhaupt? Im Neuen Testament, im Matthäusevangelium 10, 14-15 steht:

„Wenn ihr in einer Stadt oder in einem Haus nicht willkommen seid und man eure Botschaft nicht hören will, so geht fort und schüttelt den Staub von euren Füßen als Zeichen dafür, dass ihr die Stadt dem Urteil Gottes überlasst. Ich sage euch: Den Einwohnern von Sodom und Gomorrha wird es am Tag des Gerichts besser gehen als den Menschen einer solchen Stadt."

Deshalb schütteln wir den Staub dieser unfreundlichen Stadt von unseren Füßen und suchen uns eine günstige Stelle zum Trampen an der Bundesstraße in Richtung Unna.

Alexandra schaut jedem Autofahrer ins Gesicht. „Aber du fährst bestimmt nach Unna … - … und du, nimmst du uns mit?", so redet sie mit den Autofahrern, ohne dass diese sie hören können. Nach ganzen sieben Minuten hält ein Auto. Für Alexandra dauert das schon fast zu lange, während ich es gewohnt bin, oft stundenlang zu warten, bis jemand hält.

Johannes, der Fahrer, der uns mitnimmt, wollte eigentlich gar nicht nach Unna fahren. Aber er ist früher selbst getrampt und ist angenehm überrascht, auf dieser Straße Anhalter zu sehen. Er bringt uns direkt bis ins Stadtzentrum von Unna.

Die Stadt hat knapp 60.000 Einwohner. Hier beginnt das Ruhrgebiet. Früher gab es auch in Unna viel Bergbau. Aber die Zechen wurden schon in den 1960er Jahren geschlossen. Ein paar alte Fachwerkhäuser im Zentrum haben den 2. Weltkrieg überlebt bzw. wurden wieder aufgebaut.

Zuerst schauen wir uns in der Innenstadt um. Ich suche eine Stelle, wo ich mein Spruchband gut sichtbar aufhängen kann. Heute ist Sonnabend. Die Geschäfte haben noch geöffnet. Deshalb nutzen wir unseren Rundgang gleich dazu, nach abgelaufenen Lebensmitteln zu fragen. Alexandra fragt in verschiedenen Geschäften: „Haben Sie Sachen, die Sie wegwerfen möchten?" Dieses Mal ohne Erfolg. Nur beim REWE-Supermarkt stellt uns die Verkäuferin in Aussicht, dass wir kurz vor Ladenschluss abgelaufene Lebensmittel abzuholen könnten.

Ich setze mich mit meinem Spruchband auf den Marktplatz. Alexandra geht Wasser nachfüllen. Nach einer Stunde kommt sie zurück. Beim REWE gab es doch nichts. In einem türkischen Geschäft hat sie Wasser bekommen.

Der Ladenbesitzer lud sie auf einen Kaffee ein. Beim Kaffeetrinken fragte er sie: „Wie gefällt es dir in Deutschland?" Alexandra antwortete: „Materieller Reichtum, geistige Armut."

Ein junger Mann, ganz in schwarz gekleidet, setzt sich zu uns. „Na, was ist der Sinn des Lebens?", fragt er uns.

„Wir möchten gern deine Meinung wissen.", antworte ich.

„Alles aus der Sicht des Betrachters", antwortet er, „wenn ich zum Beispiel jemanden mit dem Auto überfahre, dann könnte ich sagen: „Das ist ein großes Unglück." Ich könnte es aber auch so sehen: „Ich habe dem, den ich totgefahren habe, großes Leid erspart. Denn sein Leben war sowieso schrecklich, und er hatte auch keine Aussicht, dass sich etwas bessern werde. Also wäre sein Tod eine große Wohltat für ihn."

Er führt noch weitere Beispiele für seine Theorie an. Was wir auch entgegnen, er kommt immer wieder darauf zurück: „Alles aus der Sicht des Betrachters."

Unser Gesprächspartner ist rhetorisch sehr geschickt und treibt uns mit seiner Redegewandtheit in die Enge. Früher hat er Heroin genommen. Jetzt ist er clean. Aber jeder Funke Hoffnung und Lebensfreude in ihm wurde ausgelöscht.

Alexandra fühlt sich wie zusammengeschlagen: „Der ist ja noch schlimmer als die Leute von Warstein. Er ist so leer. Da ist einfach nichts mehr."

Dieser junge Mann mit seiner schwarzen Kleidung und mit seiner negativen Ausstrahlung wird uns wohl noch eine Weile verfolgen. Alexandra erinnert seine Art an große schwarze Löcher im Universum. In diesen schwarzen Löchern wird alles, was sich ihnen nähert, auch Licht, mit einer unglaublichen Gravitationskraft angezogen und verschwindet dann mit einer unvorstellbaren Dichte für immer. Nichts kann solch ein Loch verlassen, und nichts gelangt heraus.

Ich muss an die „*Unendliche Geschichte*" von Michael Ende denken. In dem Buch wird das Märchenreich „Phantásien" von einem unheimlichen „Nichts" bedroht. Dieses „Nichts" ist wie ein Loch, und doch ist es kein Loch. Denn ein Loch ist ja immerhin noch etwas. Das „Nichts" verschlingt nach und nach alles um sich herum – Menschen, Tiere, Pflanzen, Steine, Wasser, Licht. Es breitet sich mit rasender Geschwindigkeit unaufhaltsam in Phantásien aus. Dieses „Nichts" in der „*Unendlichen Geschichte*" ist ein Symbol für die immer stärker um sich greifende geistige Armut und Phantasielosigkeit in unserer heutigen westlichen Konsumgesellschaft. In einer Welt, wo die meisten Menschen Tag und Nacht vom Fernsehprogramm bespaßt werden und wo man sich vermeintlich alles kaufen kann, bleibt kein Platz mehr für Phantasie und Träume.

Auch der Nächste, der uns anspricht, war heroinabhängig. Man sieht es an seinem Gesicht. Es ist ausgemergelt, von Narben entstellt, fast wie ein lebendes

Skelett. Dazu kommt dieser leere, sehnsüchtige und abwesende Blick. Die Droge Heroin ist eine falsche Braut. Sie verspricht ihrem Bräutigam das Paradies auf Erden, doch nur für einen kurzen Augenblick. Dieser kurze Augenblick hat einen hohen Preis, mal abgesehen vom Geld. Denn das kurze große Glück ist nur geborgt. Die Droge entzieht dem Körper jede Kraft und Lebensenergie. Ich habe heroinabhängige junge Frauen gesehen, die knapp über Zwanzig waren und aussahen wie über Sechzig. Sie hatten keine Zähne mehr im Mund, sondern nur noch Stümpfe. Es wird gesagt, wenn das Heroin rein wäre, könnte man damit hundert Jahre alt werden. Aber auf dem Schwarzmarkt wird Heroin immer mit anderen schädlichen Substanzen gestreckt, damit die Gewinnspanne größer ist.

Der junge Mann war lange Zeit in Werl im Knast. Dort wurde er von Mithäftlingen mehrfach vergewaltigt, wurde gedemütigt und misshandelt. Normalerweise spricht er keine fremden Leute auf der Straße an. Doch wir machen auf ihn einen herzlichen, vertrauenswürdigen Eindruck. „Von euch kommt etwas Warmes, Lebendiges, Liebes rüber, was man bei normalen Menschen nicht mehr findet", sagt er.

Er ist sehr scheu, wirkt verzweifelt und verstört – ein wenig wie jemand aus einer anderen Welt. Man merkt ihm an, dass er sich nach Liebe, Geborgenheit und jemandem, dem man vertrauen kann, sehnt. „Ich möchte gern noch länger mit euch reden, aber ich muss weg, ich habe keine Zeit. Wenn ihr wollt, könnt ihr zu mir nach Hause kommen und bei mir schlafen. Meine Wohnung ist klein und ich habe nicht viel. Aber falls euch das nichts ausmacht, seid ihr willkommen. In einer Stunde könnte ich zurückkommen und euch abholen", bietet er uns an.

Dieses Mal überwindet Alexandra ihre Angst und ihre Vorurteile. Sie willigt ein, dass wir bei ihm übernachten. Wir sind beide erschüttert von so viel menschlichem Leid. Alexandra ist tief beeindruckt von den Begegnungen mit den Menschen auf der Straße.

Die Straße ist der beste Lehrmeister in Sachen Soziologie und Psychologie.

Eine Gruppe Jugendlicher kommt. Sie sind sich nicht so sicher, was für sie der Sinn des Lebens sein könnte. Einige sagen, es könnte schon etwas „Religiöses" sein. Andere meinen: „Na, Spaß haben ..."

Ein Mann kommt zielstrebig auf uns zu. Er heißt Thomas und hat uns schon am Nachmittag gesehen. Da hat er sich aber nicht getraut, uns anzusprechen. Später, zu Hause, hat er sich dann entschlossen, uns in seine Wohnung einzuladen. Thomas ist Christ und sucht jetzt eine gute Gelegenheit, einmal etwas Gutes zu tun. In einer guten Stunde will zurückkommen, um uns abzuholen.

Es ist Samstagabend, Zeit für viele junge Leute, feiern zu gehen. Immer mehr Jugendliche kommen vorbei. Einige sagen zu uns: „Ficken ist der Sinn des Lebens."

Andere rufen: „Saufen ist der Sinn des Lebens."

Ein junger Mann mit einer Gitarre in der Hand läuft vorbei an uns und sagt: „Musik ist der Sinn des Lebens."

Ein anderer junger Mann, mit einem schwarzen Anzug bekleidet, kommt auf uns zu. Er stellt sich vor: „Ich bin Elder Montgomery und komme aus den Vereinigten Staaten von Amerika. Habt ihr schon einmal etwas von der *Kirche Jesu Christi der Heiligen der Letzten Tage* gehört?"

„Das sind doch die Mormonen", antworte ich.

„Ja, so werden wir auch genannt. Ich lade euch ganz herzlich ein zu unserem Gottesdienst morgen Vormittag hier in Unna. Hier auf diesem Zettel stehen Anschrift und Uhrzeit."

Er überreicht uns einen Zettel mit den Daten der Mormonengemeinde von Unna.

Thomas kommt zurück. Gemeinsam brechen wir auf zu seiner Wohnung. Er wohnt am Stadtrand von Unna in einer kleinen Einzimmerwohnung. Aus gesundheitlichen Gründen hat er keine Arbeit. Er lebt hier allein und sehr bescheiden. Thomas beschäftigt sich sehr intensiv mit sozialen Projekten in den armen Ländern der sogenannten „Dritten Welt". An den Wänden seiner Wohnung hängen selbstgemalte Bilder und Fotos von Menschen aus den verschiedensten Teilen der Welt.

Zum Abendessen teilen wir unsere letzten Vorräte. Thomas macht Hähnchen mit Reis warm und kocht Tee für uns.

Nach dem Essen erzählt er uns die Geschichte der Friedensnobelpreisträgerin *Rigoberta Menchú Tum*.

Während Thomas uns von Rigoberta Menchú erzählt, kämpft er mit den Tränen. Auch Alexandra und mich bewegt die Geschichte dieser mutigen Frau sehr.

Thomas ist sehr einsam. Sein einziger Kontakt zur Außenwelt sind eine evangelische Gemeinde und ein Hauskreis. Deshalb ist er froh, dass wir ihm Gesellschaft leisten.

In der CD-Sammlung von Thomas entdecke ich eine CD mit Argentinischem Tango. Vor längerer Zeit hatte ich in Halle einmal Unterrichtsstunden in Tango genommen. Auf meinen Wunsch legt Thomas die Tango-CD ein. Ich tanze mit Alexandra Tango, so unvollkommen, wie zwei Anfänger das eben nur können. Alexandra möchte auch mit Thomas tanzen. Aber der ziert sich erst. Er meint, er kann nicht tanzen. Aber sie versuchen es trotzdem, und es geht ganz gut.

Nach dem Tanz hören wir eine CD mit klassischer Gitarrenmusik, gespielt von Anton Steklov. Die Musik ist so schön und romantisch. Thomas merkt, wie sehr die Musik Alexandra gefällt. Er schenkt ihr die CD.

Thomas schläft auf der Couch im Wohnzimmer. Wir beiden schlafen auf einer Doppelbettcouch im anderen Teil des Wohnzimmers. Das erste Mal seit langer Zeit schlafen wir wieder in einem richtigen Bett! Ich lege mich schon hin, während Alexandra noch im Bad ist.

Die Bilder des Tages ziehen an mir vorbei. Vor allem die beiden jungen Männer – der mit dem „Alles aus der Sicht des Betrachters" und der mit dem Narbengesicht – verfolgen mich noch. Besonders der Letztere, mit seinem leeren Blick, mit seiner verzweifelten Sehnsucht nach Verständnis und Liebe. Und so einsam. Aber trotzdem ist er nicht zu uns zurückgekommen.

Auch Thomas ist einsam und traurig. Was wird er machen, wenn wir wieder weg sind? Er ist so lieb zu uns, er hat selbst nicht viel und teilt noch das Wenige, was er hat, mit uns. Mir wird bewusst, was Einsamkeit für eine schlimme Not in diesem materiell so reichen Land ist.

Dann legt sich Alexandra neben mich. Das ist so wundervoll! Unsere Körper verschlingen sich ineinander, ich spüre ihre Wärme, ihren Körper, ihr Gesicht, ihre Lippen – es ist wie im Paradies!!!

Von Unna nach Dortmund

Ein flüchtiges Gefühl von Liebe und Freude oder kurze Momente tiefen Friedens sind möglich, wann immer eine Unterbrechung im Gedankenstrom entsteht. Für die meisten Menschen geschehen diese Unterbrechungen selten und nur zufällig in Momenten, wo der Verstand "sprachlos" ist, manchmal hervorgerufen durch immense Schönheit, außerordentliche körperliche Anstrengung oder sogar durch große Gefahr. (Eckhart Tolle)

Es ist Sonntag. Zum ersten Mal während unserer Pilgerreise regnet es. Wie gut, dass wir diese Nacht nicht im Freien übernachten mussten. In all den Nächten, in denen wir im Freien übernachteten, war es trocken. In der ersten Regennacht seit Beginn unseres Pilgerweges haben wir ein Dach über dem Kopf. Ist das nicht ein Wunder?

Wir frühstücken mit Thomas. Nach dem Frühstück möchte er zum Gottesdienst in seiner Gemeinde gehen. Alexandra und ich wollen zu den Mormonen gehen, die uns gestern zu ihrem Gottesdienst eingeladen haben. Bis zum Stadtzentrum von Unna gehen wir gemeinsam mit Thomas. Dann trennen sich unsere Wege.

Die Mormonengemeinde ist in einem Vorort von Unna, weit außerhalb vom Stadtzentrum. Wir laufen eine Dreiviertelstunde durch den Regen, bis wir vor der Kirche stehen, einem modernen Zweckbau. Elder Montgomery, der uns gestern eingeladen hatte, begrüßt uns. Die

Gottesdienstbesucher sind alle festlich gekleidet. Die Männer tragen einen schwarzen Anzug. Da fallen wir beiden schon durch unsere Bekleidung auf. Die Missionare heißen bei den Mormonen „Elder". Zur Einführung erzählt uns Elder Montgomery vom Glauben der *Kirche Jesu Christi der Heiligen der Letzten Tage*. Elder Montgomery schenkt Alexandra eine Mormonen-Bibel, ein Buch Mormon.

Die Leute in der Gemeinde sind freundlich, aber steif und kalt. Die Kirche ist sehr funktional eingerichtet. Es gibt keine Gemälde und keinen kunstvollen Altar. Mit mehreren Liedern wird der Gottesdienst eingeleitet. Es folgen Gebete. Danach wird das Abendmahl ausgeteilt. Zum Heiligen Abendmahl gibt es keinen Messwein und keine geweihten Hostien wie in der katholischen Messe, sondern Wasser und Brot in Plastikgefäßen. Nach dem Abendmahl treten verschiedene Gemeindeglieder vor das Mikrofon und reden über das Thema: „Wie unterstütze ich meinen Bischof".

Das ist für Alexandra und mich sehr langweilig, weil es mit uns beiden nichts zu tun hat. Für uns ist der Gottesdienst in der *Kirche Jesu Christi der Heiligen der Letzten Tage* eine Erfahrung, die man einmal machen kann, die man aber nicht unbedingt wiederholen muss.

Nach dem Gottesdienst fragt Alexandra die Leute von der Gemeinde nach einer Mitfahrgelegenheit in Richtung Dortmund. Eine Familie nimmt uns bis nach Dortmund-Wickede mit. Dortmund-Wickede ist ein eingemeindeter

Vorort von Dortmund. Vor hier sind es noch 12 Kilometer bis zum Stadtzentrum. Das bedeutet für uns: noch mehr als zwei Stunden Fußmarsch. Aber zunächst kümmern wir uns um das leibliche Wohl. Da heute Sonntag ist, haben die meisten Geschäfte zu, auch die großen Lebensmittelmärkte. Für uns bietet das die Gelegenheit, ungestört in den Abfallcontainern der Supermärkte herumzustöbern. Es lohnt sich. In einem Container werden wir fündig. Immerhin haben einige Bäckergeschäfte heute Nachmittag noch geöffnet. Alexandra fragt dort nach Resten und bekommt eine Tüte mit Brötchen und eine Zuckerbrezel.

So gestärkt, machen wir uns auf den langen Weg nach Dortmund. Vorort reiht sich an Vorort. Es ist ein wenig trostlos – kein Wald mehr, nur noch Straßen und Häuser. Alexandra ist erschöpft. Sie möchte versuchen, per Anhalter weiterzureisen. Hier, mitten im Stadtgebiet von Dortmund dürfte das etwas schwierig werden. Wir versuchen es trotzdem. Alexandra hält den Daumen raus. Da, wo wir stehen, ist Halteverbot, weil die Straßenbahn hier lang fährt. Also eine äußerst ungünstige Stelle zum Trampen. Aber nach zwei Minuten hält ein Auto an – im Gleisbett der Straßenbahn. Zwei Straßenbahnen nähern sich uns – eine von vorne und eine von hinten. Wir steigen schnell ein. Gerade noch rechtzeitig, bevor die Straßenbahnen abbremsen müssen, fahren wir los.

Der Fahrer setzt uns nicht weit vom Stadtzentrum ab. Alexandra fragt einen älteren Mann nach dem Weg ins

Stadtzentrum. „Das ist aber noch weit von hier", antwortet der Mann.

„Wie weit ist es denn?"

„Na, vier Straßenbahnstationen."

Wir lachen. Das ist für uns ein Kinderspiel.

In Dortmund wohnt Bodo. Bodo ist ein Bekannter von mir. Er besucht regelmäßig das Haus der Gastfreundschaft in Dargelütz, um dort „Urlaub" zu machen. Es gibt tatsächlich Leute, die im Haus der Gastfreundschaft Urlaub machen! Bodo ist krank. Er leidet an Schizophrenie und muss Medikamente einnehmen. Manchmal wirkt Bodo mit seiner aufdringlichen Art wie ein großes Kind. Aber er ist ein herzensguter Mensch, sehr offen und sehr hilfsbereit. Jedenfalls hat er uns eingeladen, in seiner Wohnung in Dortmund zu übernachten. Wir fragen uns zu Bodos Wohnung durch. Er wohnt in einem Neubaublock nicht weit vom Hauptbahnhof. Aber er ist nicht zu Hause.

Wir gehen zum Hauptbahnhof. Alexandra fragt nach den Zugverbindungen nach Stuttgart. Sie möchte möglichst mit dem letzten möglichen Zug fahren, so dass sie von Dortmund direkt zur Arbeit fährt. So hätten wir noch maximal viel Zeit für uns.

Es wird Abend. Alexandra hat jetzt Appetit auf etwas Warmes, Deftiges, zum Beispiel auf Pommes Frites. Da kommt mir eine Idee. Ich hatte beim Deutschen Katholikentag in Hamburg beobachtet, wie sich

Obdachlose in ein Fastfood-Restaurant setzen und die zurückgelassenen Reste von den Tabletts aufessen. Das wollen wir in Dortmund auch ausprobieren. Bisher hatte ich mir das noch nicht getraut. Aber mit Alexandra an meiner Seite ist es ganz was anderes. Ich sage zu Alexandra: „Ich lade dich jetzt zum Essen ein, zu McDonalds."

Direkt am Hauptbahnhof gibt es ein McDonalds-Restaurant. Dort gehen wir hinein. Wir setzen uns in eine Ecke und verfolgen das Geschehen.

Eine Familie mit Kindern setzt sich an den Nachbartisch. Nach meinen Erfahrungen sind die heutigen Wohlstandsgören meistens sehr mäklig und lassen oft die Hälfte des Essens auf dem Teller liegen. Und so ist es auch. Die Familie verlässt den Tisch und lässt das Tablett dort stehen. Ich hole mir das Tablett und stelle es auf unseren Tisch. Es lohnt sich: auf dem Tablett sind ein angebissener Hamburger, Pommes Frites, Vanilleeis und Cola. Von einem anderen Tisch hole ich noch mehr Becher mit Cola, die nicht ausgetrunken wurden. Dann lassen wir es uns schmecken. „Mmmjammmh!", ruft Alexandra und genießt die erste warme Mahlzeit seit Tagen. Die größte Herausforderung ist der angebissene Hamburger. Mancher Leser mag jetzt denken: „Wie ekelhaft! Das ist doch unhygienisch – die vielen Keime!" Aber das ist alles nur im Kopf, alles nur Einbildung! Als „Container-erfahrener" Aussteiger sage ich mir immer: „Was nicht tötet, härtet."

Wenn ich mir nicht vorstelle, dass da schon jemand anderes vor mir in den Hamburger gebissen hat, sondern wie lecker solch ein Hamburger schmeckt, sieht die Sache ganz anders aus. Auch die vielen gesundheitsschädlichen Zusatzstoffe, den raffinierten Zucker und das Weizenmehl blenden wir jetzt mal aus. Wenn man hungrig ist, spielt das alles keine Rolle! Wir teilen uns den angebissenen Hamburger. Ich sage zu Alexandra: „Stell dir mal vor, die anderen Gäste wüssten, dass vor uns schon jemand in den Hamburger gebissen hat. Denen würde doch das Gesicht einschlafen vor Ekel. Ist das nicht so richtig schön peinlich?"

Bei dem Gedanken an die entsetzten Gesichter der Anderen muss ich lachen. Ich kriege mich gar nicht wieder ein vor Lachen und lache, bis mir die Tränen kommen. Mein Lachen steckt an. Auch Alexandra muss lachen.

Übermütig und in bester Stimmung gehen wir in die Innenstadt. Vor einer Spiegelglasfassade bleiben wir stehen. Wir betrachten unser Spiegelbild und küssen uns. Es ist ein wunderschöner Anblick!

Alexandra möchte die Heilige Messe besuchen. Die beginnt um 18.30 Uhr. Bis dahin haben wir noch ein wenig Zeit. Nach der gelungenen Aktion bei McDonalds haben wir Lust auf mehr. In der Innenstadt, nicht weit von der katholischen Kirche gibt es ein weiteres McDonalds-Restaurant. Da gehen wir hinein. Dieses Mal ist Alexandra dran. Wieder setzen wir uns einen Tisch und warten. Jemand stellt ein Tablett mit Pommes Frites in das Regal für Abfälle. Schnell springt Alexandra auf, holt sich das Tablett aus dem Regal und stellt es an unseren Tisch. Ich hole von den Nachbartischen ein paar angetrunkene Colabecher. Nun haben wir reichlich gegessen und getrunken und sind so richtig satt.

In der Kirche sitzen wir Hand in Hand. Beim Gebet empfinde ich solch ein tiefe Dankbarkeit für dieses große, große Glück. „Das habe ich gar nicht verdient, dass es mir so gut geht", denke ich.

Mir kommen die Tränen. Auch Alexandra weint – vor Glück. Ich küsse ihr die Tränen weg. Wir stellen uns vor, wir säßen in der Kirche zu unserer eigenen Hochzeit – zu einer Hochzeit nur zum Schein! Ich habe ja keine gültigen Papiere mehr, mein Pass und mein Personalausweis sind abgelaufen. Das Standesamt würde uns deswegen gar nicht trauen. Und in der katholischen Kirche dürfen wir nicht heiraten, weil wir beide geschieden sind. Alle unsere Freunde, Bekannten und Verwandte, die Gäste aus dem Haus der Gastfreundschaft und alle Menschen, die wir auf der Straße getroffen haben, sind eingeladen und sitzen in der Kirche. Die ungewaschenen stinkenden Gäste aus dem Haus der Gastfreundschaft sitzen neben den sauberen normalen Bürgern aus der Stadt. Nach der Trauung in der Kirche gibt es ein großes Festmahl. Das Essen kommt alles aus dem Abfallcontainer. Unsere Hochzeitsgäste erfahren das aber erst nach dem Festmahl, dass sie Abfälle aus dem Müll gegessen haben. Wir stellen uns die vom Ekel verzerrten Gesichter einiger Hochzeitsgäste vor. Manche rennen aufs Klo und müssen sich übergeben. Das gibt ein großes „Kotzorama". Nach dem Festmahl geht die ganze Hochzeitsgesellschaft zu McDonalds. Aber auch da gibt es nur das, was die zahlenden Gäste übriglassen.

Hand in Hand rennen und springen wir durch die Straßen – wie kleine Kinder. „Juhu", ruft Alexandra. Die Passanten bleiben stehen und sehen uns verwundert an. Manche lächeln. Es ist so unbeschreiblich schön! So etwas kenne ich sonst nur aus dem Kino.

Bodo ist gerade von der Arbeit gekommen. Er schlägt sich mit Gelegenheitsjobs durch. Zur Zeit muss er sieben Tage in der Woche arbeiten. Um 7.00 Uhr muss Bodo das Haus verlassen und kommt gegen 18.00 Uhr von der Arbeit zurück. Er gibt uns seinen Haustürschlüssel. Wir dürfen in seinem Schlafzimmer schlafen. Bodo schläft auf der Couch im Wohnzimmer.

Zum ersten Mal haben wir ein Zimmer für uns, wo wir ungestört sind. Die halbe Nacht küssen und streicheln wir uns am Gesicht, auf dem Bauch, auf dem Rücken, an Armen, Händen und Füßen. Es ist, als wäre die Zeit stehengeblieben. Immer wieder muss ich mich fragen: „Ist das alles nur ein Traum oder erlebe ich das tatsächlich?"

„Nein, das ist Realität", versichert Alexandra mir.

In Phantásien

Das Ziel der menschlichen Seele ist die Erfahrung von allem, damit sie alles sein kann. (Neale Donald Walsh)

Die Nacht war kurz. Wir haben kaum geschlafen. Mit dem Sonnenaufgang werden wir wieder wach. Wir bleiben im Bett liegen, schlafen aber kaum. Wir lieben uns, schlafen zwischendurch ein und wachen dann wieder auf. Gegen Mittag stehen wir dann auf, duschen und frühstücken. Bis 18.00 Uhr haben wir Bodos Wohnung für uns. Nach dem Frühstück gehen wir gleich wieder ins Bett. Bodo hat eine Stereoanlage, bei der man die Lautsprecherboxen vom Wohnzimmer auf die vom Schlafzimmer umschalten kann. Ich lege die CD von Anton Steklov, die uns Thomas in Unna geschenkt hat, ein. Zum ersten Mal ziehe ich Alexandras BH aus und streichle ihre Brüste. Wir lieben uns vor dem Spiegel. Es ist so ein wunderschönes Bild – wir beide, fast nackt und eng umschlungen. Alexandra muss immer wieder in den Spiegel schauen: „Schau doch mal, wie schön wir beide sind!"

Es stimmt, wir beiden sind wirklich schön. Unsere CD läuft schon zum zweiten Mal. Ist das schön romantisch!

Während wir so eng aneinander geschmiegt im Bett liegen, unser Körper fest aneinandergedrückt, muss ich weinen vor Glück. Es ist so wunderschön, ihren warmen, weichen Körper auf meinem Körper zu spüren! Stunden vergehen, ohne dass wir es bemerken.

Am späten Nachmittag stehen wir auf. Bodo hat uns seine Wohnung und sein Schlafzimmer zur Verfügung gestellt. Dafür möchten wir ihm auch etwas zurückgeben. Alexandra möchte für Bodo Essen einkaufen und für uns alle kochen. Deshalb gehen wir in die Stadt zum Einkaufen. Mehr als eine Woche lang haben wir, bis auf kleine vertretbare Ausnahmen, ohne Geld gelebt. Jetzt, wo unsere Pilgerreise zu Ende geht, ist Zeit für eine große Ausnahme.

Hand in Hand gehen wir durch die Straßen von Dortmund, halb in Trance. Vor jeder Ampel küssen wir uns, dann auch im Gehen. Jede Sekunde ist kostbar. Alles Leben und Lieben muss jetzt geschehen. Wir haben nur diesen einen Moment. Traum und Realität vermischen sich. Ich fühle mich wie in einer anderen Welt, wie im Märchenreich Phantásien aus der „*Unendlichen Geschichte*" von Michael Ende.

Langsam wird mir bewusst: Unsere gemeinsame Zeit ist bald vorbei. Beim Essenkochen werde ich ungeduldig. Uns verbleibt nicht mehr viel Zeit. Diese kostbare Zeit ist eigentlich zu schade zum Kochen.

Am Abend kommt Dieter, ein Obdachloser, vorbei. Er übernachtet häufig bei Bodo. Dieter ist schon älter. Er sieht nicht aus wie ein Obdachloser. Dieter hat einen Anzug an und ein Toupet auf dem Kopf. Er bleibt über Nacht hier und schläft bei Bodo im Wohnzimmer. Da Dieter schwerhörig ist und Bodo einen tiefen Schlaf hat, brauchen wir uns keine Sorgen machen. Heute Nacht werden wir ungestört sein.

Alexandra wäscht noch in der Küche ab, während ich ungeduldig im Bett warte. Endlich kommt sie. Wir wollen, wie letzte Nacht, eine Kerze anzünden. Aber Alexandra findet ihr Feuerzeug nicht. Meins ist fast leer und will nicht zünden. Wütend rufe ich: „Fuck!" Sie erschrickt. So hat sie mich noch nie erlebt. Sie ist verunsichert. Ich mache einen letzten Versuch. Das Feuerzeug flackert ein letztes Mal kurz auf. Aber das reicht aus, um die Kerze anzuzünden. Ich beruhige mich wieder. Es tut mir leid, dass ich so ausgerastet bin.

Meine Liebste liegt neben mir. Die Welt ist wieder in Ordnung. Obwohl wir in den letzten 24 Stunden kaum geschlafen haben, sind wir nicht müde. Ich habe auch den ganzen Tag kaum Hunger gehabt. Sind Hunger und Müdigkeit nur Illusionen?

Der Traum geht zu Ende

Frieden in unserem Geist kommt nicht durch die Erfüllung unserer Wünsche, sondern durch das Loslassen unserer Wünsche. (Harry Palmer)

Erst am späten Morgen wachen wir auf. Auch diese Nacht haben wir kaum geschlafen. Endlich trauen wir uns, uns ganz nackt auszuziehen. Wir küssen und streicheln uns am ganzen Körper. Das ist so herrlich, nackt aneinander gekuschelt zu liegen.

Zusammen steigen wir in die Badewanne und bleiben darin so lange liegen, bis das Wasser kalt wird. Als ich aussteige, wird mir schwarz vor Augen. Gerade noch schaffe ich es, mich ins Bett zu legen. Dann verliere ich das Bewusstsein. Als ich wieder zu mir komme, sitzt Alexandra neben mir. Sie ist ganz erschrocken. Ich beruhige sie: „So etwas kommt bei mir gelegentlich vor – Kreislaufprobleme."

Wieder liegen wir zusammen im Bett. Die Zeit vergeht wie im Fluge. Heute ist unser letzter gemeinsamer Tag. Das wird mir nun schmerzhaft bewusst.

Wir müssen noch einmal in die Stadt gehen. Alexandra muss auf ihrer Arbeitsstelle anrufen, um zu sagen, wann sie zurückkommt. Außerdem muss sie eine Fahrkarte kaufen und wir müssen etwas zu Essen besorgen.

Vorher duschen wir zusammen und frühstücken. Es ist inzwischen Nachmittag.

Wir gehen los. Auch heute haben wir wieder kaum geschlafen. Trotzdem sind wir weder müde noch hungrig. Es ist Mitte Oktober und nicht mehr so ganz warm. Die Temperaturen bewegen sich im einstelligen Bereich. Trotzdem laufe ich in einem kurzärmeligen T-Shirt durch die Stadt und friere nicht. Meine Liebste verspürt schon seit fast einer Woche keine Schmerzen mehr an ihrem Fuß. Dieser hätte eigentlich operiert werden müssen. Es scheint so, als ob unsere Liebe und unser lebendiger Traum Wunder bewirken und alles heilen können. Und wieder springen wir durch die Straßen und küssen uns beim Gehen und an den Ampeln.

An einer Telefonzelle ruft Alexandra bei ihrer Arbeitsstelle an. Ihre Chefin fragt sie, wie es war. Alexandra antwortet: „Ich war noch nie so glücklich in meinem Leben. Und mein Fuß tut auch nicht mehr weh."

Der letzte Zug, mit dem sie zur Arbeit nach Stuttgart fahren kann, fährt um 3.20 Uhr von Dortmund ab. Das ist viel später, als erwartet. Und das bedeutet, einige Stunden Aufschub für uns.

„Wenn es am schönsten ist, soll man aufhören", kommt mir in den Sinn. Im Zusammenhang damit muss ich an den französischen Film *„Der Mann der Friseuse"* von Patrice Leconte aus dem Jahr 1990 denken. Ich erzähle Alexandra davon: „Antoine kommt täglich in einen kleinen Friseurladen und lässt sich die Haare schneiden und rasieren. Eigentlich ist an seinem Haar gar nichts mehr zu schneiden. Aber er kommt ja auch nur wegen der Friseuse. Er hat beschlossen, diese Frau zu heiraten und macht ihr einen Heiratsantrag. Mathilde, die Friseuse, bittet ihn um drei Wochen Bedenkzeit. Nach der Bedenkzeit stimmt sie dem Heiratsantrag zu. Die beiden lieben sich und sind sehr glücklich. Eines Tages – in der Zeit, als sie am glücklichsten sind – steht Antoine vor dem leeren Friseurgeschäft und findet einen Abschiedsbrief seiner Frau. Sie hat ihrem Leben ein Ende gesetzt. In dem Moment, als es am schönsten war, wollte sie gehen. Niemals sollte der normale Alltag zurückkehren, niemals wollte sie aus diesem schönen Traum erwachen."

„Du denkst doch hoffentlich nicht daran, dich umzubringen?", fragt sie etwas verunsichert.

„Nein, das würde ich nicht tun. Dazu bin ich viel zu feige."

„Versprich mir, niemals auch nur daran zu denken!"

Eigentlich wollten wir uns noch an einem oder an mehreren Nachmittagen mit meinem Spruchband in die Dortmunder Fußgängerzone setzen. Doch nun habe ich mich entschieden, die uns verbleibende gemeinsame Zeit so richtig zu genießen. Ich bleibe noch ein paar Tage in Dortmund und werde noch genug Gelegenheit für meine Mahnwachen haben.

„Frieden, weißt du was?", fragt Alexandra.
„Was?"

„Du hattest mir doch erzählt, dass du ein Steppenwolf bist. Auch ich habe eine Wolfsnatur. Dann sind wir beide keine Menschen, sondern Wölfe. Wir sind freie wilde Wölfe. Und als Wölfe bleiben wir verbunden, als Wölfe können wir wirklich frei sein."

Und deshalb nenne ich sie von nun an „meine Wölfin" und sie mich „Wölfi".

Wir bereiten das Abendessen vor und legen uns anschließend hin, bis Bodo von der Arbeit zurückkommt. Bodo möchte am Abend noch ausgehen, Fußball gucken. In seiner Stammkneipe um die Ecke wird das Europapokalspiel von Borussia Dortmund übertragen. Das möchte er sich ansehen. Dieter, der Obdachlose, will auch noch kommen. Bodo sagt: „Wenn der Dieter kommt, dann sagt ihm, er soll sich in die Kneipe setzen und warten, bis ich wieder da bin. Ich will nicht, dass der hier ist, wenn ich nicht da bin. Und außerdem wollt ihr ja auch die letzten Stunden noch für euch sein."

Ich bin Bodo sehr dankbar dafür, dass er so verständnisvoll ist und uns da so entgegenkommt.

Während Alexandra das Essen kocht, küsse ich sie dauernd. Bodo meint: „Frieden, lass sie doch mal in Ruhe allein kochen!"

Sie ruft energisch: „Nein!" Das ist so süß! Auch sie möchte unsere letzten Stunden zusammen noch intensiv genießen.

Dieter kommt. Bodo erklärt ihm: „Dieter, ich gehe jetzt weg, Fußball gucken. Setz dich solange in die Kneipe und komm nach zehn Uhr wieder, wenn ich zurück bin!"

Dieter sieht das nicht ein: „Lass mich doch erst mal eine Weile in Ruhe hier sitzen!"

Bodo wird lauter und energischer: „Dieter, das geht jetzt wirklich nicht. Die beiden wollen auch allein sein."

Alexandra mischt sich ein: „Dieter, du kannst ruhig hierbleiben. Du störst uns nicht."

Ich bin wütend. Warum mischt sie sich denn da jetzt ein? Es ist doch Bodos Wohnung und Bodos Sache, wenn er Dieter jetzt nicht reinlässt. Er entscheidet hier. Außerdem haben wir sowieso schon nicht mehr viel Zeit für uns. Von dieser kostbaren Zeit will ich jetzt nichts mehr abgeben. Vielleicht bin ich da zu egoistisch und klammere zu sehr. Aber im Moment sind meine Gefühle stärker als meine Vernunft. Bei mir gibt es im Moment nur uns beide. Zum Glück setzt sich Bodo durch.

Endlich sind wir wieder allein. Wir ziehen uns aus und legen uns ins Bett. Ich missverstehe Alexandras Körpersprache und versuche, in sie einzudringen. Energisch ruft sie: „So habe ich das nicht gemeint! Sag mir, was würdest du denn tun, wenn ich schwanger werde?"

Ich schweige. „Solange unsere gemeinsame Zukunft nicht geklärt ist, werde ich diesen Schritt nicht tun."

Es tut mir leid, dass ich aufgrund eines Missverständnisses ihr Vertrauen enttäuscht habe. Aber das lässt sich jetzt leider nicht mehr rückgängig machen.

Alexandra ist sehr müde und möchte jetzt wenigstens eine Stunde schlafen. Morgen muss sie wieder arbeiten, und im Zug kann sie wahrscheinlich nicht schlafen.

Bodo und Dieter kommen zurück. Alexandra verabschiedet sich von Bodo und Dieter. Sie gibt beiden ihre Adresse und lädt sie zu sich nach Stuttgart ein. Da ich länger in Dortmund bleibe, werde ich Bodo später ja noch sehen.

Es dauert lange, bis Bodo und Dieter zur Ruhe kommen und bis meine Liebste ins Bett kommt. Ich bin schon wieder ungeduldig. Alexandra möchte noch eine Stunde schlafen. Sie ist so müde, dass sie sofort einschläft. Ich liege wach und kann nicht schlafen. Pausenlos fahren die Züge der nahegelegenen Bahnstrecke an Bodos Wohnung vorbei. Ich bin so unruhig und schaue ständig auf die Uhr. Kein einziger klarer Gedanke kommt in meinen Kopf. Ich bin wie gelähmt.

Der Wecker klingelt. Alexandra wacht auf, dreht sich um und schaut mich müde an. Für unsere letzten gemeinsamen Stunden haben wir einen Granatapfel und ein Stück Schokolade aufgehoben. Die essen wir jetzt auf. Dabei kuscheln wir uns zusammen. Ich kann das jetzt gar nicht mehr so richtig genießen. Zu nah ist der bevorstehende Abschied. Viel zu oft schaue ich auf die Uhr. Nur noch drei Stunden, dann ist alles vorbei! Meine Liebste möchte noch zwei Stunden schlafen und dann um 2.00 Uhr aufstehen. Um 3.00 Uhr müssen wir aufbrechen.

Es bleibt dann unter dem Strich also nur noch eine Stunde gemeinsame Zeit für uns.

Alexandra schläft wieder ein. Ich versuche, auch zu schlafen. Ich kann es aber nicht, ich bin zu unruhig. Verzweifelt klammere ich mich an der verbleibenden Zeit fest. Immer wieder schaue ich auf die Uhr. Aus dem Fenster sehe ich die Lichter der vorbeifahrenden Züge. War für Alexandra unsere gemeinsame Zeit nur ein besonders schönes, aufregendes Abenteuer? Oder war es noch mehr? Wann werden wir uns wiedersehen? Sehen wir uns überhaupt wieder? Ihr Verstand sagt „Nein" zu unserer Beziehung. Ihr Herz sagt „Ja" zu unserer Liebe. Wer wird stärker sein – Verstand oder Herz?

Der Wecker klingelt zum zweiten Mal. Es ist 2.00 Uhr. Müde schraubt sich Alexandra aus dem Bett. Unsere letzte gemeinsame Stunde bricht an. Wir kuscheln uns aneinander. In Gedanken lassen wir die letzten eineinhalb Wochen noch einmal an uns vorbeiziehen. Die Minuten verrinnen unbarmherzig. Es ist vorbei! Die Wirklichkeit holt uns rasch wieder ein, viel zu rasch! Die Zeit lässt sich nun nicht mehr anhalten.

Jetzt ist es 3.00 Uhr. Aufwachen, der Traum ist aus! Alexandra packt ihre Sachen. Wir verlassen das Haus in Richtung Bahnhof.

Nachwort

Alles, was in dieser Erzählung beschrieben wurde, hat sich tatsächlich so zugetragen.

Ich traf Bruder Winfried und Maria-Anna dann einige Tage nach meinem Abschied von Alexandra auf dem *Catholic Worker*-Treffen in Dortmund.

Einige Namen habe ich aus persönlichen Gründen geändert. Die beiden Pilgerreisen von Fulda nach Gießen und von Soest nach Dortmund waren im Jahr 2001. Seitdem hat sich viel verändert. Heute, im Jahr 2019, leben „Tamura" und ich wieder „bürgerlich-normal" im Staats- und Geldsystem. „Öff!Öff!" und die „Schenkerbewegung" gibt es noch. Kritiker werfen „Öff!Öff!" vor, er lebe nicht das, was er predigt. Es steht dem Leser frei, selbst zu recherchieren und zu überprüfen, ob diese Vorwürfe gerechtfertigt sind oder nicht. Ich kann nur aus meiner eigenen Erfahrung bestätigen: im Jahr 2001 hat „Öff!Öff!" – bis auf kleine vertretbare Ausnahmen und Kompromisse – ohne Geld und ohne Ausweispapiere im Haus der Gastfreundschaft in Dargelütz gelebt und gewaltfrei mit den Bedürftigen geteilt. Alle Gäste bekamen dort ohne Bedingungen einen Schlafplatz und Essen. Es wurde niemand abgewiesen. Das Haus der Gastfreundschaft existiert heute noch.

Auch die „Schenkerbewegung" ist nach wie vor aktiv – mit neuen Projekten und Initiativen. Wer sich für die heutige „Schenkerbewegung" interessiert, findet im Internet unter: www.global-love.eu, www.dieschenker.wordpress.com   oder www.lilitopia.de weiterführende Informationen.

Bruder Winfried und Maria-Anna sind ihren Prinzipien treu geblieben. Sie sind immer noch Weggefährten der Emmausbewegung und pilgern regelmäßig.

Danksagung

Für ihre Mitwirkung an diesem Buch danke ich von Herzen Alexandra.

Auf diesem Weg möchte ich auch Danke sagen an Bruder Winfried und Maria-Anna, die mit mir/mit uns zusammen zweimal auf einen Pilgerweg aufgebrochen sind, an Juana, Bodo und an Thomas, die uns so liebevoll aufgenommen haben und an alle Menschen, denen wir unterwegs begegnet sind.

Ich bedanke mich auch bei „Tamura", „Öff!Öff!" und David, von denen ich sehr viele wichtige Dinge gelernt habe.

An dieser Stelle auch vielen Dank an Silvia, Ulrike, Diana, Kathrin, Martin und Reiner für ihre Unterstützung.

Anmerkungen

*1 – *Taizé* (Seite 14):*

Die *Communauté de Taizé* ist eine christliche Gemeinschaft in dem kleinen französischen Dorf *Taizé* in der Nähe der Stadt Cluny in Burgund. Die Gemeinschaft wurde während des 2. Weltkrieges von dem Schweizer Protestanten Roger Schutz gegründet. Es begann damit, dass er in *Taizé* Kriegsflüchtlinge und Juden aufnahm und versteckte. Nach dem Krieg kehrte Roger Schutz nach *Taizé* mit drei Freunden zurück. Nun besuchte er mit seinen Freunden deutsche Kriegsgefangene und lud sie zum Gottesdienst in der kleinen romanischen Dorfkirche ein.

1949 war die Gemeinschaft auf sieben Männer angewachsen. Zu diesen Zeitpunkt beschlossen sie, von nun an ein einfaches Leben in Ehelosigkeit zu führen. Ihren Lebensunterhalt verdienten sie durch einfache Arbeiten in der Umgebung. Die bis zu diesem Zeitpunkt ausschließlich evangelischen Brüder nutzten mit Erlaubnis des Bischofs die katholische Kirche in *Taizé* zum täglichen Gebet. Erst 1969 trat der erste Katholik in die Gemeinschaft ein. Dies war gleichzeitig der Beginn der ersten ökumenischen Brüdergemeinschaft der Kirchengeschichte.

Die Gemeinschaft wuchs weiter an und wurde später auch mehr und mehr von Jugendlichen aus aller Welt besucht. In aller Welt bekannt wurden die meditativen Gesänge und die orthodoxen Lithurgien. Die Lieder aus

Taizé werden bis heute auch in vielen Kirchgemeinden gesungen.

*2 – *Lebensgut Pommritz* (Seite 21):

Das ehemalige Rittergut in der Oberlausitz (Sachsen, bei Bautzen) wurde 1919 zur „Versuchsanstalt für Landarbeitslehre Pommritz", eines der bedeutendsten Forschungszentren der deutschen Landwirtschaft.

Auch während der Nazizeit wurde das Gut als „Staatliche Forschungsanstalt für bäuerliche Werkarbeit" weitergeführt.

Ein Erbe aus dieser Zeit sind die für unsere Klimazone ungewöhnlichen Maulbeerbäume. Sie wachsen normalerweise nur in Südeuropa. Während des 2. Weltkrieges versuchte man, mit Hilfe der Maulbeerbäume Seidenraupen zu züchten, um sich so von Importen unabhängiger zu machen.

1991 stellte der damalige sächsische Ministerpräsident Kurt Biedenkopf das Gut und 80 ha Land für ein soziales Experiment zur Verfügung. Beeinflusst durch Rudolf Bahros Ideen wurde der „Verein neue Lebensformen e.V." ins Leben gerufen. Federführend war der Philosoph und Lebensforscher Maik Hosang.

Maik Hosang hatte mit seinem philosophischen Lehrvater Rudolf Bahro nach der Wende in Berlin das Institut für Sozialökologie aufgebaut. Im Lebensgut Pommritz wollten sie in einer Art „Freilandversuch" erforschen, ob und unter welchen Bedingungen eine ökologische Gemeinschaft dauerhaft lebensfähig ist. Es war geplant, dass bis zu 300 Bewohner hier leben und arbeiten. Zu den neuen Lebensformen sollte auch die „freie Liebe" gehören. Freie Liebe bedeutet, dass es keine traditionellen Familienstrukturen mit festen Beziehungen zwischen Mann und Frau mehr gibt, sondern dass man seine Partner beliebig wechseln kann bzw. zum Beispiel ein Mann eine Beziehung mit mehreren Frauen gleichzeitig oder umgekehrt hat.

*3 – *Mahatma Gandhi* (Seite 39):

Mohandas Karamchand Gandhi, genannt *Mahatma Gandhi* (die „Große Seele") war indischer Rechtsanwalt, Widerstandskämpfer, Revolutionär, Publizist, Morallehrer, Asket und Pazifist. Er kämpfte in Südafrika mit gewaltfreien Mitteln für die Rechte der unterdrückten Inder und später in Indien für die Unabhängigkeit. Bekannt wurde Gandhi für seine Methoden der *Satyagraha*, dem Festhalten an der Wahrheit und *Ahimsa*, der Gewaltlosigkeit. Er propagierte für Indien einen „dritten Weg" als Alternative zur kapitalistischen Wachstumsgesellschaft und zum stalinistischen Sozialismus. Nach Gandhi sollte das Land dezentral organisiert werden, in selbstversorgenden Dorfgemeinschaften, in welchen die Bewohner im Konsens entscheiden. Als Alternative zum autoritären und bürokratischen Staat sollte das Leben möglichst vereinfacht werden. Während der letzten Jahre seiner Ehe legte Gandhi ein Keuschheitsgelübde ab – das *Brahmacharya*-Gelübde.

„Öff!Öff!" und die „Schenkerbewegung" wurden sehr stark von Gandhis Ideen beeinflusst.

Wer sich für Gandhi und seine Lehren empfiehlt, dem empfehle ich das Buch von M. K. Gandhi: „Eine Autobiographie oder Die Geschichte meiner Experimente mit der Wahrheit" oder von Larry Collins und Dominique Lapierre: „Um Mitternacht die Freiheit" oder den Film: „Gandhi" von Richard Attenborough.

*4 – *Peace Pilgrim* (Seite 41):

Mildred Lisette Norman und lebte von 1908 bis 1981 in den Vereinigten Staaten von Amerika. Bekannt wurde sie unter dem Namen „*Peace Pilgrim*" (Pilgerin für den Frieden). Aufgewachsen unter relativ armen Verhältnissen wurde *Peace Pilgrim* zu einer spirituellen Lehrerin. 1953 begann sie zu pilgern. Das bedeutete, sie war unterwegs ohne Geld, ohne Rucksack, ohne Wasserflasche und ohne Proviant – nur mit einem Hemd und einer kurzen ärmellosen Tunika, worauf in weißer Schrift vorne „*Peace Pilgrim*" und hinten „Walking Coast to Coast for Peace" stand. Seitdem gab es keinen Wohnsitz mehr für sie. Ihren bürgerlichen Namen verriet sie nicht mehr. Sie sagte:

„Ich gehe, bis mir Unterkunft angeboten wird, ich faste, bis mir Essen gegeben wird. Ich frage nicht danach — man gibt es mir ungefragt. Die Menschen sind gut! Ein Funken Güte ist in jedem, der Funken ist da, egal wie tief er vergraben sein mag. Er wartet darauf, unser Leben herrlich zu regieren. Ich nenne ihn die gottzentrierte Natur."

In den ersten zehn Jahren ihrer Pilgerschaft wanderte sie 40.000 Kilometer durch Nordamerika. Danach hörte sie auf, die Entfernungen zu zählen. Mit ihrer Wanderschaft demonstrierte sie gegen den Krieg und für Liebe und Frieden. 1981, nach 28 Jahren Pilgern für den Frieden, setzte ein betrunkener Autofahrer ihrem Leben ein Ende.

Mehr Informationen über Peace Pilgrim findest du unter: https://ramakrishna.de/okzident/peace.php.

*5 - *Catholic Worker Movement* (Seite 44)*:

Diese Bewegung wurde 1933 von Dorothy Day und Peter Maurin gegründet. Sie hatte ihre Wurzeln in der katholischen Soziallehre und der Arbeiterbewegung in den USA. Die Mitglieder der *Catholic Worker Movement* waren überzeugte Christen und protestierten gewaltfrei gegen Krieg, Ausbeutung und Ungerechtigkeit. Ihre Organisation war kein Bestandteil der offiziellen katholischen Kirche. Gastfreundschaft gegenüber den Armen und gegenüber den Menschen, die am Rande der Gesellschaft leben, war eines der Grundprinzipien der Bewegung. Als *Houses of Hospitality* (Häuser der Gastfreundschaft) wurden über 240 regionale Gemeinschaften aufgebaut. In den Häusern der Gastfreundschaft wurden Bedürftige und Obdachlose mit Unterkunft und Essen versorgt. Das Essen kam entweder von freiwilligen Spenden oder auch von Farmen auf dem Land, welche von der *Catholic Worker Movement* betrieben wurden. Später wurden auch außerhalb der USA Gemeinschaften nach dem Vorbild der *Catholic Worker* gegründet, in Europa z.B. in Schweden, in Großbritannien, in den Niederlanden und in Deutschland.

*6 – *Lichtnahrung* (Seite 56):

Lichtnahrung oder Prana-Ernährung ist ein Konzept, wonach die für das Leben notwendige Energie aus feinstofflicher Energie gewonnen wird. Dadurch wird es möglich, ohne feste und flüssige Nahrung zu überleben. Der erste bezeugte Bericht über Lichtnahrung ist der von dem Schweizer Einsiedler Niklaus von Flüe (1417–1487). Der hat in den letzten 19 Jahren seines Lebens außer Wasser und der Eucharistie nichts zu sich genommen. Auch die katholische Heilige Therese Neumann von Konnersreuth (1898 – 1962) lebte seit 1926 nur noch von flüssiger Nahrung und vom täglichen Empfang der Hostie.

Im daoistischen Kontext Chinas gibt es die Ernährungslehre „*Bi Gu*" (ohne Brot). Chinesische Qi Gong-Meister lehren die Technik, nach der man ohne feste Nahrungszufuhr leben kann.

Auch in Indien gibt es Yogis, die aufgrund asketischer Lebensweise und spezieller Techniken nahrungslos leben. Ein besonders spektakulärer Fall war der indische Yogi Prahlad Jani, welcher seit Jahrzehnten weder feste noch flüssige Nahrung zu sich nimmt. Prahlad Jani wurde in einem modernen indischen Krankenhaus zweimal (jeweils 10 und 15 Tage) unter strenger Kontrolle medizinisch untersucht.

Ein bekannter „Pranier" aus dem deutschsprachigen Raum ist der Chemiker Michael Werner. Er lebt nach eigenen Angaben seit 2001 ohne feste Nahrung und wurde in einem Berner und in einem Prager Krankenhaus wissenschaftlich untersucht.

Wenig glaubwürdig ist die Australierin Ellen Greve „Jasmuheen", die einen 21-tägigen Lichtnahrungsprozess propagiert. Mehrere Anhänger ihrer Theorie sind bereits an den Folgen dieses Prozesses gestorben. Gefährlich ist daran vor allem, dass man während der 21 Tag auch nichts trinken darf.

Da die teilweise bezeugten Phänomene der „Lichtnahrung" wissenschaftlich nicht erklärbar sind, wird in den offiziellen Medien versucht, die „Lichtnahrung" als Schwindel zu verunglimpfen.

Empfehlenswert zu diesem Thema ist der Film des österreichischen Regisseurs Peter-Arthur Straubinger: „Am Anfang war das Licht" (2010).

*7 – *Ökopolis Tiberkul* (Seite 84):

Die Gemeinschaft „*Ökopolis Tiberkul*" wurde 1993 von Sergei Anatoljewitsch Torop, genannt Wissarion, in der Region Krasnojarsk in der sibirischen Taiga gegründet. Sie ist heute eines der größten Selbstversorgerprojekte der Welt. In der Gemeinschaft leben in über 35 Dörfern knapp 5.000 Menschen. Diese Dörfer liegen bis zu 100 Kilometer voneinander entfernt. Der Name Tiberkul kommt vom gleichnamigen See Tiberkul, in dessen Nähe sich die Gemeinschaft befindet.

Die Bewohner sind bestrebt, in Einheit mit der Natur zu leben, möglichst wenig von ihr zu nehmen und ihr möglichst viel zu geben. Es wird Ackerbau und Viehzucht betrieben. Dabei leben die Menschen in „Ökopolis Tiberkul" überwiegend vegan, aber auf jeden Fall vegetarisch. In der Gemeinschaft gibt es keine Drogen, keinen Alkohol und keinen Tabakkonsum. Jede Dorfgemeinschaft organisiert sich selbst. In den Dörfern gibt es Schulen und Arztpraxen. Die Entscheidungen werden in einem Wirtschaftsrat und in einem Ethikrat von den Dorfbewohnern getroffen.

Der Gemeinschaftsgründer Wissarion gründete 1991 die *Kirche des Letzten Testaments* und sieht sich als eine Art Wiedergeburt von Jesus Christus. Seine Lehren hat Wissarion in Glaubensbüchern aufgeschrieben. Er ist der Meinung, dass die Menschheit in den letzten 2.000 Jahren zwar theoretisch verstanden hat, was Liebe ist, dass sie aber unfähig ist, diese Liebe praktisch zu leben. Der Egoismus der Menschen wird die Welt zugrunde richten. Um seine Gemeinschaft vor dem Untergang zu bewahren, hat er auf diesem Platz eine Art Arche Noah für seine Anhänger geschaffen. Die wichtigsten Prinzipien der *Kirche des Letzten Testaments* sind die Nächstenliebe und das Leben im Einklang mit der Natur.

Ein Bekannter von mir, auch „Verbündeter" der „Schenkerbewegung" besuchte eine Zeit lang regelmäßig die Gemeinschaft und war vom liebevollen Umgang untereinander und auch von dem einfachen natürlichen Leben der Bewohner begeistert.

*8 - *Tora* (Seite 86): die fünf Bücher Mose des Alten Testaments der Bibel

*9 – *Landgesellschaft Mecklenburg-Vorpommern* (Seite 92):
eine Nachfolgegesellschaft der Treuhand, verwaltete und verkaufte Volkseigentum der ehemaligen DDR.

*10 – *Makarow* (Seite 99):
Pistole russischer Bauart PM

*11 – *Emmausbewegung* (Seite 102):
Diese katholische, ökumenisch ausgerichtete Laienbewegung wurde 1993 vom Bruder Jan Hermanns gegründet und ist der *Charismatischen Erneuerung* (CE) angeschlossen.

Nach Bruder Jan ist die Erfahrung, geliebt zu werden, der entscheidende Teil des Evangeliums und die Grundvoraussetzung für eine Lebensänderung und Umkehr zu Gott.

Diese Erfahrung der gegenseitigen Annahme machen in der Emmaus-Bewegung Menschen aus den verschiedensten Milieus, vom Strafentlassenen bis zum normal Bürgerlichen. Schwerpunkt der Emmaus-Bewegung heute sind die Gesprächs- und Bibelgruppen in rund 20 Gefängnissen in ganz Deutschland, die sich oft in Zusammenarbeit mit regionalen Gebetsgruppen der Charismatischen Erneuerung gebildet haben. Ihr Angebot an die Betroffenen besteht in der Ermutigung, die Zeit im Knast und danach als Chance für eine neue Lebensausrichtung zu ergreifen.

*12 – *Charismatische Erneuerung* (Seite 143):

Die *Charismatische Erneuerung* ist eine innerkirchliche christliche überkonfessionelle Bewegung. Sie beansprucht, die Gaben des Heiligen Geistes zum Vorschein zu bringen. Diese wurden nach christlichem Verständnis von Gott verliehen. Anhänger der *Charismatischen Erneuerung* empfinden oft in vorher nicht gekanntem Ausmaß die Liebe Gottes, die Nähe Jesu Christi und die Kraft des Heiligen Geistes. Die *Charismatische Erneuerung* gilt als ein Weg der Neu-Evangelisierung. Bei ihren Gottesdiensten wird viel und lange gebetet, oft auch spontan und frei, mit Handauflegen und Segnen durch andere Mitbetende. Die Gottesdienste sind modern und sprechen auch junge Leute an. Im Gegensatz zu den traditionellen christlichen Kirchen, deren Mitgliederzahlen kontinuierlich sinken, ist die *Charismatische Erneuerung* sehr erfolgreich.

*13 – *Gemeinschaft der Seligpreisungen* (Seite 171):

Die *Gemeinschaft der Seligpreisungen* ist eine katholische Gemeinschaft, welche der *Charismatischen Erneuerung* nahesteht. Sie wurde 1973 in Montpellier (Frankreich) gegründet. In der *Gemeinschaft der Seligpreisungen* leben Laien und geweihte Priester und Nonnen zusammen. Der Name bezieht sich auf die Seligpreisungen der Bergpredigt von Jesus (Neuest Testament, Matthäus 5, 3-12, Lukas 6, 20-23).

*14 – *Rainbow-Treffen* (Seite 193):

Das erste *Rainbow Gathering* wurde 1972 in den USA organisiert. Der Mythos des Rainbows geht auf eine Legende des nordamerikanischen Hopi-Volkes zurück. Diese Legende besagt, dass sich ein neuer Stamm aus Menschen aller Erdteile zusammenfinden wird, deren Farben so verschieden sind wie die des Regenbogens. Die Treffen finden in abgeschiedenen Regionen unter freiem Himmel statt. Es gibt keine Hierarchie. Alles regelt sich selbst, Entscheidungen werden im Konsens getroffen. Während der Treffen verpflichten sich die Teilnehmer, gewaltfrei zu sein, keinen Alkohol und keine Drogen zu nehmen, keine Geldgeschäfte zu tätigen und keine elektrischen Geräte zu verwenden. Zweimal am Tag kommen die Teilnehmer zum gemeinsamen Essen (*Food Circle*) zusammen. Zwischendurch bieten verschiedene Teilnehmer kostenlose Workshops an. Das Geld für die Treffen wird über eine Kollekte (der *Magic Hat*) eingesammelt.

*15 – *Seneca* (Seite 232):
Lucius Annaeus Seneca war römischer Philosoph, Dramatiker, Naturforscher, Politiker und Schriftsteller. Er lebte von 1 bis 65 und war später Berater des Kaisers Nero.

*16 - *Kirche Jesu Christi der Heiligen der Letzten Tage* (Seite 240):
Im Unterschied zu den konventionellen christlichen Kirchen erkennt diese Kirche neben der Bibel des Buch Mormon, Lehre und Bündnisse und die Köstliche Perle als

heilige Schriften an. Die drei letztgenannten Schriften wurden vom Kirchengründer Joseph Smith verfasst. Nach dem Glauben der Mormonen hat Gott den Inhalt seiner Bücher Joseph Smith direkt offenbart. Die Mormonen glauben, dass Gott auch heute noch zu den Menschen spricht und sich ihnen offenbart.

*17 - *Rigoberta Menchú Tum* (Seite 241):

Die Friedensnobelpreisträgerin wurde im Hochland von Guatemala als sechstes von zehn Kindern einer Quiché-Indianerfamilie geboren. Sie wuchs in Armut auf. Schon zeitig musste sie zusammen mit anderen Kindern 8 Monate im Jahr auf den Farmen der reichen weißen Oberschicht arbeiten. Die Indiodörfer wurden regelmäßig von Privatmilizen der Großgrundbesitzer überfallen. Die Großgrundbesitzer vernichteten die Indiodörfer, um Platz für neue Farmen zu schaffen oder um auf neu entdeckten Erdölfeldern das Öl ausbeuten zu können. Es ging aber auch um eine gezielte Vernichtung der indianischen Kultur. Über 400 Dörfer verschwanden von der Erde. Zehntausende Indios flohen in die Nachbarländer. Die rechtmäßige Regierung war 1954 durch einen von der CIA inszenierten Militärputsch gestürzt worden. Seitdem regierte eine Militärjunta das Land. Die Indios wehrten sich gegen die Vertreibungen und gegen die Vernichtung ihrer Kultur – zunächst über Kirche und Gewerkschaften, später auch im bewaffneten Kampf als Guerilleros. Die Großgrundbesitzer schlugen grausam zurück. Über 100.000 Kleinbauern, Priester und Katecheten wurden umgebracht, über 40.000 verschwanden spurlos. Rigoberta engagierte sich schon zeitig in der Bildungs- und Aufklärungsarbeit, besonders für Frauen und Kinder. Später trat sie der von ihrem Vater Vincente Menchú gegründeten Landarbeitervereinigung (CUC) bei. Im Jahr ihres Beitritts zu CUC wurde ihr Bruder mit 16 Jahren von staatlichen Sicherheitskräften ermordet. Ein Jahr später wurde ihr Vater bei der Besetzung der spanischen Botschaft lebendig verbrannt. Ihre Mutter, Juana Tum, wurde vergewaltigt und zu Tode gefoltert. 1981 floh Rigoberta ins mexikanische Exil, wo sie die „Vereinigte Vertretung der guatemaltekischen Opposition" mitbegründete. 1992 erhielt sie für ihren Einsatz für die Menschenrechte von Ureinwohnern den Friedensnobelpreis. Wer sich näher für Rigoberta Menchú interessiert, dem empfehle ich das Buch: *„Rigoberta Menchú. Leben in Guatemala"* von Elisabeth Burgos Debray oder den Film *„Rigoberta Menchú: Tochter der Maya"* von Dawn Engle.

Inhalt

Quellennachweis

9----Danny Boyle: „Trainspotting" (Spielfilm,   1996)

37   Gudrun   Brigitta   Nöh: „Aussteiger   in
Mecklenburg"
(Fernsehdokumentation, 2001)

39   M. K. Gandhi: „Eine Autobiographie oder Die
Geschichte meiner
Experimente   mit   der   Wahrheit"
(Autobiographie, 1927)

39   Larry Collins und Dominique Lapierre: „Um
Mitternacht die Freiheit"
(Sachbuch, 1975)

39   Richard   Attenborough: „Gandhi" (Spielfilm,
1982)

39   Uwe   Wilhelm   Haspel: „Chronik   der
Schenkerbewegung" (Sachbuch, 2016)

41   Peace   Pilgrim: „Die   Friedenspilgerin"
(Autobiographie,1983)

44   Brot & Rosen (Hamburg): „Radikale Heilige.
Persönlichkeiten   der   Catholic   Worker
Bewegung" (Sachbuch, 2001)

56   Arthur   Straubinger: „Am Anfang war das
Licht" (Dokumentarfilm, 2010)

161   Hermann Hesse: „Der Steppenwolf" (Roman,
1927)

237   Michael   Ende: „Die   unendliche   Geschichte"
(Roman, 1984)

241 Elisabeth Burgos Debray: „Rigoberta Menchú. Leben in Guatemala"
(Sachbuch, 1984)

241 Dawn Engle: „Rigoberta Menchú: Tochter der Maya"
(Dokumentarfilm, 201

255 Patrice Leconte: „Le Marie de la coiffeuse"(Spielfilm, 1990)